捧 读

触及身心的阅读

If you are lucky enough to have lived in Paris as a young man,
假如你有幸年轻时在巴黎生活过,

then wherever you go for the rest of your life,
那么你此后一生中不论去到哪里,

it stays with you, for Paris is a moveable feast.
她都与你同在,因为巴黎是一席流动的盛宴。

Ernest Hemingway

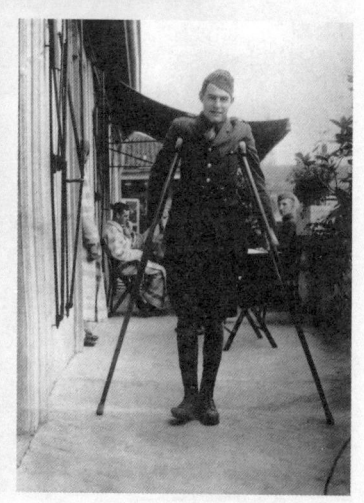

1　1918年，海明威在意大利米兰的戎装照
2　1918年，海明威在意大利的美国红十字会救护车上
3　1918年，海明威在米兰的美国红十字会医院
4　1918年，受伤的海明威在米兰修养

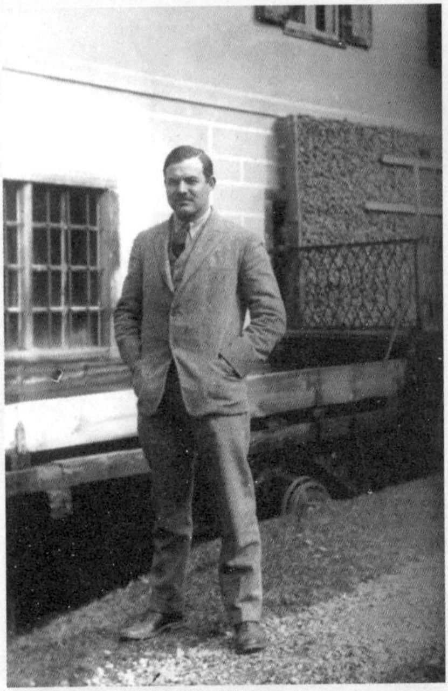
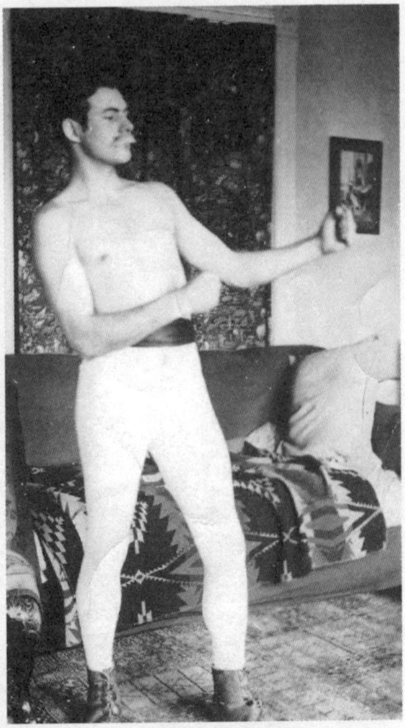
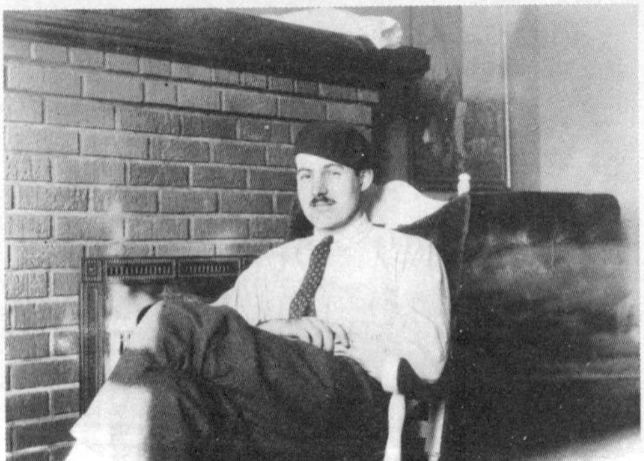
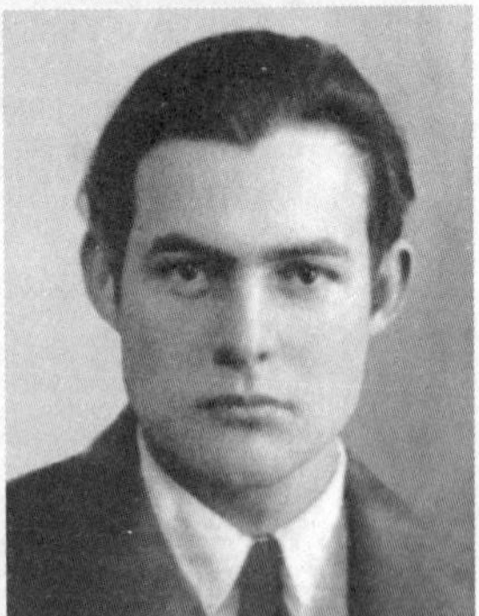

1　1924年，海明威在巴黎乡村圣母院路113号前
2　1920年，海明威戴着假胡子扮作拳击手
3　1924年，海明威在巴黎
4　1923年，海明威的护照照片
5　1927年，海明威在瑞士滑雪
6　1927年，海明威在西班牙潘普洛纳与牛合照

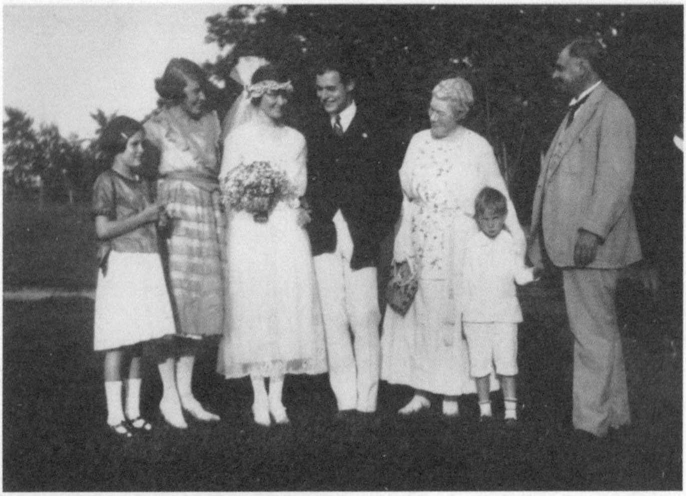

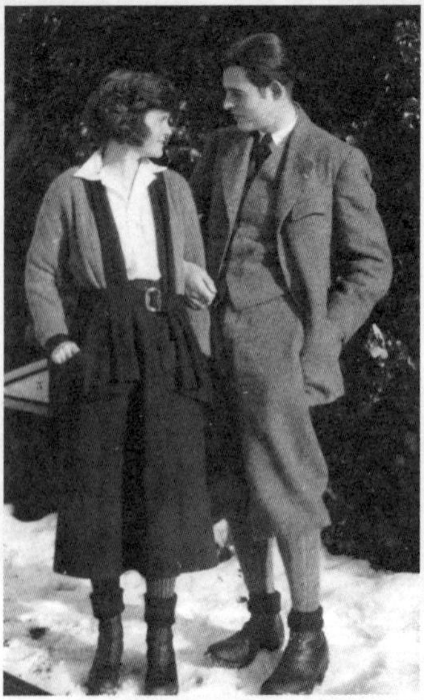

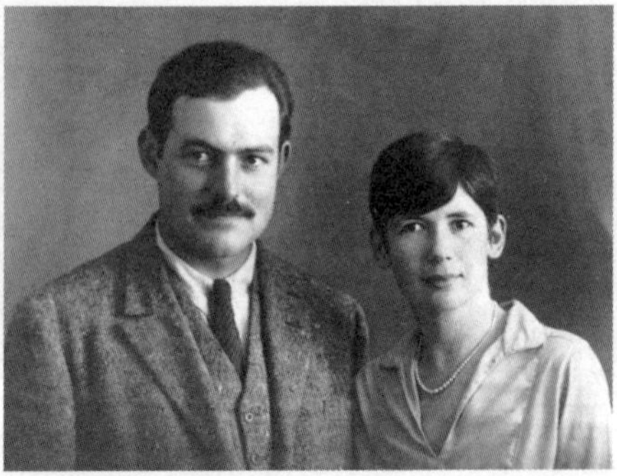

1　1921 年 9 月 3 日，海明威与哈德莉在芝加哥的婚礼照
2　1922 年冬，海明威与哈德莉在瑞士尚碧
3　1927 年，海明威与宝琳在巴黎
4　1924 年，海明威怀抱长子邦比
5　1926 年，海明威与邦比
6　1925 年，海明威与哈德莉、邦比在奥地利施伦斯滑雪
7　1926 年春，海明威与哈德莉、邦比在施伦斯

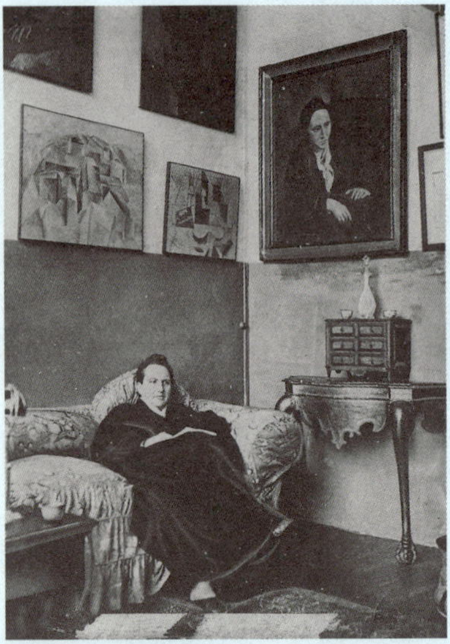

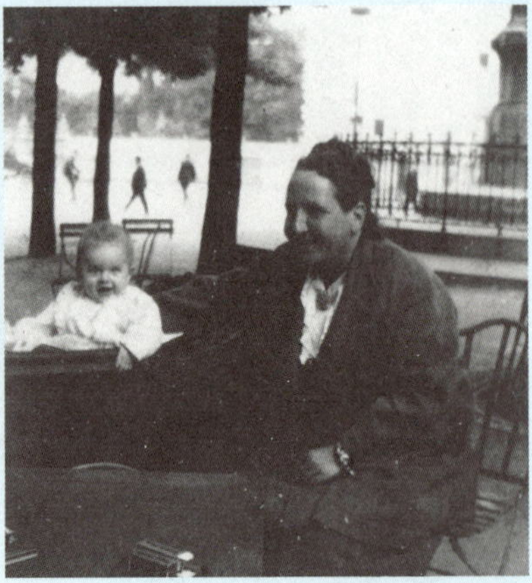

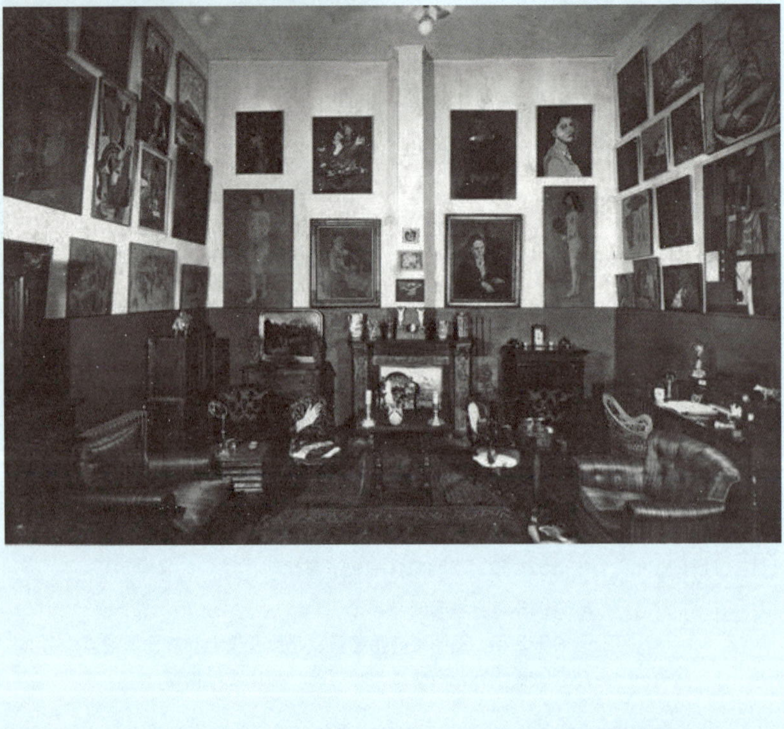

1　葛特鲁德·斯泰因坐在她公寓的沙发上
2　1924 年,葛特鲁德·斯泰因和邦比
3　葛特鲁德·斯泰因的公寓一层
4　西尔维亚·比奇
5　(从左至右)詹姆斯·乔伊斯、西尔维亚·比奇、阿德里安娜·莫尼耶在莎士比亚书店
6　1926 年,海明威与西尔维亚·比奇(右二)在莎士比亚书店门前

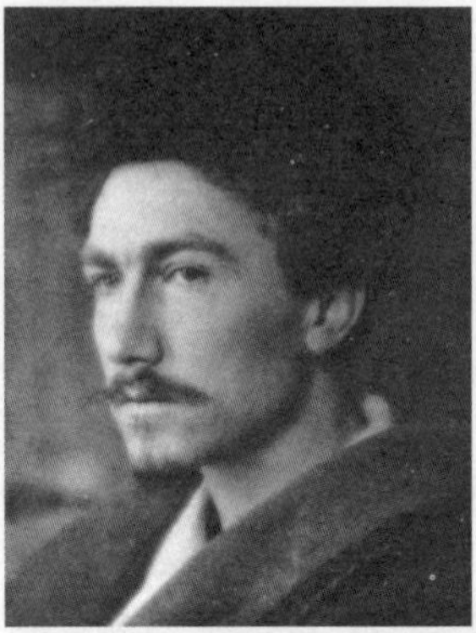
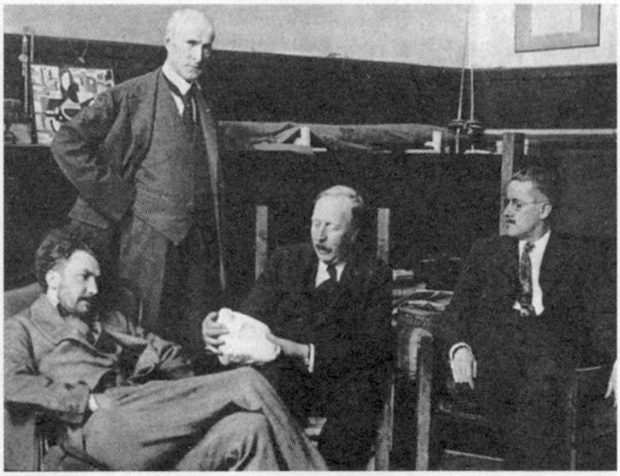
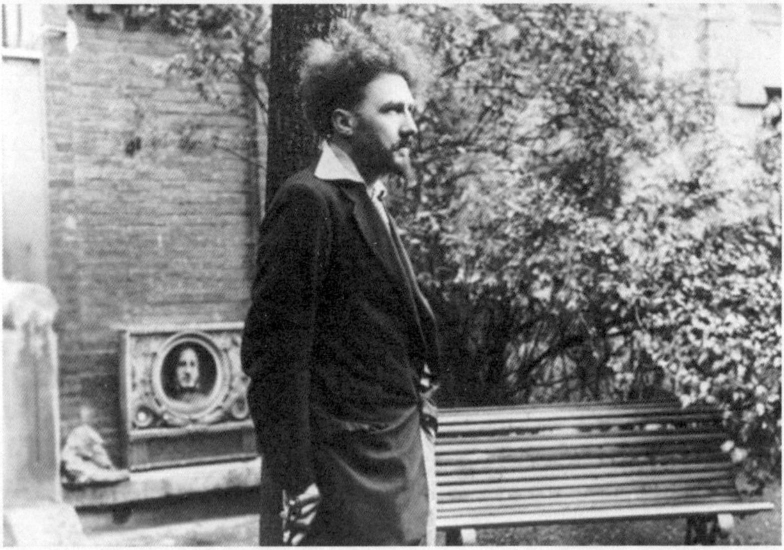

1　埃兹拉·庞德
2　(由左至右)埃兹拉·庞德、约翰·奎因、福特·马克多斯、詹姆斯·乔伊斯在庞德的工作室
3　1923年,埃兹拉·庞德站在他巴黎工作室的花园里
4　1921年的司格特·菲兹杰拉德
5　菲兹杰拉德与妻子塞尔达、女儿小司格特庆祝圣诞节
6　菲兹杰拉德与塞尔达、小司格特在汽车上

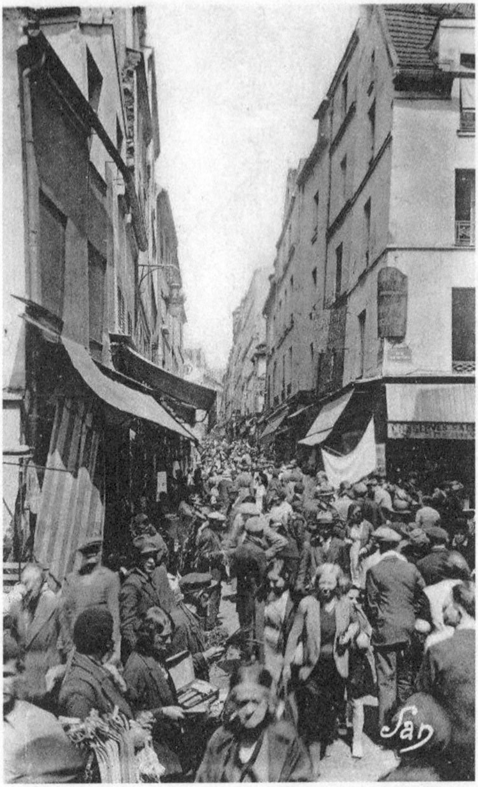

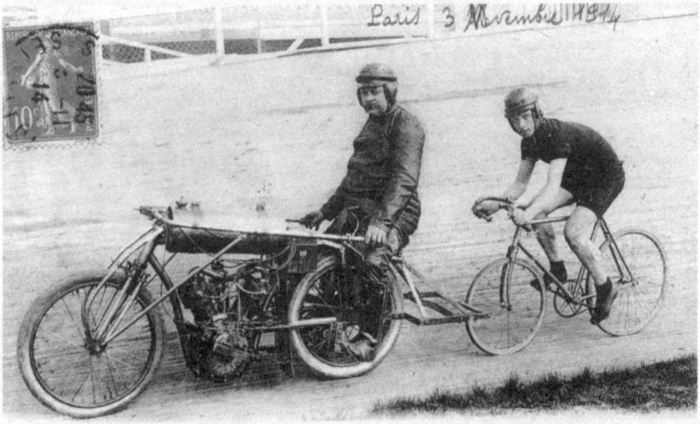
Paris 3

1　1930 年的穆非塔街
2　领骑员与赛手
3　20 世纪 20 年代的先贤祠广场
4　1920 年的凯旋门

DINGO AMERICAN BAR AND RESTAUR
ASTRA GERMAN BEER
BAVARIA BRASSERIE
HAMBURG

BRASSERIE LIPP
BRASSERIE LIPP

1	3
2	4

1　20 世纪 20 年代的丁戈酒吧

2　20 世纪 20 年代的利普啤酒馆

3　20 世纪 20 年代的丁香园咖啡馆

4　20 世纪 20 年代的圆顶咖啡馆

NOTE Foreword To Scott. (In Italics)

His talent was as natural as the pattern that was made by the dust on a butterfly's wings. At one time he understood it no more than the butterfly did and he did not know when it was brushed or marred. ~~He even needed someone as a conscience and he needed professionals or normally educated people to make his writing legible and not illiterate.~~ Later he became conscious of his damaged wings and of their construction and he learned to think ~~and could not fly any more because the love of flight was gone and he could only think of when it had been effortless.~~ But for a while he In the meantime, thinking well and fully conscious of its worth, he had written The Great Gatsby & Tender Is The Night is a better book written in heroic and desperate confession, so was its failure of... He was flying again and ~~and~~ I was lucky to meet him just after a good time in his writing if not a good one in his life.

海明威对《司格特·菲兹杰拉德》草稿开篇部分的修改

流动的盛宴

修复版

［美］欧内斯特·海明威 —— 著

张朴 —— 译著

河北人民出版社
石家庄

图书在版编目（CIP）数据

流动的盛宴：修复版 /（美）欧内斯特·海明威著；张朴译著. — 石家庄：河北人民出版社，2020.8
ISBN 978-7-202-14803-7

Ⅰ.①流… Ⅱ.①欧… Ⅲ.②张… Ⅲ.①散文集－美国－现代 Ⅳ.① I712.65

中国版本图书馆CIP数据核字(2020)第073737号

书　　名	流动的盛宴·修复版
著　　者	〔美〕欧内斯特·海明威
译　　著	张朴
责任编辑	王云弟　刘大伟
美术编辑	于艳红
出版发行	河北人民出版社（石家庄市友谊北大街330号）
印　　刷	天津创先河普业印刷有限公司
开　　本	889毫米×1194毫米　1/32
印　　张	9
字　　数	185 000
版　　次	2020年8月第1版　2020年8月第1次印刷
书　　号	ISBN 978-7-202-14803-7
定　　价	69.00元

版权所有　翻印必究

目 录   contents

- **译者序：流动的时光与被镌刻的不朽记忆**　　1
  ——关于《流动的盛宴·修复版》的一些说明

PART ONE ● 流动的盛宴

Chapter 1	● 圣米歇尔广场的一家美好咖啡馆	02
Chapter 2	● 斯泰因小姐的教诲	08
Chapter 3	● 莎士比亚书店	20
Chapter 4	● 塞纳河畔的人们	25
Chapter 5	● 一个假春	30
Chapter 6	● 一个业余爱好的终结	41
Chapter 7	● "迷惘的一代"	47
Chapter 8	● 饥饿是很好的锻炼	56
Chapter 9	● 福特·马克多斯和恶魔的信徒	66
Chapter 10	● 和帕散在圆顶咖啡馆	76
Chapter 11	● 埃兹拉·庞德和尺蠖	84
Chapter 12	● 一个相当奇特的结局	89
Chapter 13	● 一个被标记了死亡的人	93
Chapter 14	● 埃文·希普曼在丁香园咖啡馆	101
Chapter 15	● 一位邪恶的探子	110

Chapter 16 • 施伦斯的冬天	114
Chapter 17 • 司格特·菲兹杰拉德	127
Chapter 18 • 鹰不与分享	158
Chapter 19 • 一个尺寸大小的问题	167

PART TWO ● 巴黎素描

• 一个新流派的诞生	174
• 埃兹拉·庞德和他的美好心灵	183
• 论第一人称写作	187
• 秘密的欢愉	189
• 一家奇怪的拳击俱乐部	201
• 谎言的刺鼻之味	208
• 邦比先生的教育	212
• 司格特和他的巴黎司机	220
• 引水鱼和有钱人	224
• 虚无,为了虚无	233

PART THREE ● 碎片笔记   241

译者序

流动的时光与被镌刻的不朽记忆
——关于《流动的盛宴·修复版》的一些说明

感谢有机会可以翻译欧内斯特·海明威（以下简称"海明威"）的著作《流动的盛宴》。

在决定翻译这个崭新的中译本前，我刚完成了自己第四本书的写作：一本描述巴黎文化和生活场景的文集。文集里记录了我在过去十年，反反复复进出巴黎的各种收获和经历，以及甘苦交织的回忆，好像和手里这本《流动的盛宴》有很多共鸣。这样的共鸣，来自巴黎这座城市给予我在文化艺术上的无限滋养，也来自也许是和海明威年轻时代在巴黎所经历的相似的美好情愫。

○ 1 ○

经过一年的翻译，断断续续，坚持和一些痛苦的文字纠缠，当我敲打完最后一行文字的时候，我还是那么开心，因为我特别感谢海明威的文字带我进行的这趟文学和时光之旅。我在巴黎小住的时日，在巴黎的六区租下公寓，日日都可以按照海明威当年的散步路线走过六区或者五区的那些公园、教堂、博物馆以及其他建筑，想象当年的海明威，在年轻时代所经历的一段"黄金岁月"。在海明威的文字中，巴黎是不朽的，那些 20 世纪 20 年代就已经存在的巴黎风光依然照耀人心。我在早晨跑过卢森堡公园，幻想着那些文艺风景、电影中的翩然自我，在巴黎的当下仍然是鲜活的，鲜活到给予内心极大的鼓舞和安慰。

阅读和翻译海明威的《流动的盛宴》，我能强烈感受到一个年轻作家当年的激情涌动，饥饿但又饱含理想主义的内心。这种理想主义的情怀往往更加激励人心，在当下的时代显得可贵。我认为这是一个伟大作家写给现代的我们的一封情真意切又真实浪漫的情书，它不仅仅是一段关于巴黎岁月的记录，更是一次灵魂的启迪和鼓舞，让我们在面对人生困境和焦灼的时候，可以以更加坚韧和强大的内心去应对这份苦痛。海明威的真诚以及在这份真诚写作下被烘托出的文艺巴黎，成为追寻文学艺术的我们最真实也最富有想象力的一个存在。《流动的盛宴》让我相信，巴黎是我的"彼岸",我可以在这里找到一种幸福的归属,那是文学性的,是乌托邦化的,也是超越了时代的。阅读和翻译《流动的盛宴》一书,让我得以"活在自我的时代"。

巴黎以这样自我的方式存在着,以外貌的不朽和精神的慰藉抵抗了时代洪流的很多虚无和可憎。阅读《流动的盛宴》让我发觉,原来海明威已经记录过的巴黎,还可以在此刻呈现出这种坚持的力量和不变的决心,让身在此城的你我,有了同样的力量。有一日,我也在傍晚路过卢森堡公园的池塘,儿童们开始在池塘中放玩具游船。我想起海明威在书里描述他和他的第一个儿子邦比[1]的对话情景。他也会带着邦比,在傍晚,在结束了一日写作后,散步回家,经过卢森堡公园,并且带着邦比看公园池塘中的玩具游船。此情此景还在上演,时光在巴黎仿佛失去了效力,让我轻松回到过去。

我又想起海明威饿着肚子去卢森堡博物馆看画的日子,他回忆着:"走进卢森堡博物馆,如果你腹内空空,饥饿到空虚,挂在博物馆里的名画就都显得鲜明,更加清晰也更为美丽。当我饥饿的时候,我学会了更为深刻地了解塞尚,真正弄明白了他是怎样创作风景画的。"在海明威的文字里,我强烈感知到这种饥饿感,一个作家清贫但无比快活的内心,这种内心让我感动落泪。在这本书中,海明威记述着他与第一任妻子哈德莉[2]的细碎生活。在翻

---

[1] 邦比(Bumby),海明威的儿子约翰的乳名。

[2] 哈德莉·理查森(Hadley Richardson,1891—1979),她比海明威大8岁,两人于1920年12月相遇,1921年9月结婚,1927年1月离婚。

译《秘密的欢愉》一章（增补的"巴黎素描"部分）的时候，我读到海明威对于社交和世俗的抗拒，夫妻两人对于巴黎式的"波希米亚"生活方式的追逐，充满孩提乐趣，那样任性与骄傲。海明威故意蓄起长发和胡须，以流浪的行头抗拒巴黎"右岸"的道貌岸然，全然是一个孤独的作家形象，让人热爱。

当然，《流动的盛宴》早已成为关于20世纪20年代巴黎文艺风景的经典读本，被海明威在书里描述过的文学家、艺术家们成为耳熟能详的具有标签化的人物谱系，在海明威鲜活与生动的描述里，我们得以回到一个"黄金时代"的巴黎。在翻译此书的过程中，我力图把书里提到的每一位文学艺术人物和与此相关的历史事件都标明注解，争取给予读者更多的信息与史料。就像是导演伍迪·艾伦想在电影《午夜巴黎》中回溯的经典场景一样，散落在尘埃中的这些碎片，显得珍贵迷人。

我在今次的翻译过程中，亦试图去了解与获悉一个更为私人的视角，而这样的视角确实也在今次的翻译中得到了一次释然与更为深入的理解，那就是海明威是一个如此细腻、幽默、深刻、宽容又敏感的作家。在翻译书中最长的章节《司格特·菲兹杰拉德》的时候，我一边阅读海明威笔下的司格特·菲兹杰拉德[1]，一边思

---

[1] 司格特·菲兹杰拉德（Scott Fitzgerald, 1896—1940），美国著名作家、编剧。代表作有《了不起的盖茨比》《夜色温柔》等。1925年出版的《了不起的盖茨比》一书奠定了他在现代美国文学史上的地位，成为20世纪20年代"爵士时代"的发言人和"迷惘的一代"的代表作家之一。20世纪20年代，他和海明威等美国作家旅居巴黎。

考着海明威到底对菲兹杰拉德保持着怎样的看法。海明威描写了这个神经脆弱、内心敏感又有点儿宿命论的年轻作家,两人结伴去里昂的场景被海明威描写得分外有趣,在他笔下,菲兹杰拉德仿佛是一个长不大的乖张儿童。显然,海明威对菲兹杰拉德充满了一种兄长般的照顾之情。据此,我认为海明威是如此的宽容与善良,这种善良或多或少也是他从彼时同样生活在巴黎的美国诗人、作家埃兹拉·庞德[1]身上受益而来的。在《流动的盛宴》里,这些文学巨擘互相影响与帮助提携(或者是反目成仇,不相往来)的故事似乎更为精彩,成为文笔之外海明威的一种情感寄托。回到海明威描写的菲兹杰拉德,在《司格特·菲兹杰拉德》一章末尾,海明威诚实地写出了他对于菲兹杰拉德的新书封面的厌恶感,略带幽默,让我发笑:"书外面套着一层艳丽的护封,我记得那用力过猛、品位低廉加之滑腻的外观让我觉得非常尴尬,它看起来就像是一本蹩脚的科幻小说的护封。"

在翻译《流动的盛宴》之前,我不曾懂得海明威文字的妙处。经过了这次的翻译,我才发现海明威是个文字高手,他的用词和造句简洁有力,精准而绝不会拖泥带水,在自我风格的文字世界中又凸显着内心最为真实的本我形象,确实是文学大师。翻译这样的大师文字,对于我亦是一次灵魂净化和学习之旅,显然是翻译工作之外最为开怀的收获。

---

[1] 埃兹拉·庞德(Ezra Pound,1885—1972),美国著名诗人、文学家,意象主义诗歌的主要代表人物。

○ **2** ○

如今呈现在读者面前的这本《流动的盛宴》是一版修复本，它基于纽约斯克里布纳出版社[1]2009年再版的《流动的盛宴》(修复版)翻译完成。1964年，斯克里布纳出版社出版了第一版《流动的盛宴》。修复版除了完整呈现《流动的盛宴》最初版本的前面19章内容，还翻译了增加的"巴黎素描"部分，这一部分共增补了10个章节。此外，我还摘译了修复版最后的"碎片笔记"部分。2009年版中的"碎片笔记"中有诸多重复的海明威的手稿文字，我摘译了其中重要的部分，以便读者阅读，并为大家提供一个海明威更为完整、私人的关于此书创作初衷和心路的描述。

在2009年版《流动的盛宴》(修复版)开篇，海明威的孙子约翰·海明威(Seán Hemingway)[2]撰写了引言，详细介绍了《流动的盛宴》一书的来历，以及现在呈现在读者手中的这本修复版所添加的章节和内容，解释了修复版和此前版本在章节排序上略

---

[1] 斯克里布纳出版社(Scribner's)，又名查理·斯克里布纳之子出版社，是纽约一家久负盛名的出版社，曾经出版了许多著名的美国作家的作品，包括欧内斯特·海明威、司格特·菲兹杰拉德、库尔特·冯内古特、托马斯·沃尔夫等。1964年，斯克里布纳出版社出版了第一版的《流动的盛宴》，本书翻译自斯克里布纳出版社于2009年再版的《流动的盛宴》(修复版)。

[2] Seán是法语里男生的名字，发音类比于英语中的John，翻译为约翰。不过，也有译者将其翻译为肖恩，即英文男子名Sean的音译。因为修复版的引言落款为Seán，因此译者在此采用法语发音的方式翻译此名。

微不同的问题。根据他的描述，修复版对 1964 年初版做了较大的增补和修订。比如，修复版删除了初版的前言。他解释道："在此前的许多版本中，那篇前言是海明威的第四任妻子玛丽·海明威[1]通过一些手稿的片段拼凑撰写的，并非出自海明威之手，因此在修复版中被剔除了。"[2]

对于为何要出版修复版，约翰·海明威也在引言里为读者作了解答。他认为在海明威去世和《流动的盛宴》首次出版的三年时间里，玛丽·海明威和斯克里布纳出版社的哈里·布拉格对书稿进行了一些重要改动。约翰·海明威对于业已出版的《流动的盛宴》中编辑所做的修改保持强烈的怀疑态度，认为："它们是编辑试图作出的（修改），她（玛丽·海明威）经过了作者的同意吗？"[3]

我在翻译修复版的时候惊奇地发现，初版的最后一章叫作《巴黎永远没个完》，现在被重新命名为《施伦斯的冬天》。初版共有 20 章，在修复版中被合并为 19 章，即本书第一部分，其排列顺序遵照 2009 年版《流动的盛宴》（修复版）呈现。初版中的《一个新流派的诞生》被归到了全书第二部分"巴黎素描"，成为其第一章。"巴黎素描"共有 10 章，每一章都是作者在不同时期完

---

1 玛丽·海明威（Mary Hemingway，1908—1986），美国记者、作家。她是与海明威生活时间最长的妻子，陪伴海明威走完了他最后的生命旅程。

2 引自约翰·海明威为 2009 年斯克里布纳出版社出版的《流动的盛宴》（修复版）撰写的引言。

3 同注释 2。

成的。根据约翰·海明威的解释,"巴黎素描"增补的这10章都没有达到让海明威满意的程度[1],它们共同呈现了一个更为开放的写作格局和空间,作为海明威在巴黎的创作生涯的更为细致入微且颇带主观感受的方式补充了该书第一部分的原始内容,也是对之前出版的版本的补充和映照。

关于"巴黎素描"10章的排列顺序,约翰·海明威解释道:"我用一种稍微富有作者乖张个性逻辑的方法为附加的10章排序。《一个新流派的诞生》被放在'巴黎素描'的第一章,是因为它在初版中就有,编辑把它放在了《福特·马克多斯和恶魔的信徒》和《和帕散在圆顶咖啡馆》之间。就这一章,海明威写了两个不同的结尾,负责《流动的盛宴》的编辑对两个结尾做了编辑和合并。本书将两个结尾共同呈现出来。同样,《埃兹拉·庞德和他的美好心灵》本是初版中的素材,却曾作为单独一章被海明威写就,事实上,这一部分在初版中曾被海明威删掉。"[2]如今,大家可以在本书中仔细并全面阅读海明威的文字和内心。修复版无疑是一个"全版"。

我认为,增补的"巴黎素描"非常重要,它们极其细腻,为此前版本的《流动的盛宴》带来更加私密的文学景观,也让人能够以海明威的主观视角和描述去窥探他当年在巴黎与第一任妻子哈德莉的生活与情感起伏。比如《秘密的欢愉》写的是海明威蓄长

---

1 见2009年版《流动的盛宴》(修复版)引言。

2 同上。

发,他和哈德莉一起决定把彼此的头发留到相同长度。这是关于这位作家和他的妻子间亲密关系的大胆描述,让我们想起海明威死后发表的小说《伊甸园》中的某些段落。这一章为我们提供了一个特别鲜活的印象:海明威作为一位年轻的职业记者,他穿着一身上好的西装,配上一双上好的皮鞋,需要注意当时的社会习俗以及遵循当时的着装标准。一个人头发的长短始终是一个话题,它让今天的年轻人产生共鸣,他们在开始职业生涯时也会考虑自己的头发长短。海明威通过将头发留长这一简单行为传递出一种复杂的动机和设定:他由此过渡到崭新的波西米亚生活方式,成为全职小说家。这番行为让他可以专心写作。这一章也是海明威对他当年巴黎写作生涯的一次重要记述,理应全面呈现给读者!

《一家奇怪的拳击俱乐部》是关于一位不太为人知晓的加拿大拳击手拉瑞·根思和他在阿纳斯塔西俱乐部的业余教练的故事。阿纳斯塔西俱乐部是一处带舞厅的餐馆,位于当年巴黎的贫民区。这一章是对20世纪20年代巴黎生活不同寻常的描摹,充满时代和城市印记,也透露出热爱拳击的海明威在欧洲担任记者的经历。

关于彼时海明威在巴黎的生活场景,读者还可以从《邦比先生的教育》一章中获得弥足珍贵的信息。这看似白描的一章原本保存在一份手稿上,记录了海明威和他的儿子邦比在巴黎一家咖啡馆加入菲兹杰拉德的饮酒活动的逸事。这一章就海明威描写过的菲兹杰拉德的酗酒问题,以及他的妻子塞尔达对他写作才华的妒忌提供了另外一个例证。紧接着的《司格特和他的巴黎司机》一章也为我们提供了更多关于菲兹杰拉德的逸事。虽然这一章并非和巴黎相关——故事发生在美国，是1928年秋季菲兹杰拉德和海明威一道观看普林斯顿的橄榄球比赛之后发生的事，但我认为，本章充满了海明威式的幽默与入木三分的人物描摹风格，恰好是一种人物"素描"，为初版中的《司格特·菲兹杰拉德》一章增添了额外漂亮的一笔，再次凸显了菲兹杰拉德身上所蕴含的复杂的悲剧性，以及其宽容、慷慨、忠诚、乐于付出的性格。[1]

在初版《流动的盛宴》中，《引水鱼和有钱人》一章曾被合并到了《巴黎永远没个完》中[2]。修复版把这一章独立出来，为读者详细复原和呈现了海明威在结束他的第一段婚姻，与哈德莉分手后，内心的煎熬与承受的道德悔恨，以及他和第二任妻子宝琳[3]相遇后，内心感受到的"令人难以置信的幸福感"。可以想象，由于海明威的第四任妻子玛丽·海明威是初版编辑之一，这些内容是无法在初版中得到完整呈现的。在我看来，所有这些修复都更为人性与客观，还原了彼时海明威的内心挣扎和情感纠葛，也为

---

[1] 见2009年版《流动的盛宴》（修复版）引言。

[2] 在修复版中，这一章根据英文原著的标题被翻译为《施伦斯的冬天》（Winters in Schruns），并还原了结尾，顺序也被调整到第16章。初版中被加入的部分单独成章，可以在《引水鱼和有钱人》中详细阅读。

[3] 宝琳·费佛（Pauline Pfeiffer，1895—1951），美国新闻记者，1926年赴巴黎工作时与海明威相恋。1927年1月海明威与哈德莉离婚，同年5月与宝琳结婚。两人于1940年11月离婚。

海明威的情感研究提供了鲜活的历史佐证。

《虚无，为了虚无》是海明威花三天时间写成的，写于1961年4月1日到3日，作为本书合理的最后一章而存在，它更多地反映了作者当时的心境。尽管他当时健康每况愈下，精神偏执，并与严重的抑郁抗争着，但他依然坚守着撰写本书的承诺。正如海明威在西班牙内战时结识的朋友安东尼·德·圣－埃克苏佩里[1]在他的《小王子》一书里所觉察到的：只有拥有内心，我们才能正确洞察事物，因为事物的精髓并非肉眼可见。通过补充的这一章，我能阅读出海明威内心关于绝望命运的一种隐性表达，那就是他行将结束生命的一个悲伤的预兆——在此后不到三个月的时间内，他亲手结束了自己的生命。

翻译本书之时，我通过阅读约翰·海明威的回忆才知晓海明威曾为本书草拟过很多标题：《无人知晓的部分》《寄予希望与精彩的写作（巴黎故事）》《为了真实而写》《好钉由钢造》《咬在指甲上》《一些过往之事》《一些人物和地点》《它是如何开始的》《去爱与写得精彩》《拳击场上大不同》《当你曾在那儿时，如此不同》。

根据约翰·海明威的回忆，海明威还曾试探性地把标题定为《早年之眼与耳》（在巴黎的早年岁月是怎样的）。就此标题的严肃

---

1 安东尼·德·圣－埃克苏佩里（Antoine de Saint-Exupéry，1900—1944）。法国作家、飞行员，1900年6月29日生于法国里昂，1944年获得"法兰西烈士"称号。在他的经典儿童小说《小王子》出版一年后，为祖国披甲对抗纳粹德军，1944年7月31日在执行一次飞行任务时失踪。

性来讲，我想海明威只不过是试着通过这个标题去找到他所深信的有关他写作技巧的关键方面。"眼睛"这一术语通常作为艺术鉴赏的角色被使用，在写作和绘画之间引发一个有趣的对比，这是海明威在《流动的盛宴》中讨论的一个主题，特别是他从塞尚的画作中吸取到的东西。在20世纪20年代的巴黎，海明威首先锻炼了他的双眼，发展了从渣滓中辨识金子的能力，而后他把自己的观察转化为文字。"耳朵"，我们认为它大多是和音乐组曲有关，对于创意写作显然是非常重要的。把文字大声朗读出来的时候，海明威的作品通常非常好读。一篇文章写完时，他的文字非常严密，以至于每个字都是完整的，像是一篇音乐组曲中的调式。在海明威早年的巴黎岁月中，他从葛特鲁德·斯泰因[1]，尤其是从詹姆斯·乔伊斯[2]那里学到了写作中的韵律和回环往复的价值。乔伊斯的杰作《尤利西斯》由莎士比亚书店的西尔维亚·比奇出版，是一部用艺术大师级的手法展示了英语诗文的非凡之作，当你把

---

1 葛特鲁德·斯泰因（Gertrude Stein，1874—1946），美国小说家、诗人、剧作家、理论家和收藏家。斯泰因的作品独树一帜，标新立异，她致力于语言文字的创新，对语言文字进行了变革，对20世纪西方文学产生过重要影响。她自20世纪30年代起蛰居巴黎。她在巴黎的工作室成为侨居巴黎的英美作家、艺术家的交流中心。

2 詹姆斯·乔伊斯（James Joyce，1882—1941），爱尔兰作家、诗人，20世纪最伟大的作家之一，后现代文学的奠基者之一，其作品及"意识流"思想对世界文坛影响巨大。他于20世纪20年代开始定居巴黎，主要作品是短篇小说集《都柏林人》，代表作为长篇小说《尤利西斯》。

这些诗文念出声来时，它们充满灵性。

《早年之眼与耳》这个书名表达了打磨写作技艺的需求，这是海明威深信不疑并毕生致力锻造的方向[1]。我觉得这个没有启用的书名彰显了海明威的内心召唤：作为一名作家，你需要用生活的磨炼去锻造你的能力。对于彼时的海明威来说，巴黎正是一个锻造和修炼笔力的完美存在。

○ **3** ○

最后，致谢。

这是我第一次翻译文学作品，纰漏之处，欢迎指正。感谢我的出版人张进步、程碧，是你们的一致认可和鼓励让我可以一路前行，将《流动的盛宴·修复版》呈现在读者面前。感谢图书编辑孟令堃的细致工作。

搁笔之时，我想起20世纪50年代，张爱玲曾翻译过海明威获得诺贝尔文学奖的作品——《老人与海》。张爱玲在她的译者序里写道："担忧我的译笔不能达出原著的淡远的幽默与悲哀，与文字的迷人的韵节。"[2]张爱玲的敏锐也道出了我内心同样的感受，那就是海明威作为一位伟大的、富有阳刚与男性主义气质的作家，

1　见2009年版《流动的盛宴》（修复版）引言。

2　语出《张爱玲译作选二》（《老人与海》《鹿苑长春》），（台北）皇冠文化出版有限公司2012年1月版。

他笔下这份迷人的神韵与引人心伤的幽默文字，如此真诚又坚毅。海明威在巴黎的彷徨与惆怅，热爱与孤独，透过《流动的盛宴》缓缓溢出，亦刻骨铭心映照着当下的我，在巴黎度过的那些自我时光中，所获取的最真挚的回忆……

张朴

2018 年 12 月初稿

2020 年 3 月定稿

PART ONE

流动的盛宴

Chapter 1
圣米歇尔广场的一家美好咖啡馆

当时有的是糟糕的天气。秋天一过,这样的天气总会在一天内降临。你必须在夜晚把窗户关得严严实实,以防雨飘进来。寒风将康特斯卡普广场上树木的枝叶剥了个精光,枯叶浸泡在雨水里,风驱赶着雨水朝停靠在巴士终点站的绿色巴士拍打过去。业余爱好者咖啡馆拥挤不堪,咖啡馆的窗户因为室内的热气和烟雾,起了雾。那真是一家可悲的、经营得差劲的咖啡馆,那个地区的酒鬼们都聚集在此,我是绝对不会进去的,因为那些人肮脏,浑身散发着臭气,喝醉了后,带着一股酸臭味儿。经常光顾这家咖啡馆的男女总是喝得酩酊大醉,他们只要有钱就在这里买醉,喝的几乎都是半升或者一升的葡萄酒。有许多名字古怪的开胃酒在这里做广告,但是能消费得起的人甚少,除非是来买醉之前先喝了一些垫底,然后再接着喝葡萄酒,灌醉自己。人们管那些女酒客叫作 Poivrottes,即"女酒鬼"的意思。

Chapter 1 • 圣米歇尔广场的一家美好咖啡馆

业余爱好者咖啡馆是穆非塔街上的藏污纳垢之所。穆非塔街是一条出奇拥挤、街市一般的道路，通向康特斯卡普广场。街边的老式公寓房子里安装了蹲式厕所，每层楼的楼梯旁都有一间，在蹲坑两旁各有一个用防滑水泥烧制而成的凸起的鞋形塌脚，以防房客如厕时滑倒。这些下蹲式厕所把粪便排放进污水池，在夜间，由泵筒抽到马拉的运粪车里。每到夏日，窗户都开着，臭气熏天，我们会听到泵筒抽粪的声响。棕色和橘黄色相间的运粪车在勒穆瓦纳红衣主教路上缓缓前行时，那些装在轮子上由马拉着的圆筒车身，在月光下，看上去像是布拉克[1]的油画。但是没有人会给业余爱好者咖啡馆清除污秽，它张贴的禁止在公共场合酗酒的条款和惩罚条令已经发黄，沾满蝇屎，没人理睬，就像它的那些顾客一样，始终一成不变，气味难闻。

冬季最早的雨袭来，关于这座城市所有的沮丧忽然降临，高耸的白色房子再也看不到顶部，走在街上，目之所及是潮湿发黑的路面，关了门的小店铺、卖草药的小贩、文具店和报亭、助产士——二流水平的，以及诗人魏尔伦[2]去世的旅馆——我在这座旅馆楼顶有一间房，我在这里写作。

上到顶层大约需要走六段或者八段楼梯。房间里很冷，我知道

---

1 乔治·布拉克（George Braque, 1882—1963），法国画家，立体派创始人。

2 保罗·魏尔伦（Paul Verlaine, 1884—1896），法国抒情诗人，是从浪漫主义过渡到象征主义的标志。他的第一本诗集《感伤集》（1866），在技巧上被认为是模仿了象征派诗人波德莱尔。他去世于笛卡尔路39号的旅馆。

要让房间暖和起来，得需要三捆铅丝扎好的半支铅笔那么长的短松木柴火，用一捆细枝条引火，加上一捆半干半湿的硬木片才能生起火来。我知道这需要花掉我多少钱。所以我走到街对面，抬头看雨中的屋顶，看看是否有烟囱在冒烟，烟是怎么冒的。看来一点儿烟的痕迹都没有，我想烟囱是冷的，也许不通风，我还想到室内可能已经烟雾缭绕，燃料也浪费了，钱也付之东流，就继续冒雨前行。我一直走过亨利四世公立中学、古老的圣艾蒂安－迪蒙教堂、狂风横扫的先贤祠广场，然后向右拐去暂避风雨，最后来到圣日耳曼大道背风的一边，沿着大道继续向前走，经过吕克尼博物馆和圣日耳曼大道，直到来到圣米歇尔广场上一家我熟悉的、不错的咖啡馆。

这是一家让人愉悦的咖啡馆，温暖，干净，友好。我把我的旧防雨外套挂在衣架上晾干，并把那顶饱受风吹雨打的旧毡帽放到长椅上方的架子上，然后叫了一杯牛奶咖啡。侍者端来咖啡，我从上衣口袋里取出一个薄笔记本和一支铅笔，开始写作。我写的是密歇根北部的故事，因为这天狂风大作，寒冷无比，正好映衬着故事中的那一天。在我的少年时代、青年和刚刚成年的时期，我已目睹过秋末景象，而你却可以在此地描写这种景象，这比你在另一个地方写得更为出色。这被称为自我的移植，我认为，这种移植对于人和其他事物的成长同样非常必要。但是在我的故事里，男孩子在喝酒，这让我也感到口渴，我就叫了一杯圣詹姆斯朗姆酒。这酒在冷天喝起来特别棒，我接着写下去，感觉非常惬意，我感到这上好的马提尼克朗姆酒使我整个身心都暖和起来了。

一个姑娘走进咖啡馆,在靠窗的座位坐了下来。她非常俊俏,有一张清爽的脸庞,就像是一枚刚刚铸就的硬币——如果人们用柔滑的肌肤和被雨水滋润而焕发光彩的肌肤来铸造硬币的话。她的头发像乌鸦的翅膀那么黑,修剪整齐,线条分明,斜斜地掠过她的面颊。

我望着她,她让我分神,且让我非常激动。我但愿可以把她写进那个短篇故事中,或者别的什么作品中,可是她已经在一处能看到街景和门口的地方端坐好了,我看得出来她在等待什么人。于是我继续写作。

故事自己在往前发展,我觉得我要跟上它的脚步,我写得很艰难。我又叫了一杯圣詹姆斯朗姆酒。每当我抬起头,或者用卷笔刀削铅笔,让刨下的螺旋形碎片掉进垫酒杯的碟子中时,我总是会注意到这个姑娘。

我见到了你,美人儿,不管你在等谁,也不管以后我会不会再遇见你,我都觉得,现在的你是属于我的。你是属于我的,整个巴黎也是属于我的,而我属于这个笔记本和这支铅笔。

接着我又重回写作中,我深陷于这个短故事,迷失其中。现在是我在写而不是它自己发展了,而且我没有抬头看,不知道时间,也不去想我身在何处,我已经厌倦了圣詹姆斯朗姆酒,不去想它。最后,我写完了这篇故事,我感到疲倦。我读着最后一段,并抬头找寻那位姑娘,她已经离开。我希望她是和一位好男人一道离开的。我这样想着,但我感到悲伤。

我把这篇故事合上,收进笔记本中,并把笔记本放进上衣的内袋中，然后向侍者要了一打葡萄牙牡蛎和半瓶干白葡萄酒。每次写完一篇故事，我总感觉内心空落落的，既悲伤又快乐，像是做了一次爱。我确信，这是一篇很好的小说，尽管我还不知道它好到什么程度，这要等到第二天我再读一遍之后才知道。[1]

我吃着那带有强烈海腥味的牡蛎，喝着冰镇的白葡萄酒，它将牡蛎淡淡的金属味洗去，只留下海腥味和多汁的蛎肉在嘴里。等我从每个贝壳中饮尽冰凉的汁液，并用清爽的白葡萄酒将它们送下喉咙后，我心中的空洞感消失殆尽，我开始感到快活，并开始制定新的计划。

既然坏天气已经来临，我们大可离开巴黎一段时间，去一个不下这种冷雨而下雪的地方。在那儿，雪穿过松树林飘落下来，积雪把大路和高高的山坡覆盖。我们夜晚走路回家的时候，会听到脚下的雪吱嘎作响。在前锋山[2]下面有一座小木屋，那里的膳宿公寓很不错，我们可以住在那里，看书，夜晚一起睡在床上，窗户敞开，星光明亮。是的，我们可以去那里。

我要把旅馆里用来写作的房间退掉，这样我就只需要支付勒穆瓦纳红衣主教路74号的房租了，那真是微不足道。我为多伦多写过一些新闻报道[3]，稿费支票应该到了。我在任何地方、任何情况

---

[1] 作者谈到的小说创作过程，指的是《在密执安北部》。

[2] 前锋山是瑞士西南部日内瓦湖东北湖滨的一座小城。

[3] 海明威早年在巴黎做过驻站记者，这应该是指他当时为《多伦多星报》写作新闻报道。

下都可以写这样的新闻报道,故而我们有钱去旅行。

也许我离开了巴黎就可以写巴黎了,正如我在巴黎写密歇根一样。我不知道这样做是否为时尚早,因为我对巴黎的了解还不够。但这是可行的,最终巴黎还是这样被我写出来了。不管怎样,只要我的妻子想去,我们就去。于是我吃完了牡蛎,喝完了葡萄酒,付了我在咖啡馆里的账,抄近路,穿梭在雨中回到圣热内维埃弗山[1]。雨天只是当地的一个坏天气而已,而不是改变你生活的什么东西。于是,我回到山顶上的公寓里。

"我想这一定非常绝妙,塔迪[2],"我的妻子[3]说,她长着一张可爱的脸,每当做出决定的时候,她的眼睛和笑容都会发亮,好似这些决定都是珍贵的礼物一般,"我们该何时动身?"

"你想何时都可以。"

"哦,我想马上就走。你不知道吗?"

"也许等我们回来的时候,天气就会变好。等天气转晴,变冷,就会非常好。"

"一定会的。"她说,"你想去旅行,这不也很好吗?"

---

1 圣热内维埃弗山(Montagne Sainte-Geneviève),位于塞纳河左岸巴黎第五区的一座山丘,只比塞纳河高出23米,亨利四世公立中学、圣艾蒂安-迪蒙教堂、先贤祠以及海明威的住处都在山丘上。

2 塔迪(Tatie)是海明威给自己取的绰号。

3 指作者的第一任妻子哈德莉·理查森。

斯泰因小姐的教诲

Chapter 2

我们回到巴黎,天气晴朗,寒冷且美好。城市已经适应了冬季的节奏,我们街对面出售柴火和煤炭的地方有好的木柴供应,许多好的咖啡馆外放置着火盆,这样你坐在露天桌椅处就能取暖。我们自己的公寓温暖得让人愉快。我们烧煤球,这是用煤屑压成的卵形煤团。大街上冬日的阳光也是美丽的。现在你已经习惯看到落光叶子的树干冲向蓝天,你迎着清新冷冽的寒风穿越卢森堡公园里刚被雨水冲刷过的砾石小径。等你看惯了这些没有叶子的树木,它们也显得俊俏挺拔了。冬日的风吹过池塘的水面,喷泉在明亮的阳光中鼓胀着。自从我们在山里住过后,所有的行走距离对我们来说都显得异常近了。

因为海拔的改变,我并未意识到那些小山坡的高度,反而觉得充满快慰,于是,爬上旅馆顶楼去我工作的房间也变成了一种乐趣。从这个房间里可以看到这一区山坡上的所有屋顶和烟囱。房间内的壁炉烧得很旺，很暖和，让人工作起来非常愉快。我买了柑橘和烤栗子，用纸包着带进房间。吃橘子的时候，我剥去皮，吃那像丹吉尔红橘一般的小橘子，把橘皮扔进火里，也把核吐到火里。我饿了就吃烤栗子。因为走路、寒冷和工作，我总是感到饥饿。在顶楼房间里，我藏了一瓶我们从山区带回来的樱桃酒，我在快要完成一篇小说或者快要结束一天工作的时候，会喝上一杯。这一天的工作结束后，我就把笔记本或稿纸放进抽屉里，把吃剩的柑橘放进口袋里。如果把柑橘留在房间，它们在夜里是会冻坏的。

  我明白我今天工作的运气不坏，这让我在走下长长的楼梯时感到快乐无比。我总是在知道下一步将会干什么的时候才停止工作，这让我能知道明天将要做什么。不过，当我着手写一篇小说却进行不下去的时候，我就会坐在火炉边，把橘子皮的汁水挤在火焰边缘，看溅起的蓝色火焰。我会站在窗前眺望巴黎的屋顶，安慰自己："别担心，你以前也有这样的时刻，现在你也会写下去的。你只消写出一句真实的句子，写出你心中最最真实的句子。"如此一来，我最终会写出一句真实的句子，然后继续写下去。这很容易，因为你总会找到一句真实的句子，或者曾经看到或听别人说过的。如果我在开始写作时精心布局，像是有人在介绍或者推荐什么东西，我发现我就能把那些华而不实的装饰删掉，扔了，从我已经写下的第一句简单而真实的陈述句开始。在那个工作的房间里，我把我知道的每一件事情都写成一个故事。这是一种严苛的训练。

也是在那个房间里，我学会了从停下笔到第二天开始写作的这段时间里，不去想任何与正在写的作品有关联的东西。这样，我的潜意识会一直活动。我希望可以聆听其他人，观察每一件事物；我可以如我希望的那样学习；我可以阅读，免得只想着工作，以至于没有能力写下去。如果写作进展顺利——那除了自我约束之外还得靠运气——我在走下楼梯时会感到快活惬意，自由自在，可以到巴黎任何地方闲庭信步了。

如果我在下午走不同的街道去卢森堡公园，便可以穿过公园，来到卢森堡博物馆。如今，那里的名画大多已转移到卢浮宫和网球场美术馆了。我几乎每天都去那里看塞尚，看马奈、莫奈以及其他印象派大师的画，他们是我最初在芝加哥美术学院时熟知的画家。我从塞尚的画作中学习到一些创作技巧——写简单真实的句子远远不足以使小说具备多维的深度，而我正试图把这些深度放到小说中。我从他那里学到很多东西，但是我不善表达，无法向任何人解释这一点。何况这是一个秘密。但如果卢森堡博物馆里的灯光熄灭了，我就径直穿过公园，去花园街 27 号葛特鲁德·斯泰因住的那套带工作室的公寓。

我和妻子曾经拜访过斯泰因小姐，她和同居的朋友[1]对我们非常亲切友好。我们喜欢她那挂着名画的宽敞工作室，它如同最棒

---

1 指艾丽斯·巴·托克拉斯（Alice B. Toklas，1877—1967），她是葛特鲁德·斯泰因的秘书兼同性伴侣。斯泰因曾以艾丽斯的口吻写完《艾丽斯·巴·托克拉斯自传》一书（1933 年出版），实为她本人的自传。

的博物馆中的一间最好的展厅。斯泰因小姐的工作室还有一个大壁炉，室内温暖舒适。她们用好吃的和好茶招待你，还有用紫李子、黄李子或者覆盆子经过自然蒸馏而成的酒。这些无色的、气味芳香的酒，从雕花玻璃瓶中倒入小玻璃杯，供人饮用，不论它们是用什么做出来的，都能让人尝到果实本来的味道。酒精在舌尖变成一团有节制的火焰，温暖着你的舌头，又让舌头松软下来。

斯泰因小姐块头不小，但个子不高，她像农妇般健硕魁梧。她有一双美丽的眼睛和一张强硬的德国犹太人、也可能是弗留利人[1]的脸。她的衣着、她捉摸不定的表情以及她好看的、浓密而富有生机的移民的头发——发型很可能从大学时代就如此，这些都让我想起一个意大利北部的农妇。她从人物和地方谈起，全程都在高谈阔论。

她的伴侣有着非常悦耳的嗓音，个头娇小，皮肤黝黑，头发修剪得像布特·德·蒙维尔[2]插画中的圣女贞德，而且有一只很尖的鹰钩鼻。我们第一次见面的时候，她正忙着做一块刺绣，她一面绣着一面留心吃食和酒，并和我的妻子闲聊。她跟一个人交谈，同时聆听其他人的对话，常常会打断那个并非同她交谈的人。她后来向我解释，她总是跟妻子们交谈。我的妻子和我都觉得，那些妻子们

---

1 弗留利为如今意大利东北部的一个古老地区，1918年回到意大利的怀抱，1945年后，其东部被划入南斯拉夫。

2 这里是指的伯纳德·布特·德·蒙维尔（Bernard Boutet de Monvel，1881—1949），法国画家、雕刻家、时尚插画家和室内装饰家。

都挺宽容的。但是我喜欢斯泰因小姐和她的朋友，尽管那个朋友叫人害怕。那些绘画、糕点和白兰地真是美妙无比。她们似乎也喜欢我们，把我们当作好人，以及教养良好并很有出息的孩子对待。我感到她俩不再讨厌我们的恋爱和婚姻——时间会决定这一切——所以，当我的妻子邀请她们去家里喝茶时，她们接受了。

她们来到我们的寓所后，似乎更喜欢我们了，但这也许是因为地方太小，我们挨得更近。斯泰因小姐坐在铺在地板上的床垫上，提出要看我写的短篇小说，说她喜欢我写的短篇，除了那篇《在密执安北部》。

"写得不错，"她说，"这根本不算什么问题。但是这篇东西'无法展示'。就像是一个画家的画，他在举办个人画展的时候没有把它挂出来，没有人会买这幅画，因为他们也无法把它挂出来。"

"可假如这些并非污浊的文辞，而只是你尝试使用人们实际会用到的字眼呢？如果只有这些字眼才能让故事看起来真实纯粹，而你又必须使用它们呢？那你就只能使用它们。"

"你并没有听懂我的意思。"她说，"你不能写任何'无法展示'的东西。那是没有意义的，是错误的，也是愚蠢的。"

"我明白了。"我说。我并非完全赞同斯泰因小姐，但这也是一种观点，我不主张和长辈争执。我宁愿聆听他们的谈话，葛特鲁德的许多言辞都非常睿智。她告诉我，我很快就会不再从事新闻报道的写作。我十分同意她的看法。她本人想在《大西洋月刊》上发表作品，她对我这么说，她也会这么做的。她告诉我，我还不够好，不是一个优秀的作家，不足以在那儿或者在《周六晚邮报》上发表作品，但我可能是某一类拥有自己风格的作家，不过第一件事情是记住不要去写那种"无法展示"的短篇小说。我没有和她争执，也不愿解释我想在小说人物对话上作的尝试。那是我自己的事，还是听别人说话更有意思。那个午后，她还告诉我们应该如何买画。

"你要么买衣服，要么买画，"她说，"就是那么简单。没有钱，谁也不能两者兼得。别管你的衣着，根本不要管什么时尚，买衣服是为了穿着舒适，持久耐用，然后你就可以把买衣服的钱用去买画了。"

"可是我即便不再买更多的衣服，"我说，"也没有足够的钱去买想要的毕加索的画。"

"不要买他的，他跟你不在一个圈子。你得去买你同龄人的画——你自己服役的军队里的人的画。你会认识他们。你会在这个区[1]见到他们。总有优秀的初出茅庐的画家。并且，不是你买了很多衣服，而是你的太太总在买衣服，女人的服饰就是价格不菲。"

我看到妻子尽量不去看斯泰因小姐穿的那身古怪的、类似于驾驶员穿的衣服，而且她真的做到了。当她们离开之时，我们仍旧备受她们的喜爱。我想，我们会被再次邀请去花园街 27 号做客。

---

1 指塞纳河左岸的拉丁区，位于巴黎六区和海明威居住的巴黎五区的交界处。

后来，我被邀请在冬天下午五点以后都可以去她的工作室。我在卢森堡公园见到过斯泰因小姐。我不记得那时她是否在公园遛狗，也不记得她到底有没有养狗。我只记得我在独自散步，因为那时我们养不起狗，甚至连一只猫也养不起。我知道的猫只有咖啡馆或者小餐馆里的，还有令我羡慕的公寓门房窗口上的那些大猫。后来，我经常碰到斯泰因小姐在卢森堡公园带着她的狗散步。但我觉得这次偶遇是在她有狗之前发生的。

不管有没有狗，我接受了她的邀请，并且习惯了路过她工作室时走进去拜访。她总是请我喝自然蒸馏的白兰地，并且让我干完一杯再斟满一杯。我们看着室内的画作交谈。画作优美，交谈甚好。大部分时间是她在讲，她告诉我现代派绘画和这些画家——谈话间把他们当成普通人看待而非画家——也谈到自己的作品。她给我看了很多她写的原稿，那是她的伴侣用打字机打好的。每日写作让她快活，但是等我对她了解更多之后，我发现，对她来说，每天稳定生产这些作品，使之变成一种日常，从而文字颇丰，并将其出版，得到读者的全面认可，就能让她保持愉快。当然，这视她的精力不同有所变化。

这在我认识她之初还没有变成一个严重的情况，因为她已经发表了三篇人人都能理解的小说。其中有一篇《梅兰克莎》[1]写得非常好，是她的那些实验性写作的优秀范本，且已经出版发行单

---

[1] 小说原名为 Melanctha。作者提到的三篇小说指《好安娜》《梅兰克莎》和《温柔的莉娜》，收录于1909年出版的《三个女人》一书。

行本,得到曾见过她或者熟知她的评论家的赞赏。她有一种魅力:当她希望把某人争取到她这一边来的时候,没有人可以抗拒得了。而那些认识她并看过她收藏的画作的评论家们,之所以接受她写的那些让人看不太懂的作品,是因为他们喜爱她这个人,并且对她的判断力充满信心。她还挖掘了关于小说节奏和重复使用辞藻的许多规则,这些都是合理而有价值的,她对此说得头头是道。

这些单调乏味的文字修改工作或者把作品写得让大家读得懂的职责,并不能让每日持续写作的她满足。她继续创作的快感源自她需要出书以及得到公众的认可,尤其是她那部令人难以置信的长篇——《美国人的形成》。

这本书的开头很精彩,有很长一段描述进展良好,铺展精湛;再往下则是没完没了的重复叙述,要是一个有责任心且不太懒的作家,早就把这部分扔进废纸桶了。我在让——也许是逼——福特·马多克斯·福特[1]在《大西洋彼岸评论》上连载这部作品时深刻领会到这一点,如果一直连载的话,恐怕到停刊都连载不完——我极度熟悉《评论》的经费来源。我还得通读小说,为斯泰因小

---

[1] 福特·马多克斯·福特(Ford Madox Ford, 1873—1939),英国小说家、评论家、编辑,代表作《好兵》(1915)。他的一战题材系列小说也很受欢迎,如《有些不》。他与约瑟夫·康拉德合写了小说《继承人》(1901)、《浪漫》(1903)和《犯罪的本质》(1924)。福特鼓励和帮助过很多作家,在自己1908年创办的《英国评论》上首先刊登D. H. 劳伦斯和詹姆斯·乔伊斯的作品。1923年,福特开始在巴黎一处叫作绚丽城市(Cité fleurie)的艺术家聚居地定居。1924年,福特在巴黎创办了《大西洋彼岸评论》,发表乔伊斯、欧内斯特·海明威、埃兹拉·庞德等人的作品。

姐做校对——这校对的工作不会给她带来任何乐趣。

多年以后，也是在这种寒冷的午后，我路过守门人的住所，从冰冷的院子走进温暖的工作室。而在这一天下午，斯泰因小姐教了我一些性的知识。那时候我们彼此已经非常投缘了，我也明白，凡是我不太懂的事情，很可能都与这方面有关系。斯泰因小姐认为，我可能就是我们现在所说的那种，对于性的理解四四方方、不甚多元的人。而我承认自从了解了同性恋的一些较为原始的方面后，就对同性恋抱有一定偏见。我知道这就是为何当你还是孩子的时候，"色狼"这个词还没有成为那种整天沉迷于追逐女人的男人的俗称。而那个时候，你随身带一把刀才敢和一群流浪汉在一起厮混。从我在堪萨斯城的日子，从那个城市不同的区域、芝加哥以及大湖里的船只上，我就知晓很多"无法展示"的词汇和用语。在斯泰因小姐的不断追问下，我告诉她，当你还是个孩子却在男人堆里厮混的时候，你就得做好杀人的准备；你要懂得如何去干这种事，以及真正懂得为了不受到骚扰，你就得干。这词[1]是"可以展示"的。如果你知道你要杀人，别人很快能感觉到，也就不会来打扰你了；可是也有某些状况，你不能允许自己被迫或者被陷进去。若是使用那些色狼在湖船上用的一句"无法展示"的话，"噢，伤痕也许不坏，我却要目睹"[2]，我就能把意思生动地表达出来。但和斯泰因小姐

---

[1] 此处应该是海明威和斯泰因在讨论海明威小说中使用的词语。

[2] 原文为：Oh, gash may be fine but one eye for mine.

谈话，我对言辞很是小心，甚至在澄清一些原话或者更好地表述一个偏见的时候，也小心翼翼。

"是的，是啊，海明威，"她说，"但你当时是和罪犯及性变态者们住在一起呀。"

我不想对此争辩。尽管我曾经在那样一个世界生活过，那里有各式各样的人，我曾经竭力去理解他们，但是有些人我无法喜爱，一些人我依然憎恶。

"但是那位举止优雅、名声很好的老人，他在意大利曾带了一瓶马尔萨拉或者金巴利酒到医院来看我，行为规矩得几乎完美无瑕。可是后来有一日，我不得不吩咐护士再也不要让他进入房间，你说这是怎么回事？"我问。

"那些人有病，他们无法帮助自己，你应该可怜他们。"

"难道我该可怜某某某吗？"我问。我提到这人的名字，但是他本人通常乐于自报姓名，所以我觉得没有必要在这里写出他的名字。

"不，他是邪恶的。他是一个腐化堕落之人，他确实邪恶。"

"但是，据说他是一个优秀的作家呀！"

"他并不是。"她说，"他不过是一个爱炫耀的人，为了追逐腐化堕落的乐趣而腐化，将人们引入一些险恶的行为中。比方说，吸毒。"

"那么在米兰，我该可怜的人不是想诱惑我堕落吗？"

"别傻了。他怎么会指望着腐化你？你会用一瓶马尔萨拉酒腐蚀一个像你一样喝酒的男孩吗？不，他是一个可怜的老头，管不住自己的事。他有病，不能自理，你应该可怜他。"

"我当时可怜过他，"我说，"但是我很失望，因为他拥有那么得体的举止。"

我又呷了一口白兰地，心里怜悯着那个老人，望着毕加索那幅裸体姑娘和一篮鲜花的画作。这场谈话不是由我开始的，我想再继续下去会很危险。和斯泰因小姐的谈话似乎永无休止，但我们还是停了下来，她还有话想对我讲，而我又斟满了酒杯。

"你实在是对此事一窍不通，海明威。"她说，"你见过人人皆知的罪犯、病态之人和邪恶者。主要的问题在于男同性恋的行为是丑陋和使人反感的，事后他们也厌恶这种行为，所以他们经常换伴侣，也没办法真正感到幸福。"

"我明白了。"

"女人的情况就正好相反。她们从不做感到厌恶的事，从不做反感的事，事后就很快乐，能在一起幸福生活。"

"我明白了。"我说，"可是某某某人又是怎样的呢？"

"她是邪恶的女人，"斯泰因小姐说，"她可真是邪恶的，所以无法觉得快乐，除非结识新欢。她使人堕落。"

"我懂了。"

"你真懂了吗？"

那些日子，要懂得的事情太多，我很高兴我们后来谈论起其他的事来。公园已经关闭，于是我只好沿着公园外围走到沃日拉尔路，再往南边绕。公园关门上锁,我不得不绕过而非穿过公园,匆匆赶回我在勒穆瓦纳红衣主教路的家,内心感到悲哀。这一天开始得如此明媚。明天我必须努力工作了。工作几乎可以治愈所有事情,我那时如此深信,现在也这样认为。在斯泰因小姐看来,我那时必须治愈的毛病,就是我的年轻和对妻子的爱。回到勒穆瓦纳红衣主教路的家后,我一点儿也不感到悲伤了,还把刚刚学到的知识讲给妻子听。那天晚上,我们对于已经拥有的知识以及在山区获得的其他新的知识感到高兴。

Chapter 3 莎士比亚书店

那些日子,我没钱买书,看的书是从莎士比亚书店[1]的外借图书馆借来的,这家图书馆兼书店是西尔维亚·比奇开在奥德翁剧院路 12 号的。在一条刮着寒风的街上,这是处可爱、温暖、惬意的地方,里面有一个大火炉,桌子和书架上都是书,新书放在橱窗里,墙上挂着已经过世和健在的著名作家的照片。那些照片看起来全像是抓拍的,连那些逝世的作家看上去也像是还活着。西尔维亚有一张充满生气、轮廓分明的脸,褐色的眼睛像小动物般

---

1 莎士比亚书店(Shakespeare and Company,又译为"莎士比亚图书公司")诞生于第一次世界大战之后,书店前身并非在如今的巴黎圣母院对面,而是开设在奥德翁剧院大街 12 号。书店主人是西尔维亚·比奇。第二次世界大战期间,书店由于受到纳粹的骚扰而关闭。1951 年,一个叫乔治·惠特曼的美国人在巴黎圣母院对面的比舍里街 37 号开了一家卖英文书籍的书店。像比奇一样,他把书店的二层辟为图书馆。20 世纪 60 年代,惠特曼在得到比奇的同意下,正式把书店更名为莎士比亚书店。这就是后来、也是如今巴黎文艺地标之一的莎士比亚书店。

活灵活现,像年轻姑娘那样欢快;浓密的、波浪式的褐色头发从她漂亮的额角往后梳,一直修剪到耳朵下面,与褐色天鹅绒外套的领子相齐。她有一双美腿,她友善,愉悦,总是兴致勃勃,喜欢开玩笑,聊八卦。我认识的人中间,没有人比她待我更好。

我第一次踏进这家书店的时候非常害羞,身上没有足够的钱加入这里的外借图书馆。她告诉我,等有了钱再付押金。她让我填了一张卡,说想借多少本就借多少本。

她没有任何理由相信我。她并不认识我,我给她的地址——勒穆瓦纳红衣主教路74号,那是一个不能再穷的地方。但是她开心、迷人,对我很欢迎。她身后是一个摆满了书的书架,跟墙壁一样高,一直延伸到建筑内院的里屋。

我从屠格涅夫开始,借了两卷本的《猎人笔记》和D.H.劳伦斯的一部早期作品,大概是《儿子与情人》吧。可西尔维亚对我说想多借一些也行,我就又选了康斯坦斯·迦纳翻译编辑的《战争与和平》和陀思妥耶夫斯基[1]的《赌徒及其他故事》。

"如果要把这些都读完,你不会很快回来的。"西尔维亚说。

"我会回来支付押金,"我说,"我公寓里有一些钱。"

"我不是这个意思。"她说,"你可以在任何方便的时候付。"

"乔伊斯一般什么时候上这儿来?"我问。

"他要是来的话,一般都是下午很晚的时候了。"她说道,"你

---

[1] 陀思妥耶夫斯基(Достоевский,1821—1881),俄国作家,代表作品有《罪与罚》《卡拉马佐夫兄弟》《白痴》等。

见过他吗?"

"我们在米肖餐厅见到过他跟家人一起吃饭,"我说,"可是在人家吃饭的时候盯着看是不礼貌的,米肖餐厅又很昂贵。"

"你在家吃饭吗?"

"现在大部分时间是的,"我说,"我们有个好厨师。"

"你住的那一区周围没有什么餐馆,是吗?"

"没有。你怎么知道的?"

"拉尔博[1]在那儿住过。"她说,"他喜欢那一区,就是没什么餐馆。"

"最近的一家物美价廉的餐馆要跑到先贤祠那一带。"

"那一带我不太熟悉,我们都在家吃。你和妻子务必来我家玩。"

"等我来付押金的时候吧,"我说,"但是非常感谢你。"

"书别看得太快啦。"她说。

在我们两居室的家里,没有热水,也没有屋内的盥洗设备,除了一个消毒的便桶,不过只要习惯了密歇根那种户外厕所的话,就不会觉得不舒服。但是从我们的寓所里可以眺望到美丽景色,地板上铺着一张以上好的弹簧床垫作底的舒适的床,且被饶有品位地盖着,墙上挂着我们喜欢的画——这真是一个让人愉悦的公寓。我把新发现的好地方告诉了妻子。

"但是,塔迪,你一定要在今天下午去把押金付了。"她说。

---

[1] 瓦莱里·拉尔博(Valery Larbaud,1881—1957),法国小说家、诗人、评论家。

"当然,我会去,"我说,"我俩都去,然后一起沿着塞纳河滨河路散步。"

"我们可以沿着塞纳河散步,去看那些画廊和商店的橱窗。"

"当然。我们可以散步到任何地方,去一家新开的咖啡馆坐坐。在那儿,我们谁也不认识,也没人认识我们,我们可以喝一杯。"

"可以喝上两杯。"

"然后找个地方吃饭。"

"别忘了还要付图书馆的押金呢。"

"我们要回家吃饭,吃一顿很好的晚餐,喝合作社买来的博讷酒[1],你透过窗户就能看到橱窗上写着的博讷酒的价格。接着我们就读书,然后上床做爱。"

"而且我们绝不会爱任何其他人,只彼此相爱。"

"对,绝不。"

"这是一个多么美好的下午和傍晚啊。我们现在最好把午饭吃了。"

"我太饿了。"我说,"我在咖啡馆写作,只喝了一杯奶油咖啡。"

"写得怎么样,塔迪?"

"我认为不错,希望是这样的。我们午餐吃什么?"

"小萝卜,配上土豆泥和菊苣沙拉的上好的小牛肝。还有苹果馅饼。"

---

[1] 博讷酒(Beaune),指法国中东部的博讷城中产的普通干红葡萄酒。

"而且我们就要有世界上所有的书籍可以阅读了,等出门旅行的时候就能带这些书去了。"

"这样做是否取信于人?"

"没问题。"

"她那儿有亨利·詹姆斯的书吗?"

"当然有。"

"哦,"她说,"我们运气真好,你发现了那个地方。"

"我们一向运气很好。"我说着,像个傻瓜,没有用手去敲木头[1]。即便公寓里到处有可以让人敲击的木头。

---

[1] 敲木头(knock the wood),是西方文化中表示预祝好运的一种方式。用手敲击木头,以免运气溜走。

Chapter 4 塞纳河畔的人们

从我们居住的穆勒瓦纳红衣主教路的高处走到塞纳河有很多方式。最短的是从这条路径直往下走,但是路很陡,它可以带你走出去,等你走上平坦路段,穿过圣日耳曼大道街口繁忙的交通之后,来到一个没有特色的地段,在这里延伸着一条沉闷迎风的河畔,右边就是葡萄酒市场。它和巴黎其他任何市场都不同,只是一个储存着尚待完税的葡萄酒的仓库,从外观看毫无生机,像是一个兵站或是俘虏营。

跨过塞纳河分岔的河段就是圣路易岛,上面街道狭窄,有着又老又高的美丽房子。你可以渡河过去,或者向左拐,沿着和圣路易岛一样长的滨河路走,再向前走,便到了圣母院和西岱岛的对面。

在沿着滨河路的书摊,我时常能找到刚出版的美国书出售,价格便宜。在那些日子,银塔饭店楼上有几间房被租了出去,让住在饭店的人能以折扣价在那里用餐。如果房客们离去时留下什么书籍，负责打扫房间的男仆就把那些书卖给不远处的一家书摊，你就可以从女摊主手中花很少的法郎买到它们。女摊主对用英语写作的书没有信心，买下这些书她几乎没怎么花钱，所以只要能赚点儿薄利就马上脱手。

"这些书有不错的吗？"我们成了朋友后，她问我。

"有时候，能有一两本不错的。"

"这叫人怎样辨别呢？"

"阅读的时候就能分辨。"

"这像赌博，并且又有多少人能读英文？"

"把它们留给我，让我来翻阅它们。"

"不行，我不能留给你，你并不经常路过。你总是要过好长一段时间才来。我必须尽快把它们卖掉。没有人知道它们是否一文不值，如果它们被发现是没什么价值的书，我就永远卖不掉了。"

"你怎样辨别一本有价值的法语书？"

"首先，书里要有插图。然后就是看这些插图的质量。然后再看装订。如果是一本好书，书的主人会很仔细地将它装订起来。所有的英文书都被装订起来了，但是都装订得很差。没有办法来判断它们是好是坏。"

过了银塔饭店附近的这家书摊，再也没有售卖美国和英国书的了，直到抵达大奥古斯丁滨河路。从大奥古斯丁滨河路往前，到伏尔泰滨河路再过去的地方，有几个书摊出售从塞纳河左岸那些酒店、特别是比大多数酒店拥有更多豪客的伏尔泰酒店的雇员那里买来的书。一天我问一个女摊主——她是我的朋友,书的主人是否卖过书籍。

"没有,"她说,"它们全部被扔掉了。所以人们才知道这些书没什么价值。"

"是朋友把书送给他们,让他们在船上阅读的。"

"没错儿,"她说,"他们准是把很多书都扔在船上了。"

"他们肯定这样做了。"我说,"船运公司把这些书保存起来,装订一新,就成了船上图书馆的藏书。"

"这倒是一种明智的做法,"她说,"至少它们能被妥善装订。像这样的书也就有价值了。"

我在写作闲暇或者思考什么问题的时候,就会沿着塞纳河边的滨河路散步。如果我散着步,做着一些事或者看别人干着一些熟活儿,我思考起来就比较容易。西岱岛的上端,新桥以下,亨利四世雕塑的所在地,岛以一个点收尾,像是一个尖利的船头。那儿临水有个小公园,种植着一片长势良好的栗树,有些栗树高大而枝繁叶茂。在塞纳河中形成的急流和回水流经之处有不少适合垂钓的好地方。沿着石阶而下,就是那个小公园,在那儿可以看到在大桥下垂钓的人们。垂钓的好地点随着河水涨落而变化,垂钓者用长长的连接起来的钓鱼竿,但是用很细的接钩线和轻巧的渔具以及羽毛管浮子钓鱼,老练地在那片水域诱鱼上钩。他们总能钓到鱼,收获颇丰,能钓到很多像鲦鱼那样的鱼,他们称之为鮈鱼。这种鱼整条放在油里煎了吃,味道鲜美,我可以吃一整盘。

这种鱼壮硕，肉质鲜美，味道甚至超过了沙丁鱼，而且一点儿也不油腻，我们吃的时候连骨头一起全吃了。

享用这一美食的好去处是在下默东[1]的一家建在河上的露天餐厅，当我们有钱去离所住的区很远的地方出游时，就会上那家餐厅。这家餐厅叫"神奇渔场"，出售一种极好的白葡萄酒，那是麝香葡萄酒[2]的一种。这是莫泊桑小说中出现过的地方，能眺望被希斯莱[3]画过的整个河景。你不用跑那么远去吃鲌鱼，你在圣路易岛上就能吃到一份很好的炸鱼。

我认识几个在圣路易岛和瓦尔嘉朗广场之间的塞纳河多鱼的河段钓鱼的人。如果天气晴朗，我就会买一升葡萄酒、一片面包和一些香肠，坐在阳光下读一本刚买的书，看这些人垂钓。

有些游记作家把在塞纳河上垂钓的人写得跟疯子一样，从未钓到一条鱼；事实上他们垂钓认真，且卓有成效。大多数垂钓者都是靠很少的养老金过日子的，那时他们还不知道一旦通货膨胀，那点儿养老金就会变得微不足道；还有一些是热衷钓鱼的，他们但凡有一天或者半天能远离工作，就会去钓鱼。更适合垂钓的地

---

1 下默东（Bas Meudon），是位于巴黎城区西南的塞纳河中的圣日耳曼岛（Île Saint-Germain）上的一条街道。

2 麝香葡萄酒（Muscadet），产自法国西部卢瓦尔河下游的南特一带，由那里特产的麝香葡萄酿制而成。

3 阿尔弗雷德·希斯莱（Alfred Sinley，1839—1899），法国画家，擅长风景画，其作品色彩十分柔和，所画雪景最为出名。

方在沙朗通，马恩河从那里汇入塞纳河。巴黎的东西两边都适合垂钓，但就在巴黎本地也有非常好的钓鱼场所。我没有去钓鱼，因为没有渔具，而且我宁愿省下钱来去西班牙钓鱼。再说，那时我也根本不知道何时可以结束写作，何时可以出门。我可不想沉迷于垂钓，因为钓鱼这项活动有它的旺季和淡季。但是我密切关注着它，这很有意思，学会一点儿知识也感觉不错。让我高兴的是，城里也有人在钓鱼，他们发出声响，认真垂钓，还把一些炸鱼带回家。

有这些钓鱼者和塞纳河上的生活百态，在甲板上展示自己生活轨迹的漂亮驳船，那些烟囱向后折叠以便从桥下经过、拖拽着一长列驳船的拖轮，以及河边石堤上高大的梧桐、榆树，不时还有白杨，我沿河散步从不会觉得寂寞。城中有那么多树木，你每天都能看到春天的临近，直到一夜暖风将它忽然带来了。有时一阵强烈的冻雨又会把它打回去，如此，春天似乎不会来了，你的生活中将失去这一季节。那是巴黎唯一真正悲伤的时光，因为这真是违反自然的。你预计在秋天感知悲凉。每年叶子从树上掉落，光秃的枝干迎着寒风和冬日凛冽的光线。但是你知道春天总会到来，正如你知道河水冻结了又会流淌一样。冻雨持续，扼杀春日之时，就仿佛一个年轻人毫无道理地死去。

然而，在那些时日，春天终会降临；但是让人心惊的是，它差点儿就来不了了。

一个假春
Chapter 5

当春天降临，即便是一个虚假的春天，除了寻找什么地方最快乐之外，再没有别的问题了。唯一能破坏心情的是人，而如果你能做到不和人交流，那就没有限制了。人们总会成为这愉快心情的限制者，除非是极少数像春天本身一样美好的人。

在那些春日早晨，我很早起来工作，妻子还在沉睡。窗子大开着，街上被雨淋湿的鹅卵石正在变干。太阳正把对面那些房门晒干。店铺仍然紧闭。山羊倌吹着笛子从街上走来，住在我们楼上的女人提着一把大壶从屋子里走出去，走上人行道。山羊倌选了一只乳房丰满的黑羊，把奶挤入壶中，他的狗则把其余的羊赶上人行道。山羊们转动脖子四处张望，像是观光客一样。山羊倌收了女人的钱，道过谢，吹着笛子继续沿街走着，狗领着羊群走在前面，羊角上下摆动。我重回写作中，女人已提着羊奶上楼。她穿了做清洁工作的毡底鞋，我只听到她在门外楼梯处停下来的喘气声，接着她便关上房门。在我们这栋楼里,她是山羊倌的唯一顾客。

我想要下楼买一份晨版赛马报。没有一个街区会穷得连一份赛马报都没有,可是在这样的日子,你得趁早去买。我在康特斯卡普广场拐角的笛卡尔路买到了一份。那些山羊正顺着笛卡尔路走去。我呼吸着清新的空气,快步走回去,爬上楼梯,回去完成工作。我被诱惑,想留在外面,想跟随山羊的脚步一起在清晨的街道上走。但我在重新开始工作之前,先看了一会儿报纸。有人要在昂吉安——那个狭小、漂亮、扒手横行的马场赛马,那是圈外人的聚集之所。

所以,那天我完成工作后,就想去看赛马。我为多伦多报社撰写新闻,他们给我寄来一笔钱,如果我们能发现一匹好马,就想在它身上好好赌一把。我的妻子曾在奥特伊赛马场赌过一匹叫作金山羊的马,它的赔率为一百二十比一,它领先了二十个身位,可是在最后一次跳栏时摔倒了,我们输掉了很多积蓄。我们尝试绝不再想着去做什么了。那年我们在赛马场遥遥领先,那匹金山羊也可能赢钱——我们不会再考虑它了。

"我们真的有足够的钱去赌一把吗,塔迪?"妻子问我。

"没有。我们只能考虑手头现有的钱。你还想把钱花在别的什么地方吗?"

"哦。"她说。

"我知道。这一阵过得很苦,我手头很紧,而且非常拮据。"

"不,"她说,"但是——"

我知道我向来多么严苛,而且境况又是那么糟。一个在工作并从中得到满足的人,是不会被贫穷困扰的。我想到地位比我们低的人拥有的浴缸、淋浴和抽水马桶之类,或者你外出旅行时能享用的东西——我们倒是经常旅行的。我们经常去塞纳河那边、街道尽头的一家公共澡堂。自从当初在金山羊摔倒时哭过后,妻子再没有为这些事情抱怨过。我记得她是为了这匹马而不是为了输钱哭的。当她想买一件灰色羊羔皮夹克的时候,我跟个傻瓜一样,可是一旦她买来,我却非常喜欢。我在其他问题上也显得愚蠢。这一切属于你跟贫穷作斗争的部分,除非你根本不花钱,不然决不会取胜。尤其是你如果买画而不买衣服的话。但那时我们从未想过我们是贫穷的,我们不接受这个概念,并认为我们是高人一等的,瞧不起并且理所当然地不信任其他有钱人。对于我来说,把长袖运动衫当内衣穿来保暖御寒,并不奇怪,只是在有钱人眼里会显得古怪。我们吃得不错而且便宜,喝得不错而且不贵,睡得很好而且睡在一起,很温暖,且彼此相爱。

"我想我们应该去看赛马,"我的妻子说,"我们有好长一段时间没有去了。我们可以带一份午餐和一些酒去。我会做一些三明治。"

"我们搭火车去,这样比较便宜。但是如果你认为我们不该去,我们就不去。我们今天不论干什么都会是有趣的。今天是一个美妙的日子。"

"我觉得我们应该去。"

"你不想把钱用在别的地方吗?"

"不想。"她高傲地说,她长着可爱的高颧骨,看起来很高傲,"我们到底是什么人啊?"

这样,我们从北站乘火车出发,穿过城里最脏的地区,然后从铁路一旁走到绿洲般的赛马场。时间尚早,我们在新修剪的绿草坪上铺上雨衣,坐着吃午餐,就着瓶子喝葡萄酒,看着那古老的大看台,那些棕色赌马木亭,绿色跑道,一道道暗绿色的跳栏,褐色的闪着光的障碍水沟,刷白的石墙和白色的柱子和栏杆,在新近透出绿叶的树林下的围场,以及正被带往围场的第一批马。我们又喝了一些葡萄酒,在赛马报上研究了一下表格。妻子躺在雨衣上睡着了,太阳正照在她的脸庞上。我发现一位以前在米兰的圣西罗赛马场结识的熟人,我走过去,他给我提到了两匹马。

"记着,它们是不值得下大赌注的。但是也别让这赔率吓得你不敢下赌注了。"

我们只花了一半的钱就赢了第一场,这匹马的赔率是十二比一,它跳得优美无比,在跑道的远端领跑,到达终点时领先四个身位。我们把赢来的钱留下一半,收好,用另一半赌第二匹马。这匹马首先领跑,一路跨越跳栏,每次跳跃起来,挨两下鞭打,落在平地上,就这样坚持到终点,成为大家最爱下注的马匹。

我们到看台下的酒吧去喝了一杯香槟,等待公布赢得的金额。

"啊呀,赛马真是让人挺难受的。"妻子说,"你看到那匹马在后面追赶它了吗?"

"我心里仍然还能感觉到呢。"

"它能赔多少钱?"

"牌价上写着十八比一。但是他们可能最后又下了不少注。"

马群从我们面前走过,我们那匹马湿漉漉的,正张大鼻孔喘着气,骑师轻轻拍打着它。

"可怜的马儿,"妻子说,"我们只是下注罢了。"

我们注视着它们从面前走过,又喝了一杯香槟,这时,那赢金的牌价亮了出来:8.5。这意味着押十法郎能拿到八十五法郎。

"他们准是在最后关头押了一大笔钱。[1]"我说。

我们赢了不少钱,对于我们来说,已经是很大一笔了。现在我们有了春天,也有了钱。我想这正是我们所需要的一切。像那样的一天,如果你把赢来的钱分为四份,每人只花这四分之一,还可以留下一半作为今后看赛马的本钱。我把这笔钱悄悄藏起来,不同其他的钱相混,因为每天总有赛马进行着。

那年以后的另一日,我们在某次旅行的归途中,在某个赛马场遇上好运气,于是在回家途中在普律尼埃饭店前驻足。在看了橱窗里明码标价的所有美味佳肴后,我们走进去,在吧台坐下来。我们要了生蚝和墨西哥螃蟹,加上两杯桑塞尔葡萄酒。我们在黑暗中穿过杜伊勒里公园[2]往回走,停下脚步,目光穿越这漆黑的花园,一

---

[1] 因为很多人也买了这匹马,才使赔率从最初的 18:1 降为 8.5:1。

[2] 杜伊勒里公园(Tuileries),原是巴黎王宫,1871 年被焚毁。

路望向骑兵竞技场拱门。在这片庄重的黑暗背后,有着从协和广场照射而来的灯火,然后是朝着凯旋门升腾起来的长长的光线。接着我们回头朝卢浮宫的暗处看去,我说:"你真的认为这三座拱门是成一直线的吗?这两座和米兰的塞米昂纳拱门?"

"我不知道,塔迪。人家都这么说来着,他们应该知道的。你记得我们当初在雪地里登山,最后到达圣伯纳山属于意大利的那一面,进入了春天,你和钦克[1]还有我在这春光里走了一整天,下到了奥俄斯泰城吗?"

"钦克把这称作'穿上街的鞋子翻过圣伯纳山口'。你还记得你那双鞋子吗?"

"我可怜的鞋子。你还记得我们在商业街里的比菲咖啡馆吃什锦水果杯,在加冰的大玻璃罐里兑上卡普里白葡萄酒,混合着新鲜的桃子和野草莓?"

"那个时候让我琢磨起那三道拱门来。"

"我记得塞米昂纳拱门。它就像这座拱门。"

"你记得在艾尔格[2]的那天吗?你和钦克坐在花园里,我在钓鱼,你们在读书。"

"记得,塔迪。"

我记得那河面很窄、河水灰暗而且有大量雪水的罗纳河,河的

---

1 钦克(Chink),海明威的好友、爱尔兰军官埃里克·爱德华·多尔曼-史密斯的外号。海明威在米兰医院养伤时和他结识,两人成为终生好友。

2 艾尔格(Aigle),位于瑞士西南部日内瓦湖的东南部。

两岸各有一条可以捕鳟鱼的溪流——斯托卡普河和罗纳运河。那日，斯托卡普河水真是清澈，但罗纳运河仍是浑浊的。

"你还记得正逢七叶树开花时的事吗？我努力想回忆起来，我想是吉姆·干布尔[1]讲的那个紫藤花的故事，却始终记不起来。"

"是的，塔迪，你和钦克两人总是谈论着怎样把事情弄得清清楚楚，把它们写下来，要表达得恰到好处而不用描绘。我记得所有事情。有时他对，有时你对。我还记得你们在争论灯光、结构和外形。"

此刻我们已经穿过卢浮宫，走出大门，来到外面的街对面，倚着石栏站在桥上，俯视桥下的流水。

"我们三人什么事情都要争论一番，总是争论具体的问题，还互相开玩笑。我记得我们在整个旅途中干过的一切，说过的一切，"哈德莉说，"我记得清清楚楚。什么都记得。你跟钦克两人讲话的时候，我总是可以参与其中。可不像在斯泰因小姐家里那样，我只是个妻子。"

"但愿我能记起那个紫藤花的故事。"

"那无关紧要，重要的是葡萄树，塔迪。"

"你还记得我从艾格尔带回休假小木屋的葡萄酒吗？人家在客栈里卖给我们的。他们说这酒应该就着鳟鱼一起喝。我们把酒用

---

[1] 吉姆·干布尔（Jim Gamble），海明威在意大利北部当志愿兵时的红十字会上司，上尉军衔。他曾建议美国保洁公司（Proctor & Gamble）资助海明威在欧洲旅行一年。

好几份《洛桑日报》包裹起来带回家,我记得。"

"西昂[1]葡萄酒甚至更好。你还记得我们回到休假小木屋后,甘吉斯韦施太太怎么做的奶汁鳟鱼吗?那真是非常美味的鳟鱼。塔迪,我们在外面门廊上一面喝着西昂酒,一面吃着鳟鱼。山坡从木屋下面一路下削,我们能眺望日内瓦湖,隔着湖望见积雪覆盖到半山腰的南高峰,望见罗纳河口的树林,河水在此流入日内瓦湖。"

"我们总是在冬天和春天想起钦克。"

"总是这样,而现在春天过去了,我还在想念他。"

钦克是一个职业军人,从桑赫斯特[2]毕业后就去了蒙斯前线。我第一次遇见他是在意大利,我们成了莫逆之交,在很长一段时间里,我俩都是挚友。他和我们一起度过了他的假期。

"上星期,他从科隆来信说,他打算明年春天争取到假期。"

"我知道。我们应该享受当下这个时间,每一分钟都不放过。"

"我们现在正凝视着河水,水冲击着这座扶壁。我们朝河的上游望过去,看看能看到什么。"

我们望见,原来就是这样:我们的这条塞纳河,我们的城池和城中的这座岛。

"我们太幸运。"她说,"我希望钦克能来,他总是照顾我们。"

"他可不这样想。"

---

1 西昂(Sion),位于瑞士西南部罗纳河畔的古城。

2 桑赫斯特(Sandhurst),英国皇家军事学院,位于伦敦西面的桑赫斯特镇。

"当然不会这样想。"

"他想我们一道去探险。"

"我们是这样的。但这取决于你会探什么样的险。"

我们走过桥,来到我们住的河的一边。

"你饿了吗?"我说,"我们这样又说又走的。"

"当然,塔迪。你不饿吗?"

"我们去一个好地方吃一顿名正言顺的丰盛晚餐吧。"

"去哪儿?"

"米肖餐厅,如何?"

"棒极了,而且离这儿很近。"

于是我们沿着圣佩雷斯街走到雅各布路的拐角,不时停下来观看橱窗里的画作和家具。我们站在米肖餐厅的外面看张贴的菜单。餐厅内很拥挤,我们等待食客出来,看着那些人们已经喝完咖啡的餐桌。

我们因为走路肚子又饿了,而米肖对我们来说是一家让人兴奋和价格昂贵的餐厅。那时乔伊斯和他的家人常去那里吃饭,他和妻子背靠墙坐着,乔伊斯用一只手举起菜单,透过他厚厚的眼镜片凝视着;诺拉[1],一个胃口很大但很娇气的食客坐在他身边;乔吉奥很清瘦,有点儿纨绔子弟的感觉,从后面看过去,头发油亮

---

1 诺拉·巴纳克尔,乔伊斯的妻子。两人于 1904 年开始同居,生有一子乔吉奥,一女露西亚。乔伊斯于 1920 年开始定居巴黎,成为职业作家。1931 年,两人正式结婚。

发光；露西亚，有着一头浓密的卷发，是一个还未长大的姑娘；他们全都讲意大利语。

站在那里，我思忖着我们在桥上的感受有多少仅仅是饥饿。我问了妻子，她说："我不知道，塔迪。饥饿有很多种类。在春天，种类就更多了。但是现在饥饿已经过去了。记忆就成了饥饿。"

我真傻，我往窗户里望去，看见两份菲力牛排正被端上餐桌，我这才清楚我就是很简单的饿了。

"你说我们今天很幸运。当然是啊。我们收到了很好的建议和信息啊。"

她大笑。

"我不是指赛马。你真是平实的小伙子。我说的幸运是指别的方面。"

"我并不认为钦克喜欢看赛马。"这么一说更加深了我的蠢意。

"对。他只有在骑马的时候才会关心。"

"你还想去看赛马吗？"

"当然。而且现在我们什么时候去都可以。"

"但是你真的想去看赛马？"

"是的。你也想去，不是吗？"

我们走进米肖餐厅，这真是一顿美妙的晚餐。等我们吃完这一餐，再也没有饥饿的问题了，但在乘公交车回家时，那种我们在桥上感到的像是饥饿的感觉依然在那儿。回到家，我们走进房间，上了床，在黑暗中做了爱，饥饿感还在那儿。半夜醒来，我发现窗户敞开,月光照在高耸的建筑物屋顶上,饥饿感还在那儿。我把脸从月光下转向暗处,可是我无法入睡,醒着继续想这事。我们俩在夜里都醒了两次,现在我的妻子已经恬然入睡,月光照在她的脸上。我非要把这事想出个究竟来,可是我太笨了。生活似乎就是如此简单,那天早晨醒来时,我发觉到这个虚假的春天,听到山羊倌吹起的笛声,跑出门买赛马报。

巴黎是一座非常古老的城市,而我们却很年轻。在这里,任何事情都不简单,甚至是贫穷,或者意外之财,月光,是与非,以及在月光下睡在你身旁的某人的呼吸,都不简单。

Chapter 6 一个业余爱好的终结

那一年和此后的几年,在我早起工作后,我们又有好多次一起跑去看赛马,哈德莉很喜欢看赛马,热爱不已。但这并不是攀爬那片森林尽头上方的高山草甸,也不是回到我们度假的小木屋的那些夜晚,也不是和我们最好的朋友钦克一起翻过一座高山,经过高处的过道进入一个崭新的国度。那也不是真正的赛马。那是在马身上下赌注。但是我们管它叫赛马。

赛马从未在我们之间造成阻碍,只有人才会这样;但是有很长一段时间,它紧紧地待在我们心中,像是一个要求极高的朋友。这样说,是一种大度的方式。我,一个对他人及其破坏性一向持非常公正态度的人,能容忍这位最虚伪、最漂亮、最令人兴奋的邪恶和苛求的朋友,是因为能从中获利。要是想靠赛马挣钱获利,就得改做全职,而且这都还不够,而我是没有那么多时间去全职赛马的。但是我为自己修正了赛马这件事,因为我写过它。尽管到头来我写的东西都丢失了，只有一篇关于赛马的故事因为在邮寄途中而幸存下来。

现在我大多是一个人去看赛马，我会全神贯注投身其中，陷得太深，和赛马搅和在一起。在赛马季，只要有可能，我会在奥特伊和昂吉安两个赛马场都下注。试图在不利条件下明智地赌马会占用全部工作时间，即便这样你也赢不到钱。那不过是纸上谈兵罢了。你可以去买一张赛马报，那上面有你想知道的信息。

你得从奥特伊的看台最高处看一场障碍赛，还得很快登上高处，才能看到每一匹马是怎么跳的，看到那匹本该取胜的马却没有获胜，并且看出它为何会输掉，至少是怎么，或者大概是怎么没做到它本来能够做到的动作的。在押注的赛马开跑前，你观察赢款和赌注之间的差额和赔率的起伏变化，你必须知道这马跑得怎么样，最后还得知道马房的训练人员要在何时让它试赛。它可能总是在试跑的时候被击败，但是那时候你就应该知道它获胜的机会如何了。这是一件苦差事，可是在奥特伊，每个观看赛马的日子都是美妙的——如果你能到场看那些棒极了的马进行公正的比赛的话。最后你认识了很多人——骑师，驯马师，马主人，并知晓了许许多多的事。

对你来讲，原则上应该认准了一匹马下注，但有时候你发现有些马根本没人信任，除了那些训练和骑过它们的人。你在这些马身上下注，却一次又一次地赢了。你必须紧跟这一信号，真正洞悉所有事情。我最后不干了，因为这花了太多时间，我陷得越来越深,对于在昂吉安发生的一切和在无障碍赛马场上发生的一切都知道得太多了。

停手不再赌马时,我感到很高兴,但也有一种空虚感。直到那时,我懂得了任何事情一旦停下来,不管是好事还是坏事,总会留下一种空虚感。如果是坏事,空虚感会自动填补起来。如果是好事,你只能找一个更好的事来填补。我把赌马的本钱放回了总积蓄里,感到轻松愉快。

放弃赌马的那天,我过到塞纳河的对岸,在设在意大利大道的意大利街街角上的那家抵押信托公司的流动服务台前,碰到了朋友麦克·沃德。我正把赌马的本钱存进去,但是没有告诉任何人。我没有把这笔钱转入支票账户,尽管脑子里始终记得有这笔钱。

"想去吃午饭吗?"我问麦克。

"当然,小伙子。是啊,我可以去吃。怎么回事?你不是要去看赛马吗?"

"不。"

我们在瓦卢斯广场一家味道不错的普通小酒馆吃午餐,这里的白葡萄酒棒极了。广场对面就是国家图书馆。

"你一直都不常去赛马场,麦克。"我说。

"对。很久没有去了。"

"你为什么不去了?"

"我不知道。"麦克说,"不,我当然知道。任何必须下注才能得到刺激的事都是不值得一看的。"

"你难道不出去看看?"

"有时候也会去看一场大赛,那种有良种马参加的比赛。"

我们在小酒馆适口的面包上涂上猪肉酱,喝着白葡萄酒。

"你以前很关注那些良种马吗,麦克?"

"啊,是的。"

"你认为比赛马更好看的是什么?"

"自行车赛。"

"真的吗?"

"你不用下赌注。你会明白的。"

"跑赛马场会花费很多时间。"

"太多啦,花掉你所有的时间。我不喜欢那儿的人。"

"我过去非常感兴趣。"

"当然。你现在能应付妥当了?"

"行的。"

"不再去赛马是好事。"麦克说。

"我已经不再去了。"

"很不容易戒掉。听我说,小伙子,我们哪天一起去看自行车赛吧。"

那是一件新的妙事,我对它知之甚少。但是我们并没有马上去做。那要等到以后了。那将成为我们生活中的一大部分,那时我们的第一段巴黎日子被打断了。

但是在很长一段时间,能回到我们居住的巴黎区域,远离赛马场，为你自己的生活和工作下注，为你熟知的画家下注，这就足够了，不要尝试靠赌博来谋生，也别用其他名字来美化它。我开始构思许多关于自行车赛的小说，但是没有写出一篇可以跟那些在室内、室外以及公路上进行的自行车赛媲美的小说来。所有那些比赛以及六日赛仍然如期而至。但是我要写出那在烟雾弥漫的午后阳光下的冬季赛车场，那高高的倾斜的木制赛道，赛手骑车经过时，轮胎在硬木赛道上发出的呼呼声，赛手爬升和下冲时所作的努力和采用的策略，每个人都成为他车子的一部分。我会写出摩托领骑赛的魔力，那些后端坐着领骑员的摩托车的嘈杂声，他们都戴着沉重的防撞头盔，穿着笨重的皮夹克，身体靠后，为跟随在身后的赛手挡住迎面而来的气流。而这些骑在自行车上的选手都戴着比较轻巧的防撞头盔，身躯低俯，伏在车把上，两腿蹬着巨大的链盘。在赛手们骑行的时候，那些小前轮能碰到前面为他们挡住气流的摩托车后面的滚轴，这样的对决比任何赛事都要来得刺激。还有摩托车噗噗噗的声响，以及赛手们胳膊肘挨着胳膊肘，轮子以要命的速度上下转动，直到有人无法跟上掉了队，而此前被挡住了的像墙一般坚实的气流，此刻则击中了他。

那里有多种多样的赛事。有情绪高涨的直接的短程赛或两人对抗赛，两名赛手会在车上保持平衡好几秒，有意让对方领先以取得有利地位，然后慢慢盘旋而行，最后全速进行迅猛冲刺。还有些两小时的团体计时赛，一种是不断升级以消磨掉整个下午的纯粹的短程赛，全然是一个孤独的比速度的赛事，你可以看到一个孤零零的赛手对着时钟,看他一小时内能骑多远。在布法罗体育场[1]那有着五百米木制赛道、好似一个碗的大圆形赛车场举办的一百公里赛事极其危险,但是十分壮观。还有在人们跟随着大摩托车进行比赛的蒙鲁日露天体育场[2]上,有个叫利纳尔特的赛手,他是个了不起的比利时冠军,因为资料照片上的长相而被人们叫作"苏族人",他需要补水时,会低下头通过连接赛服衬衣内热水瓶的橡皮管吮吸樱桃白兰地,在最后的冲刺关头狠狠加速。还有在奥特伊附近的王子公园那条六百六十米的水泥赛道上,跟随大型摩托车进行的法国锦标赛,那是最恶劣的一条赛道,我和宝琳在那儿目睹了伟大的骑手加奈从车上摔下来,听到他的脑壳在防护头盔下砸碎的声音,就像在野餐时,你在一块石头上砸碎一只煮鸡蛋以便剥壳的声音。我一定要描绘六日赛的奇异世界,以及在山间举行的越野赛那让人惊奇的场景。法语是唯一适合用来写自行车赛的语言,因为所有的术语都是法语,这让描写变得非常艰难。麦克说得对,没有必要去下注了,而我们在巴黎的另外一段光阴也到来了。

---

1 该体育场于 1957 年被拆除。

2 今莫里斯·阿诺克斯体育场(Stade Maurice Arnoux)。

Chapter 7 「迷惘的一代」[1]

为了那份暖意和伟大画作，以及谈话，在下午时段造访花园街27号，会很容易变成一个习惯。那个时段，斯泰恩小姐通常没有客人来访，她总是很友好、热诚。她喜欢谈论人物、场所和食物。当我旅途归来，或是去参加了不同的政治会议，或是为了给我工作的加拿大报纸采写新闻而去到近东[2]或德国，斯泰恩小姐都想让我告诉她旅途中所发生的让人愉悦的事。这其中总有她喜欢的有趣的事，她也喜欢德国人讲的黑色幽默故事。她不太乐意听真正糟糕或是悲情的事，没人愿意听。我也不想谈论我目睹的那些事，除非她想知道这个世界现在怎么样了。她想知晓这个世界如何运

---

[1] 此标题出自海明威和葛特鲁德·斯泰因的一次对话，斯泰因使用的是法语 Une Génération Perdu，译为"迷惘的一代"。

[2] 近东，欧洲人通常指地中海东部沿岸地区，包括非洲东北部和亚洲西南部，但伊朗、阿富汗除外，有时还包括巴尔干。

转中欢愉的部分，而非真实的、糟糕的部分。

我年轻且不沮丧，在最坏的时日总会有奇异和滑稽的事情发生，斯泰恩小姐就喜欢听这些。别的事我没有谈及，也没写下来。

在那些并不是从任何旅行中归来的日子，我会在工作结束后顺道去花园街拜访，有时会尝试让斯泰因小姐聊聊书籍。当我写作的时候，写完之后去阅读很是必要，这样可以阻止思路一直纠缠在正在创作的故事身上。如果你一直想着这个故事，就会在第二天继续写作之前，丢掉此前已写下的东西。锻炼身体，让身体感到疲惫很必要，和你深爱的人做爱也是非常好的。那比任何事情都好。但是此后，当你感觉空虚时，阅读是必要的，这可以让你直到再次开工前，都不会去思忖或者担心工作。我已经学到了要让写作布局留有空余；而当布局中深邃的部分还有可以填补的故事出现的时候，你总要停下来，到夜晚把它再次填满，而春天则为这些夜晚提供养分。

有时候我完成工作后，为了不去想写作的事，会翻阅当时还在写作的作家们的书，比如阿道司·赫胥黎[1]和D.H.劳伦斯[2]的，或者翻阅在西尔维亚·比奇书店的图书馆找得到的已经出版的书，或

---

1 阿道司·赫胥黎（Aldous Huxley, 1894—1963），英国作家，以小说和大量散文作品闻名于世，也出版短篇小说、游记、电影故事和剧本。代表作品有《美丽新世界》《岛》《针锋相对》《知觉之门》等。

2 D.H. 劳伦斯，即戴维·赫伯特·劳伦斯（David Herbert Lawrence, 1885—1930），英国小说家、批评家、诗人、画家。代表作品有《儿子与情人》《虹》《恋爱中的女人》《查泰莱夫人的情人》等。

是在塞纳河岸边找到的书。

"赫胥黎是一个死人。"斯泰因小姐说,"你为什么要阅读一个死人?你没发现他已经死了吗?"

那时,我未能发现他死了,我说他的书让我愉悦且不会多想。

"你应该只阅读那些真正优秀或者烂得坦诚的书。"

"我在整个今年和去年冬天读了真正不错的书,我在明年冬天也会阅读佳作,但是我并不喜欢烂得坦诚的书。"

"你为什么要翻阅这个垃圾?这是一个言过其实的垃圾,海明威。由一个死人写的东西。"

"我愿意了解他们在写什么,"我说,"而且这让我可以不去想我在写的东西。"

"你眼下还在读什么?"

"D.H. 劳伦斯,"我说,"他写过一些非常不错的短篇小说,有一篇叫作《普鲁士军官》。"

"我曾试着读他的小说。他不可能是一个好作家。他很可悲,而且荒谬可笑。他像一个病人一样写作。"

"我喜欢《儿子与情人》和《白孔雀》,"我说,"也许那一本不太好。《恋爱中的女人》这本我读不下去。"

"如果你不想读那些烂书,而想读一些有着令人惊喜的叙述方式、能让你兴致盎然的书,那应该读一下玛丽·贝洛克·朗蒂丝[1]。"

---

1 玛丽·贝洛克·朗蒂丝(Marie Belloc Lowndes,1868—1947),英国女作家、编剧。

我从未听说过她，斯泰因小姐把她的《房客》一书借给我，这是一本关于开膛手杰克的精彩小说，她还借给我一本描写巴黎城外某地谋杀的书，这地方只会是翁吉安雷班[1]。它们均是我工作完之后阅读的精妙绝伦的书，小说人物可信，所描述的动作和惊悚绝不虚假。它们是你结束工作后的完美读物，我找到所有贝洛克·朗蒂丝女士的书来读，但太多了，且无法和我读到的最初两本相媲美，我从未发现同那些虚空的日夜时光一样美好的读本，直到第一批精致的西默农[2]的书出版。

我觉得斯泰因小姐应该会喜欢读西默农——我读的他的第一本书，不是《一号水闸》就是《运河之屋》——但不太确定，因为我知道斯泰因小姐不喜欢阅读法语书，虽然她喜欢讲法语。我读了珍妮特·芙兰尔[3]给我的两本西默农的书。她喜欢读法语书，她还是一个刑事案件报道记者的时候，就读过西默农了。

在头三四年，我和葛特鲁德·斯泰因还是好朋友的时候，我记不得她称赞过任何没有热情赞扬过她的作品或做过有助于她写作

---

1 翁吉安雷班（Enghien-les-Bains），巴黎城外的风景区，现在属于巴黎大区，是一个温泉疗养城，开设有赌场和各种旅馆。

2 乔治·西默农（Georges Simenon, 1903—1989），一位高产的比利时作家，一生出版过500本小说和其他众多短篇小说。他是著名侦探小说主角朱尔斯·梅格雷（Jules Maigret）的创作者。

3 珍妮特·芙兰尔（Janet Flanner, 1892—1978），美国作家、记者，1925年至1975年担任《纽约客》杂志驻巴黎记者。

生涯事情的作家,除了罗纳德·菲尔班克[1]和后来的司格特·菲茨杰拉德。当我第一次见到斯泰因小姐的时候,她说起舍伍德·安德森[2],并没有提到他是一位作家,而是热烈地说到他拥有一双美丽温暖的意大利人的眼睛,以及他的善良和魅力。我不在乎他那双极美丽又温暖的意大利人的双眼,却非常喜欢他的一些短篇小说。它们都用一种简约的方式写成,有时候写得很美,安德森了解他笔下的人物,深沉地为他们担忧。斯泰因小姐不想谈论他的作品,总是将他作为一个人物来谈论。

"他的小说如何?"我问她。她不想再谈论安德森的小说,而愿意谈论乔伊斯。如果你提到乔伊斯两次,就拉不回来了。这就如同向一名将军亲切地提到另一位将军一样。第一次犯错后,你学到了不会再次犯错。虽然你总可以提到一名将军,但同你聊天的这位将军一定得打败过前面那位,他会大加赞赏这位手下败将,还会非常高兴地谈论自己是如何打败他的细节。

安德森的小说太好了,以至于无法制造愉快的谈话。我本来准备告诉斯泰因小姐他的小说多么贫乏,但是这也会让谈话变得糟糕,因为这就是在指责她最忠诚的拥护者。当他最终写了一本叫作《黑

---

[1] 罗纳德·菲尔班克(Ronald Firbank,1886—1926),富有创造力的英国作家,他的8部短篇小说从19世纪90年代的伦敦文艺美学中得到灵感。他的小说中展现了众多对话,包括诸多宗教影射,主题涉及社会阶级的爬升和性。

[2] 舍伍德·安德森(Sherwood Anderson,1876—1941),美国小说家。他在1912年因精神崩溃而放弃生意和家人,从事写作。

暗笑声》的极其糟糕、愚蠢、充满虚情假意的小说时，我不得不在一本"滑稽模仿诗文"[1]中批评他。斯泰因小姐大怒，因为我攻击了她的手足。在此之前的很长时间，她都没有生气。她，她本人，在舍伍德精神崩溃而成为一名作家之后，开始慷慨地赞扬他。

她对埃兹拉·庞德也发脾气，因为他太过迅速地坐在了一张很小、易碎、毫无疑问会不舒服的椅子上，这极有可能是有人怀着某种目的给他坐的，可庞德没有把椅子坐碎，也没有搞坏它。但这终结了庞德在花园街27号的日子。他是一个伟大的诗人和一个绅士般慷慨的人，这足以让他被款待坐在一张正常尺寸的椅子上，但这没有被考虑进去。她不喜欢庞德的原因在多年后被列举出来，且是巧妙和故意地被指出来的。

当我们从加拿大回来，也就是我们还住在圣母院路时，我和斯泰因小姐仍是好朋友，她就迷惘的一代发表了评论。当时她驾驶的老式福特T型轿车的发动机出了故障，在汽修厂工作的年轻人之前在战场服过役，他并非技术娴熟，或许是没有为了修理泰因小姐的福特车而打破别的车辆先来后到的顺序。也许他并没有意识到斯泰因小姐的车拥有即刻修理的权力。总之，他并没有表现得很认真，在斯泰因小姐抗议过后，他被汽修厂的老板狠狠地纠正着。老板对他说："你们都是迷惘的一代。"

---

[1] "滑稽模仿诗文"（parody），指海明威写的一本滑稽模仿舍伍德·安德森的《黑暗笑声》的诗文集《春潮》（*The Torrents of Spring*），该书被认为是芝加哥文学流派之作。

"那就是你们。你们都是如此,"斯泰因小姐说,"所有你们这些在战争中服役过的年轻人。你们是迷惘的一代。"

"真的吗?"我说。

"你们是的,"她坚持说,"你们对任何东西都没有尊重感。你们买醉到把自己喝死……"

"那个年轻的汽修工喝醉了吗?"我问。

"当然没有。"

"你可曾见到我喝醉?"

"没有。但是你的朋友都喝醉了。"

"我也喝醉过,"我说,"但我不会来这里买醉。"

"当然不是。我没有那样说。"

"那个男孩的老板有可能在上午十一点就喝醉了,"我说,"所以他才会给出这一可爱的措辞。"

"不要和我争论,海明威,"斯泰因小姐说,"这根本没有好处。你们都是迷惘的一代,正如汽修厂老板所言。"

此后,当我出版了第一本小说[1]时,我尝试在斯泰因小姐引述的汽修厂老板的话语和《圣经·传道书》中的一段话中求得平衡。但是那天夜晚走路回家时,我想起那个在汽修厂的男孩,不知道在那些汽车被改装成救护车的时候,他有没有被拉去开车。我记得,在沿着盘山路下行的时候,他们是如何习惯了踩死刹车,车上满载伤员,

---

1 即《太阳照常升起》。

刹车失灵，他们就挂上倒挡；我还记得为了换成拥有优良的 H 型变速器和金属刹车的大型菲亚特汽车，最后一批救护车是如何空车驶过山腰的。我想起斯泰因小姐和舍伍德·安德森，以及自我中心主义，与纪律相对的精神懒惰，思考着谁在管谁叫迷惘的一代？随后，我来到亮着灯的丁香园咖啡馆，我的老友——挥舞着长剑的内伊元帅[1]雕像，铜像上落着树影，孤独地矗立在那儿，背后没有其他人，他在滑铁卢战役中被彼得一败涂地。我想，所有不同时代的人总是因某些事情而变得迷惘，过去是这样，未来也会如此。在回到位于锯木厂上面的公寓之前，我走进丁香园咖啡馆，和雕塑为伴，喝了一杯冰镇啤酒。我坐在那儿喝着啤酒，看着雕像，想起内伊带领后卫部队在战场上抵抗了多少日子，而拿破仑和克兰库尔将军一起坐在四轮大马车上逃跑了。我想起斯泰因小姐曾经是一个多么温暖热情的朋友，她曾多么精彩地提及阿波利奈尔[2]，说到他的死亡，那是 1918 年发布停战协议的日子，人群中发出"打到威廉"[3]的呐喊，而神志不清的阿波利奈尔认为大家是在反对他。只要可能，我会竭尽

---

1 米歇尔·内伊元帅（Marshal of the Empire Michel Ney，1769—1815），曾在法国大革命战争和拿破仑战争中担任军事统帅。

2 纪尧姆·阿波利奈尔（Guillaume Apollinaire，1880—1918），法国诗人。母亲是波兰贵族。1913 年发表未来主义宣言《未来主义的反传统》，主张诗的革新与现代化。1914 年第一次世界大战爆发后志愿参军，加入法国国籍。除诗歌创作外，他还写剧本、小说和文艺评论。

3 威廉，指德皇威廉二世，他是第一次世界大战的主要划策者。"威廉"在法语中的写法是"Guillaume"，与"纪尧姆"同音。

所能为她服务，只为看到斯泰因小姐因为她的佳作获得公正的待遇，所以请上帝和迈克·内伊[1]帮助我吧。但是，让她那套迷惘的一代的谈话和所有污秽轻率的标签都见鬼去吧。

我回到家，走进寓所楼下的天井，上楼看到我的妻子、儿子和他的猫——猫咪F，大家都很快乐，壁炉里的火烧着。我对妻子说："你知道，不管怎么说，葛特鲁德是一个好人。"

"当然，塔迪。"

"但是她有时候真是一派胡言。"

"我从来不听她说的。"妻子说，"我是做妻子的。都是她的朋友在和我聊天。"

---

[1] 米歇尔·内伊元帅的法语名称为 Michel Ney，海明威在此处用英语发音将 Michel Ney 写作 Mike Ney。

Chapter 8 饥饿是很好的锻炼

在巴黎，当你吃得不够饱出门时，你会更加饥肠辘辘，因为所有面包房的橱窗里都摆放着那些美味的东西，而且人们在室外的餐桌上吃喝，因此你既能看到又能闻到食物。那时我已经放弃了新闻记者的工作，没有写出任何在美国有人愿意买的东西来，当你在家解释要外出和某人吃午饭时，最好的去处就是卢森堡公园，在那儿，从天文台广场[1]一直到沃日拉尔路，一路上都见不到也闻不到一点儿吃的东西。在那里你总是会走进卢森堡博物馆，如果你腹内空空，饥饿到空虚，挂在博物馆里的名画就都显得鲜明，更加清晰也更为美丽。饥饿的时候，我学会了更为深刻地了解塞尚，真正弄明白了他是怎样创作风景画的。我时常想，他画画的时候是否也挨着饿；但是我想唯一的可能性是他忘记了吃饭。这正是

---

[1] 当指卢森堡公园南侧，由天文台林荫路（Avenue de l'Observatoire）合围而成的广场。

当你失眠或者饥饿的时候才有的一种不健全但是颇有启发性的想法。后来我想，塞尚可能是以不同的方式感到饥饿罢了。

走出卢森堡博物馆后，你可以沿着狭窄的费鲁街走到圣叙尔皮斯教堂广场，那里仍然没有一家餐馆，只有装点着椅子和树木的寂静广场。那里有一座喷泉和一些石狮，鸽子在人行道上踱步，它们栖息在主教雕塑上。还有那座教堂和在广场北边的售卖宗教用品和祭祀服饰之类的商店。

从这广场再向前走，如果你经过那些水果、蔬菜、葡萄酒店铺或者面包房和糕点店，就没法走到塞纳河。但如果仔细规划路线，你可以向右绕过这座灰白的石制教堂，去到奥德翁剧院路，然后向右拐，走向西尔维亚·比奇的书店，这一路上不会经过太多卖食物的地方。奥德翁剧院路上没有吃喝的地方，你要走到广场才有三家餐厅。

等到你走到奥德翁剧院路 12 号[1]，你的饥饿感已经被压制住了，其他的感知却加强了。那里悬挂的照片看起来与众不同，你能看到你以前从未看到的书籍。

"你太瘦了，海明威。"西尔维亚会这样说，"你吃得够饱吗？"

"当然。"

"午饭你吃了什么？"

我的胃几乎要翻动了，可是我会说，"我现在就回家吃午饭。"

---

[1] 即西尔维亚·比奇开设的莎士比亚书店原址，参见本书第 3 章。这里是 20 世纪 20 年代，侨居巴黎的英美作家、艺术家的著名汇聚中心之一。

"在三点钟吃午饭?"

"我不知道这么晚了。"

"有天晚上阿德里安娜[1]说要请你和哈德莉吃晚餐。我们想请法尔格来。你喜欢法尔格[2],是吧?或者请拉尔博。我知道你喜欢他。或者任何你喜欢的人。你跟哈德莉说一声好吗?"

"我想她会乐意来的。"

"我要给她发一封气动邮政[3]的信。这一阵子你没法好好吃饭,就别工作得太辛苦了。"

"我不会的。"

"你现在就回家去,要不午饭就太晚了。"

"他们会给我留的。"

"也不要吃冷的食物。吃一顿热乎乎的午餐吧。"

"有我的信吗?"

"好像没有。不过让我看一看。"

她看了一下,找到一张便条,高兴地抬头看,接着打开了她书

1　阿德里安娜·莫尼耶(Adrienne Monnier),西尔维亚的同行,也开书店,两人是同性恋关系。

2　莱昂－保尔·法尔格(Léon-Paul Fargue,1876—1947),法国象征派诗人,擅长写散文诗,以写巴黎著名。

3　气动邮政 (pneumatic post,原文写作 pneu),指的是曾在巴黎使用的通过管道和空气压缩传递邮件的一种快递方式,这一邮政系统和邮寄方式兴起于 19 世纪末 20 世纪初,曾在大公司内广泛使用。法国在 1984 年左右废弃了这一邮政系统。

桌下面一扇关着的门。

"这是我出去的时候送来的,"她说。那是一封信,摸上去似乎装了纸币。"威德尔科普。"西尔维亚说。

"那准是《横断面》[1]寄来的。你见过威德尔科普吗?"

"没有。不过他跟乔治一起在巴黎。他会见你的。别担心。或许他想先付你稿费。"

"那是六百法郎。他说还会再给一些。"

"真高兴你提醒我看看有没有信件,亲爱的大好人先生。"

"真是滑稽至极,德国是我能卖出稿子的唯一地方。卖给他家还有《法兰克福日报》。"

"是吗?你千万别再担心了。你可以把小说卖给福特。"她逗我。

"一页稿子三十法郎。就算每三个月在《大西洋彼岸评论》上发表一个短篇吧。一个季度一个五页长的短篇能得到一百五十法郎。一年总共六百法郎。"

"但是,海明威,不要为它们现在带来的东西而烦恼。重要的是你能写出来。"

"我知道。我可以写出这些短篇。但是没人会买来读。自从我不干新闻工作以来,就没有钱到手。"

"它们会卖出去的。你看,眼前不是有一篇弄到钱了吗?"

"很抱歉,西尔维亚,请原谅我说了这些。"

---

1 《横断面》(*Der Querschnitt*),创办于法兰克福的文艺月刊。

"原谅你什么？总是要谈到这些，或者别的什么烦心事。你不知道所有作家都会说到他们的苦恼吗？不过你要向我保证，别发愁了，要吃得够饱。"

"我保证。"

"那么回家去吃午饭吧。"

走在奥德翁剧院路上，我为刚才说了那么一通抱怨的话而厌恶自己。我现在做的是自己想要做的事情，只是做得很蠢。我应该买一片很大的面包，把它吃了，而不该跳过一顿饭。我可以尝到那好吃的棕色面包皮。但是如果没有什么饮料相伴，它在你嘴里就干瘪无比。你这该死的爱抱怨的家伙，你这肮脏的虚假圣人和殉道者，我对自己说。你放弃新闻工作是出于自愿。你有信誉，西尔维亚肯借钱给你。她借给你好几次了。当然，接着你就会在其他方面做出妥协。饥饿是健康的，当你饥饿时，画看起来更美了。然而吃饭也是美妙的，你知道此刻去哪里吃饭吗？

利普啤酒馆是你去吃喝的地方。

利普啤酒馆很快就能走到，每经过一个吃饭的地儿，我的胃和眼睛或者鼻子就注意到了，这为散步增加了乐趣。这啤酒馆没有多少人，我在那张靠墙的长椅上坐下来，背后有一面大镜子，前面有一张桌子。侍者问我要不要啤酒，我说来一杯"特别"的，就要了一大玻璃杯足足有一升的啤酒，还要了一份土豆沙拉。

啤酒很是冰凉，非常可口。煎土豆口感厚实，是在卤汁里泡过的。橄榄油的味道很鲜美。我在土豆上撒了点儿黑胡椒面，把面包浸湿在橄榄油里。喝了一大口啤酒后，我慢慢吃喝起来。吃完煎土豆后，我又要了一份，加上一份熏肠。这是一种像宽大厚实的法拉克福红肠的东西，一劈为二，涂上一种特别的芥末酱。

我用面包把橄榄油和所有的芥末酱一扫而光，慢慢呷着啤酒，等到啤酒失去凉意，一饮而尽，之后我再要了半升啤酒，看着侍者倒进杯子。这杯似乎比"特别"款更冰，我一口就喝下半杯。

我并非担忧，我想。我知道我的那些短篇小说是不错的，在国内终究是有人会愿意出版的。结束了干报纸新闻的活儿时，我确信这些短篇会发表。可是寄出的每一篇都被退了回来。让我充满自信的是爱德华·奥布莱恩[1]把我那篇《我的老头儿》编入了《最佳短篇小说选》，并把那一年的集子题词送给了我。随后我大笑，又喝了更多的啤酒。那篇小说并未在杂志上发表过，他却打破所有惯例把它收入选集。我又一次笑出声来，侍者看了我一眼。这太搞笑了，毕竟他把我的名字都拼错了。那是哈德莉那次把我写的全部作品放在行李箱里，在里昂火车站[2]给人偷去以后仅存的两篇之一，她原本想把这些手稿带来洛桑给我，让我惊喜，这样我在山区度假的时候就可以修改稿件了。她当初把原稿、打印稿和副本放到那些马尼拉纸制的文件夹里。我之所以得以保存一篇小

---

1 爱德华·奥布莱恩（Edward O'Brien，1890—1941），美国作家、编辑。从 1914 年至 1940 年，他每年编选一册《最佳短篇小说选》。

2 指巴黎里昂站（Paris Gare de Lyon），是巴黎的七大火车站之一。

说,是因为林肯·斯蒂芬斯[1]曾把它寄给一名编辑,这个编辑后来把它退了回来。其他文件被偷走之时,它正在邮寄途中。我手里拥有的另一篇短篇小说叫作《在密执安北部》,那篇小说是在斯泰因小姐来我们公寓之前写成的。因为她说那篇小说"无法展示",我始终没有誊写一个副本,它就一直在某个抽屉里放着。

所以在我们离开洛桑南下意大利之后,我把那篇写赛马的短篇给奥布莱恩看,他是一个文雅、腼腆、白皙的人,有一双浅蓝色的眼睛和一头自己修剪得笔直难看的头发,在一所位于拉帕洛[2]高处的修道院寄居。那时候我的处境糟糕,自以为再也不能写出什么东西了,于是把那篇小说当成一个新奇的东西给他看,就像你可能愚蠢地把已经弄丢的一个船上的罗盘架给人看,而这艘船以某种离奇的方式消失了;或者你抬起一只穿着皮靴的脚,开玩笑地说在一次飞机失事后已被截肢了。然后,他读完这篇小说,看到他远比我还要伤心。我不曾见到有谁被死亡或者不堪忍受的苦难以外的事情弄得如此伤心,除了哈德莉在告诉我那些稿件不翼而飞的时候。她哭来哭去,无法告诉我这件事。我告诉她不管发生什么可怕的事,没有什么事情能坏到那种程度,无论发生什么,都不用担忧。我可以应付过去。于是,她终于告诉了我。我确定

---

[1] 林肯·斯蒂芬斯(Lincoln Steffens,1866—1936),美国记者、杂志编辑,新闻界揭发丑闻运动的主要领导人之一。

[2] 拉帕洛(Rapallo),位于意大利西北部热那亚港东的一个濒临地中海的旅游城市。

她不会把副本也一起带来，就雇了一个人替我去采访新闻。那时我做新闻工作很赚钱，我便乘火车去了巴黎。那晚，一切属实，我还记得在我进门来到公寓发现那是真的之后，我做了什么。那件事情就过去了，而钦克曾经教导我千万别谈论意外事故，因此我告诉奥布莱恩不要太过伤心。丢失了早期的作品，对我来说也是好事，我给他讲了一大通塞给士兵们鼓舞士气的话。我准备重新开始写作短篇小说，我说，尽管我这样说，仅仅是想用谎话让他不要感到如此糟糕，我知道我会这样做。

接着，我在利普啤酒馆开始回想自从那些作品丢失后，我是什么时候才能动手写第一篇小说的。那是在科蒂纳·丹佩佐，当时我不得不中断了春季的滑雪活动，被安排去莱茵兰和鲁尔区采访，完事才回来和哈德莉会合。那是一个极简短的故事，叫作《禁捕季节》，我把结尾老头儿上吊自杀的故事略去了。这是根据我的新理论删去的，这一理论是说如果你知道省略的部分能加强小说的叙述，又让读者感到更多他们本来已经理解到的东西，那么你就可以省略任何东西。

是啊，我想，现在我有这些东西，而让大家看不懂了。对于这一点毋庸置疑。完全可以肯定的是，大家也不需要这些东西。但是人们会理解的，就像他们总是用来理解绘画的方式那样，仅仅需要时间和信心罢了。

减食之时，你可以更好地管控自己，这真的非常必要，这样你就不会成天想着饿肚子。饥饿是一种良好的锻炼，你能从中学到东西，还能从饥饿的状态中做出一些事来。而且只要是他们不懂得其中的道理，你就超越了他们。啊，当然，我想，我此刻大大超越了他们，因为我没钱支撑规律的饮食。要是他们稍微追赶上来几步，也不是坏事。

我知道我必须写一部小说。但是当我试着写出那些会升华成一部小说的段落的时候，我遇到了极大的困难，让写长篇小说成为一件不可能做到的事。现在必须写一些较长的故事，正如你为参加长跑而进行的训练一样。此前我曾写过一篇长篇小说，就是放在旅行包里在里昂火车站被偷走的那一篇，我仍然拥有少男时代的抒情能力，但它就好像青春一样容易消失和迷惑人心。我知道这小说被偷走可能是件好事，但是同时也认为我必须再写出一部长篇小说来。我会推迟写作直到不得不动笔。要是写一部长篇小说只是因为这么做能让我们满足一日三餐的话，我就真该死。我必须动笔，那是唯一要做的事情，没有其他选择。让这股压力铸就起来吧。与此同时，我要以我最熟知的方式来写作这部长篇小说。

此时，我已经付账走出饭店，右拐，跨过朗内路，这样就不会走到双叟咖啡馆去喝咖啡，而是沿着波拿巴路抄近路直接回家。

有哪些是我最熟知的东西，我还没有写进小说或者已经丢失的？有哪些是我真正了解和最关心的？对此你根本无从选择。唯一可以选择的是把自己以最快速度带回工作的地方。我沿着波拿巴路走到吉内梅路，然后走上阿萨斯路，最后从乡村圣母院路走到了丁香园咖啡馆。

我坐在一个角落里,午后的阳光越过肩头照进来,我在笔记本上写字。侍者端来一杯奶油咖啡,等咖啡凉了,我喝了一半,放在桌上,继续写着。停笔之时,我不想离开那条河[1],在那里我能看到水池里的鲑鱼,池水表面的水波鼓胀着,它们拍打在挡住去路的圆木桩桥墩上。这个故事写的是战后还乡的事,但全篇没有一字提到战争。

但是到了清晨,这条河还会在那里,我必须把它写出来,写出那个乡村,以及所有即将发生的事。此后有的是日子,每天都会写一点。其他的事情都无关紧要。我的口袋里有德国寄来的钱,所以生计没有问题。等这笔钱用完了,别的钱就会来的。

现在我必须做的一切就是保持身体健康和头脑清醒,直到早晨,我将再度开始工作。在那些时日,我们从未认为有任何事情会是艰难的。

---

[1] 指海明威创作的短篇小说《大双心河》第一、二部中描写的密歇根州北部的大双心河。

Chapter 9 福特·马克多斯和恶魔的信徒

丁香园是我们住在乡村圣母院路锯木厂楼上那个套间时,离家最近的一家咖啡馆,它是巴黎最好的咖啡馆之一。冬天咖啡馆里很温暖,在春天和秋天,内伊元帅雕像那边人行道的树荫下摆着一张张桌子,很是令人惬意;而在广场上,那些固定方桌则沿着林荫大道放在大遮阳篷下。有两位侍者是我们的好朋友。圆顶和圆亭这两家咖啡馆的客人从不来丁香园。他们不认识在那儿的人,就算来了,也没有人会正眼看他们。在那些日子,许多人去蒙帕纳斯路和哈斯佩伊大道交叉的街角咖啡馆抛头露面,在某种程度上,这些地方也盼着作为常客的专栏作家们能让它们品牌长青。

丁香园曾经是诗人们定期聚会的咖啡馆,而最后一位露面的主要诗人是保罗·福尔[1],他的作品我从未读过。我唯一见过的诗人

---

[1] 保罗·福尔(Paul Fort,1872—1960),法国象征主义诗人。

是布莱斯·桑德拉尔[1],他有张带着伤痕的拳击手的脸,一只空袖子用别针向上别着,用那只完好的手卷着香烟。他喝得不太多的时候是一个很好的朋友,撒谎的时候要比那些讲真实故事的人有趣得多。他是那时来丁香园咖啡馆的唯一的诗人,我只在那里见过他一次。大多数丁香园的顾客都彼此认识,见面只是点头。顾客里有年长的留着胡须、穿着讲究的人,他们或是带着妻子,或是带着情妇来,有的人上衣翻领上佩戴着荣誉军团的细条红绶带,有的人没有。我们满怀希望地认为他们是科学家或者学者,他们坐着喝一杯开胃酒,几乎跟那些穿着较为寒碜、襟前佩戴着学院棕榈叶荣誉勋章的紫色绶带、带了妻子或者情妇来喝奶油咖啡的人坐的时间一样长,但是那些紫色绶带跟法兰西学院没有任何关系,我们认为,那只能说明他们是教授或者讲师。

这些人把丁香园变成了一处舒服自在的咖啡馆,因为他们都对彼此,对喝的酒、咖啡和调的饮料,以及那些夹在木条报夹中的报纸、杂志充满兴趣,没有人在这里炫耀自己。

一些住在这一区的其他人也会来丁香园,其中有些人在上衣翻领上佩戴着十字勋章的绶带,也有别的一些人佩戴着军功奖章的黄绿色绶带,我注意到他们多么巧妙地克服因为失去胳臂或者大腿而引起的残障困难,看出他们的人造眼球质量如何,看出他们被重塑的伤脸所使用的技术程度。这种被复原的脸上总有一抹几

---

[1] 布莱斯·桑德拉尔(Blaise Cendrars, 1887—1961),瑞士法语诗人。

乎像彩虹那样的光泽，有点儿像一条压得很结实的滑雪斜道的反光。而我们对这些顾客比对那些学者或教授更加尊敬，尽管后两者可能在军队中也有过出色表现，但是没有失去手足。

那时候我们对于没有参加过战争的人一概不信任，但是也不完全相信任何一个人，人们对桑德拉尔非常反感，也许他不炫耀失去的臂膀会好一些。我很高兴他下午很早就来到丁香园，那时候那些常客还没有到。

这天傍晚，我坐在丁香园外面的一张桌子边，注视着树木和建筑上的光线变化，还有在林荫大道外面缓缓走过的高大马群。我身后咖啡馆的门开了，一个男人从我的右边走来，走到我的桌边。

"哦，你在这儿。"他说。

原来是福特·马多克斯·福特，他那时这样称呼自己。他呼吸沉重，透过他浓密的、染了色的八字胡喘着气，身子笔挺，像一个会走路的包装良好的倒置大酒桶。

"可以跟你一起坐吗？"他一边问，一边坐了下来，一双尽显疲态的蓝眼睛在毫无血色的眼皮和稀疏的眉毛下，望着林荫大道。

"我这一辈子花费了大好年华，劝说人们应该用仁慈的方法屠宰那些畜生。"他说。

"你告诉过我了。"我说。

"我想我没有。"

"我很确定。"

"太奇怪了。我这一生从来没有告诉过其他人。"

"你要喝一杯吗？"

侍者站在那里，福特对他说想要一杯尚贝里黑醋栗酒。那侍者又高又瘦，头顶已秃，有几缕头发滑溜溜地盖在上面，他蓄了浓密的老式龙骑兵小胡子，重复了一遍福特要的酒。

"算了。来一杯上等兑水白兰地吧。"福特说。

"给这位先生一杯上等兑水白兰地。"侍者确认了客人的要求。

我总是尽可能地不去正眼看福特，如果是在一间关上门的屋子里，跟他挨得很近，我就会屏住呼吸。但这是在户外，落叶沿着人行道从我这边吹到他那边，因此我好好地看了他一眼，立刻觉得后悔，便朝林荫大道对面望去。光线又变了，我错过了它的转变。我喝了一口酒，品了品酒味是否由于他的到来而败坏，但是这酒仍然味道很好。

"你真是太死气沉沉了。"他说。

"没有。"

"是的，你是这样。你需要多出来走走。我出来找你，是想邀请你参加我们在大众舞厅举行的小型晚会，舞厅离康特斯卡普广场很近，就在勒穆瓦纳红衣主教路上。"

"在你最近这次来巴黎之前，我在那楼上住过两年。"

"好奇怪呀。真的吗？"

"是的，"我说，"我确定。舞厅主人有一辆出租车，当我要去搭飞机时，他总会开车送我去机场，而在出发前，我们会在舞厅角落的白铁皮吧台上待一会儿，喝一杯白葡萄酒。"

"我从来不待见乘飞机。"福特说,"你和你妻子准备周六去大众舞厅吧,那儿挺快活的。我给你画一张地图,你就能找到了。我也是偶然才发现那儿的。"

"就在勒穆瓦纳红衣主教路74号的楼下,"我说,"我当时住在三楼。"

"没有门牌号码,"福特说,"不过你要能找到康特斯卡普广场,就能找到那个地方。"

我又喝了一大口酒。侍者送来了福特要的酒,但福特纠正他说:"不是白兰地加苏打水,"他无助地说,但口气严肃,"我要了一杯尚贝里味美思酒和黑醋栗酒。"

"没事,让[1]……"我说,"我来喝这杯白兰地。去给先生拿他要的酒来。"

"拿我要的。"福特纠正道。

这时,有一个骨瘦如柴的男人,披着斗篷从人行道上走过。他陪着一个身材高挑的女人,朝我们的桌子瞥了一眼,走开了,顺着林荫大道走了下去。

"你看到我没理睬他了吗?"福特说,"你确实看到我没有理睬他了吧?"

"没有。你不理睬谁了?"

"贝洛克,"福特说,"我确实没理睬他。"

---

1 让(Jean),侍者的名字。

"我没有看到。"我说,"你干吗要不理睬他?"

"有千万条理由,"福特说,"可我确实不理睬他。"

他彻彻底底、完完全全觉得快活。我从未见过贝洛克,而且不相信他看到了我们。他像是一个路人,若有所思,几乎是不由自主地朝我们的桌子看了一眼。我感到非常不爽,因为福特这样粗鲁地对待他,而我作为一个刚刚开始接受教育的年轻人,像对待老作家那样崇敬着他。这事放到现在是无法理喻的,但在那些日子,这是稀松平常的。

我想如果贝洛克在我们的桌边停下脚步,我也许能认识他,这该多么惬意。因为遇到福特,那个下午给糟蹋了,但是我想贝洛克在的话会使这种感觉有所好转的。

"你喝白兰地做什么?"福特问我,"你难道不知道,一个年轻作家开始喝白兰地是致命的吗?"

"我不常喝白兰地。"我说。我试着记起埃兹拉·庞德对我谈起的福特,绝不能对他粗鲁,我必须记住,他只是在疲倦的时候才说谎,他是一个非常棒的作家,遭遇过非常糟糕的家庭烦恼。我竭力回想这些事情,但是福特本人那沉重的、带着"呼哧呼哧"声的喘息,那难看的样貌,就在触手可及的地方,让我难以容忍。但我还是尽力忍住了。

"告诉我,一个人为什么要不理睬人?"我问他。直到那时,我一直认为只有在奥伊达[1]的小说里才干得出这样的事。我还没读过一本奥伊达的小说,即使在瑞士的滑雪胜地,当潮湿的南风刮起,身边的书已经看完,只剩下一些战前的陶赫尼茨[2]版的书籍的时候。但从我的第六感可以肯定,在她的小说里,人们互相不理睬对方。

"一位绅士,"福特解释说,"会经常对一个无赖不理不睬。"

我快速喝了一口白兰地。

"他会不理睬一个粗鲁的人吗?"我问。

"一个有教养的绅士不会结识一个粗俗的人。"

"那么你只能对跟你地位相当的熟人不加理睬?"我追问道。

"自然啊。"

"那么一个人怎么会结识无赖呢?"

"你可能一开始不知道,或者这个人是后来才变成无赖的。"

"什么样的人才是无赖?"我问,"是不是人们要鞭挞他每一寸生命的那种人?"

"没这个必要。"福特说。

"埃兹拉·庞德是个有教养的人吗?"我问。

"当然不是。"福特说,"他是美国人嘛。"

---

1 奥伊达,英国女作家玛丽·露易丝·德拉拉梅(Maire Louise de la Rammée,1839—1908)的笔名,她创作了大量的传奇小说,大都以欧洲为背景。晚年长期侨居在佛罗伦萨。

2 德国人卡尔·陶赫尼茨(Karl Tauchnitz,1761—1836)于1796年在莱比锡建立印刷厂,印刷了大量古典文学作品,且拥有在欧洲发行的版权,对普及英语作品起到了很大的作用。

"美国人成不了绅士?"

"也许约翰·奎因能,"福特解释说,"你们的某位大使。"

"迈伦·提·赫里克[1]呢?"

"也许是。"

"亨利·詹姆斯是一位绅士吗?"

"差不离啦。"

"你是一名绅士吗?"

"那是自然。我持有英国国王的委任[2]。"

"这听起来有点儿复杂。"我说,"我是一位绅士吗?"

"根本不是。"福特说。

"那你为什么和我一起喝酒?"

"我跟你一起喝酒,是把你当成一名有前途的年轻作家,把你看成一个同行。"

"那你真好。"我说。

"你在意大利有可能会被看作一名绅士。"福特宽宏大量地说。

"但我不是一个无赖喽?"

"当然不是,我亲爱的老弟。谁说过这样的话?"

"我也许会成为一个无赖。"我沮丧地说,"我喝白兰地和

---

[1] 迈伦·提·赫里克(Myron T. Herrick,1851—1929),美国律师、外交家,1912年起担任美国驻法国大使。

[2] 指福特·马多克斯·福特在第一次世界大战中受到英国政府委任为威尔士团队的军官,在法国服役过。

所有的酒。特罗洛普[1]的小说里哈里·霍普斯珀勋爵就是这样给毁了的。告诉我,特罗洛普是一个有教养的人吗?"

"当然不是。"

"你肯定吗?"

"可能有两种看法。可是我的看法只有一种。"

"菲尔丁[2]是吗?他可是一个法官。"

"严格说来也许是吧。"

"马洛[3]呢?"

"当然不是。"

"约翰·豆恩[4]呢?"

"他是一个牧师。"

"讲得真是有趣。"我说。

"很高兴你对此感兴趣。"福特说,"在你走之前,我要和你喝一杯兑水白兰地。"

---

1 安东尼·特罗洛普(Anthony Trollope,1815—1882),英国小说家,主要作品为以假想的巴塞特郡为背景的系列小说《巴塞特郡纪事》,共六卷。

2 亨利·菲尔丁(Henry Fielding,1707—1754),英国剧作家、小说家,著有长篇小说《弃儿汤姆·琼斯》。

3 克里斯多夫·马洛(Christopher Marlowe,1564—1593),英国伊丽莎白王朝的诗人、剧作家,与莎士比亚同时代,著有《浮士德博士》《马耳他的犹太人》等。

4 约翰·豆恩(John Donne,1572—1631),英国玄学派诗人的代表,其作品分为宗教诗和爱情诗两种。1621年任圣保罗大教堂教长。

福特离开后,天黑了下来,我走到书报亭买了一份《巴黎体育概览》,那是当日午后出版的赛马报的最后一版,报道了奥特伊赛马场的比赛结果以及次日在昂吉安比赛的预告。艾米丽已经接替了让的班,她来到桌前看奥特伊赛马的最后结果。一个难得在丁香园见到的好友走到我的桌边,坐下,当他向艾米丽要饮料的时候,那个披着斗篷骨瘦如柴的男人,和那个身材高挑的女人又从我们身边走过。他朝我们的桌子瞟了一眼,接着便离开了。

"那是希拉里·贝洛克。"我对朋友说,"福特今天下午在这里,到死都对他不理不睬。"

"别傻蛋了,"我的朋友说,"他是阿莱斯提亚·克劳利[1],那个施妖术魔法的人。他堪称世间最邪恶的人物。"

"对不起。"我说。

---

1 阿莱斯提亚·克劳利(Alestiar Crowley),一位当时在巴黎的巫师,据说是古代异教徒的巫师继承者。

Chapter 10 和帕散在圆顶咖啡馆

这是一个美好的傍晚，我辛苦工作了一整日，便离开了位于乡村圣母院路113号[1]的公寓。我穿过放着木料的院子走出去，关上大门，穿过街道，走进正对着蒙帕纳斯路的那家面包店的后门，在面包的香味中穿过店堂，走到街上。面包店里的灯光亮起，外面已是一天的终结，我在初起的暮色中沿着大街走，在图卢兹黑人餐馆外面的露天桌椅前停下脚步，在那里，常用的红白相间的格子餐巾被餐巾架上的圆木环套住，等待着我们去就餐。在紫色油墨印出的菜单上，我看到当日特色菜是炖煮卡苏莱[2]，看到这个

1　这是埃兹拉·庞德工作室的地址。

2　卡苏莱（Cassoulet），巴黎常见的一种菜肴。相传是英法百年战争的时候，受困的居民把仅剩的材料全放入锅里炖煮，却意外发现的美味，一时间，卡苏莱的香味弥漫全城，振奋人心。起初是主要用鸭腿、香肠、大白扁豆等炖煮的一道农家菜，后来在法国料理大师们的精心烹调下变为丰富多彩的美味佳肴。

菜名我就饿了。

餐馆老板拉维尼格先生问我书写得如何了,我说进展非常顺利。他说一大早就看到我在丁香园的露天桌上写作来着,因为我那么专注,他没有跟我说话。

"你有一种一个人独处在丛林中的架势。"他说。

"我写作的时候就像一只瞎眼的猪。"

"但你不是在丛林中吗,先生?"

"在灌木丛中。"我说。

我沿着街道走,看着街边的橱窗,春天的黄昏和经过的人群让我感到欢欣。在三家常去的咖啡馆里,有我面熟的人,还有一些人我可以去搭话。但在那里总有一些相貌更为出众的人是我不认得的,他们在这傍晚华灯初上的时候匆匆赶赴什么地方,一块儿喝酒,一块儿吃饭,然后去做爱。在这三家咖啡馆里人们可能做同样的事,或者就那样坐着,喝喝酒,谈情说爱,做给别人看。我没有遇见喜欢的人,他们去了大咖啡馆,因为他们可以消失在那里,没有人会注意到他们,他们可以单独在那儿,和自己人在一起。当时那些大咖啡馆也相当便宜,都备有上好的啤酒,开胃酒价钱公道,价目清楚地标在和酒一起端上来的托碟上。

这天傍晚,我满脑子都是这些有益健康但并非原创的念头,感觉异乎寻常地问心无愧,因为我这一天的工作状态很好,也很努力,这个时候我非常想去看赛马。在我们真正陷入贫困的时候，放弃赛马是必要的，而且我仍然非常接近赤贫的状态，所以不能去冒险赌钱。用任何标准来看，我们仍然很穷，我依然采取这样一种微不足道的节省开支的方法，说有人邀请我外出午餐，然后花两个小时在卢森堡公园散步，回到家后向妻子描述这顿非凡的午餐。当你正值二十五岁，生就一副重量级拳击选手的身材时，完全不吃一顿饭会让你觉得非常饥饿。但这也让你的感知变得非常敏锐，我才发现我笔下的那些人物有很多都有极好的胃口和敏锐的味觉，对食物保持欲望，并且大多数都期待着能喝上一杯。

在图卢兹黑人餐馆，我们喝掉四分之一、半瓶或是满瓶上好的卡奥尔干红葡萄酒，通常兑三分之一的水。在锯木厂楼上的家里，我们有一瓶科西嘉葡萄酒，这是一个著名的葡萄酒品牌且价格便宜。这是非常科西嘉的葡萄酒，即便兑上一半的水也能品出味道。那时候的巴黎，你可以不用花什么钱就生活得很好，偶尔饿上一两顿，不买新衣服，就能省下钱来，拥有一些奢侈品。但在那个时候，我负担不起去赛马的费用，即使你能靠全职赛马赚到钱。那时还没有开始实行检测人为刺激马匹的方法，因此给马服用兴奋剂的做法被广泛采用。但是让马服用兴奋剂会妨碍它们正常运动，凭借你有时候被放大了的超感觉的观察方式来看，你能在围场里发现马匹的那些征兆，然后你无法负担在这些马上输钱这事，这对一个要养活他的老婆和孩子、又要在学习写作诗文的全天工作中取得进展的年轻人来说，不是一条金光大道。

现在我从精英咖啡馆往回走,在那儿我看到了哈罗德·斯特恩斯[1],但是我避开了,因为我知道他想和我谈论赛马;那些动物正是我理直气壮、轻松幽默地想起来的给人加油助威的动物,在昂吉安那日我就发过誓要成为一个严肃的作家;我怀揣着这一晚的洁身自好,走过那群聚集在圆亭咖啡馆的同病相怜者,讥讽着他们的恶习和共同的本能,跨过林荫大道来到圆顶咖啡馆。圆顶咖啡馆也很拥挤,但是那里有一些人是干完了工作来的。

那儿有结束了一天工作的模特,也有因为天光暗下来不能再工作的画家,也有好歹完成了一天工作的作家以及一些酒客,其中有些人我认识,有些人对我来说仅仅是装饰品而已。

我走过去,同帕散[2]和两个姐妹模特坐在一起。在我站在德朗布尔路的人行道上考虑着要进去喝一杯的时候,帕散朝我招手了。帕散是一位非常出色的画家,他已经喝醉了,但状态平稳,醉得恰到好处,好使自己神志清晰。两名模特年轻貌美。一位皮肤黝黑,娇小,体型很美,却装出一副弱不禁风、放荡不羁的神态。她是

---

1 哈罗德·斯特恩斯(Harold Stearns,1891—1943),美国作家,当时侨居巴黎。1921 年发表《美国和青年知识分子》,第二年发表他编写的专题论文集《美国文明:三十个美国人的调查报告》,阐明了大战后一代青年人的信条,对当代美国文明中居统治地位的人们表示蔑视。

2 朱尔斯·帕散(Jules Pascin,1885—1930),美国画家,出生在保加利亚。1905 年迁居巴黎,以"风流社会"为题材创作讽刺画。1920年开始在巴黎创作大量圣经和神话题材的作品。一战后转为描摹妇女。1930 年 6 月 5 日,在一个重要的个人展览举办前夕,帕散在他位于克里西林荫大道 36 号的工作室上吊自杀。

同性恋但也喜欢男人。另一位像个孩子，闷闷的，拥有那种孩童般容易消失的美貌。她并没有姐姐那样匀称的身材，但是那年春天也没有其他人长得如此好看了。

"两个姐妹一个好一个坏。"帕散说，"我有钱，你要喝什么？"

"半升黄啤。"我告诉侍者。

"来一杯威士忌吧，我有的是钱。"

"我喜欢喝啤酒。"

"如果你真的喜欢啤酒，最好去利普啤酒馆。我猜你一直在写东西吧。"

"是的。"

"进展顺利吗？"

"我希望如此。"

"好的。我很高兴。而且一切都还有滋有味的？"

"是的。"

"你多大了？"

"二十五岁。"

"你想不想干她？"他望向那皮肤黑黑的姐姐，笑着说，"她需要这个。"

"你今天可能已经干够她了。"

她张开嘴唇，朝我微笑。"他真缺德，"她说，"但他是好人。"

"你可以把她带到画室去。"

"别干龌龊的事。"金发妹妹说。

"谁跟你说话了?"帕散问她。

"没人啊。但我就是说了。"

"放轻松,"帕散说,"一个严肃的年轻作家和一个友好聪明的画家还有两位年轻貌美的姑娘在一起,整个人生都铺展在他们前面。"

我们坐在那儿,姑娘们啜着饮料,帕散又喝了一杯上等兑水白兰地,我喝着啤酒;但除了帕散,大家都不自在。黝黑的姑娘焦躁不安,她炫耀般地坐着,别过头去让人看到侧脸,让光线打在脸孔的凹面上,还向我展示着黑色毛衣包裹下的乳房。她的头发剪得很短,又亮又黑,宛若一个东方女子。

"你摆了一天的姿势了,"帕散告诉她,"你需要在这咖啡馆继续当那件毛衣的模特吗?"

"我高兴。"她说。

"你看起来像爪哇玩偶。"他说。

"眼睛不像,"她说,"我的眼睛比玩偶要复杂得多。"

"你看起来像个可怜的变态小玩偶。"

"也许吧,"她说,"可我是活的,比你还生动呢。"

"我们等着瞧吧。"

"好啊,"她说,"我喜欢那些证据。"

"你今天没有得到任何证据?"

"哦,你说的那个啊,"她说着,把脸转过去,让傍晚的最后一缕光线投射到上面,"你只是对你的画作兴奋。他爱的是画布,"她告诉我,"总有些肮脏的东西。"

"你想我画你,给你钱,干你,好让我的头脑保持清醒,而且还要爱上你,"帕散说,"你这可怜的小玩偶。"

"你喜欢我,不是吗,先生?"她问我。

"非常喜欢。"

"可你的个头太大了。"她伤心地说。

"每个人在床上的尺寸都一样。"

"并非如此,"她的妹妹说,"我可听腻了这种话。"

"听着,"帕散说,"要是你认为我爱上了画布,我明天就用水彩来画你。"

"我们什么时候吃晚饭?"她妹妹问,"在哪儿吃?"

"你陪我们一起吃好吗?"那皮肤黝黑的姑娘问我。

"不,我要陪我的合法妻子(légitime)一起吃。"那时人们都这样说。如今他们则说"我的固定女人(régulière)"了。

"你一定要走吗?"

"必须得走,而且很想走。"

"那就去吧,"帕散说,"可别爱上打字纸哦。"

"要是爱上了,我就用铅笔写。"

"明天画水彩。"他说,"好吧,我的孩子们,我再喝一杯,然后去你们想去的地方吃饭。"

"去维京海盗饭店。"深色肤女孩毫不迟疑地说。

"你想让我和那些美丽的北欧女人比美。不。"

"我非常喜欢维京海盗饭店。"深色皮肤的女孩说。

"我也是。"妹妹催促着。

"好吧。"帕散同意道,"晚安,小伙子。祝你睡得好。"

"你也是。"

"她们弄得我睡不着,"他说,"我从不睡觉。"

"今晚好好睡。"

"在维京海盗饭店之后呢?"他把帽子戴在后脑勺上,咧着嘴笑着。他看起来更像一个上世纪90年代百老汇舞台上的人物,而不太像一位可爱的画家。后来,当他上吊自杀后,我愿意怀念那一晚在圆顶咖啡馆的他。人们说我们将来会做什么,其种子早就深埋在心中了,但是对我来说,好像那些在生活中开着玩笑的人,这些种子是被上好的土壤和高级肥料所覆盖着。

Chapter 11 埃兹拉·庞德和尺蠖

埃兹拉·庞德一直是一位好朋友，总是为他人做事。他和妻子桃乐丝[1]所住的圣母院路的工作室十分寒酸，这和葛特鲁德·斯泰因工作室的富丽是一样的。那里光线很好，靠一个火炉取暖。家里挂着埃兹拉知晓的日本艺术家的画作，他们都来自贵族世家，留着乌黑闪光的长发，鞠躬时会甩到前面，让我印象深刻，但我不太喜欢他们的画。我看不懂这些画，但它们并非神秘莫测，一旦我看懂了，它们也就没有意义了。我为此感到遗憾，但毫无办法。

我非常喜欢桃乐丝的画，我认为她非常美，身段玲珑有致。我也喜欢葛迪爱-布尔泽斯卡[2]为埃兹拉塑的头像，也喜欢埃兹拉给

---

1 桃乐丝·莎士比亚（Dorothy Shakespear, 1886—1973），英国艺术家。1909 年与埃兹拉·庞德结识，两人于 1914 年结婚，1920 年移居巴黎。

2 亨利·葛迪爱-布尔泽斯卡（Henri Gaudier-Brzeska, 1891—1915），法国最早的抽象派雕塑家，"漩涡主义"运动倡导人。1931 年前往伦敦，诗人庞德是他的赞助者和宣传者。他在第一次世界大战中阵亡。

我看的这位雕塑家的所有作品照片，附在埃兹拉写的一本关于他的书里。埃兹拉还喜欢皮卡比阿[1]的一幅画，但我认为那时候它没什么价值。我也不喜欢温登姆·刘易斯[2]的那幅画，但埃兹拉却异常喜欢。他喜欢朋友的画作，这作为对朋友的忠诚是一件美好的事情，但作为评判则会是灾难性的。我们从未就这些画作争论过，因为我对不喜欢的事物总是闭口不谈。如果一个人喜欢朋友的画作或者著作，就像那些热爱自己家人的人，你去批评他们的家人是不礼貌的。有时候你会忍不住去批评你或者伴侣的家人，但是对于拙劣的画家就容易一些了，因为他们不会做出令人讨厌的事情来，也不像家人那样能做出亲密的伤害。对于拙劣的画家，你能做的就是不看他们的画作。但是即使你能做到不去观望家人，不去聆听他们，不回他们的信件，家人们也会用很多方式伤害到你。埃兹拉在对人方面比我更和善，比我更像基督徒。他自己的著作如果路子写对了，是非常完美的，他犯错时是那么诚恳，对自己的错误是那么执着，对人又是那么善良，以至于我认为他是属于圣人一类的人物。他同样性情暴躁，但即使这样，我也相信，许多圣人都是这样的。

---

1 弗朗西斯·皮卡比阿（Francis Picabia，1879—1953），法国油画家、插画师、设计师、作家和编辑。

2 温登姆·刘易斯（Wyndham Lewis，1882—1957），英国画家、作家，漩涡画派创始人。在 20 世纪 30 年代取得巨大成就。创作有《诗人艾略特》等名画，以及长篇小说《爱情的复仇》等优秀文学作品。

埃兹拉让我教他拳击。有一日下午，我们正在他的工作室练习的时候，温登姆·刘易斯来了，这是我第一次见到他。埃兹拉练习拳击的时间还不是很长，让他当着熟人的面练拳，我感到有点儿为难，就尽可能让他看起来打得漂亮些。但是效果并不十分好，因为他知道怎么推挡，但是我仍然在使劲儿教他把左手用来推挡，始终要他的左脚向前跨，然后把右脚朝上挪动与之平行。这不过是基本步法。我从未能够教会他打左勾拳，而要教会他如何缩短右拳出手的幅度则要留待将来再说了。

温登姆·刘易斯戴了一顶宽边黑帽，像拉丁区的人物，他穿得像是从《波希米亚人》[1]中走出来的一样。他的脸让我想起了青蛙，不是那种很大的牛蛙，就是一只普通的青蛙，而巴黎这个水塘未免太大了。在那时，我们深信任何作家或者画家都可以穿着他们拥有的任何衣服，对于艺术家来说，没有规定的制服；但是刘易斯却穿着战前艺术家的制服。我为难地看着他，当我闪开埃兹拉占上风的左拳，或是用戴着张开口的破拳击手套的右手抵挡它们的时候，他却高傲地看着我们。

我们想停下来，可刘易斯坚持让我们继续，我看得出来，他尽管对我们到底在做什么一无所知，却等着看埃兹拉被我打伤。但是什么事都没有发生。我从未反击，只是让埃兹拉随着我走动，他挥舞右拳，而我掷回几下右拳，然后说结束吧，便用一大罐水

---

1 《波希米亚人》(La Bohème)，意大利作曲家普契尼的三幕歌剧，描写了巴黎拉丁区穷苦艺术家的生活。

冲洗身体，用毛巾擦干，穿上我的长袖运动衫。

我们喝了一些东西，听埃兹拉和刘易斯谈论在伦敦和巴黎的一些人。我仔细观察刘易斯，但装作没有在看他，就像你在拳击时做的那样，可我认为我从没见过比他更恶心的人。一些人展露邪恶嘴脸，正如一匹良种赛马展露出的旺盛繁殖能力。他们拥有一种像硬下疳[1]那样的尊严。刘易斯并没有显露邪恶，他只是看起来让人讨厌。

走路回家的途中，我试着去回想他使我想起了什么，结果想起了各种各样的事情。它们全部都是关于医学方面的，除了足垢（toe-jam）之外，这是一个俚语词。我试图把他的脸分开来描述，但是我唯一能描述的是那双眼睛。当我第一眼看到黑色帽檐下那双眼睛时，它们看上去是属于一个强奸未遂者的。

"我今天见到了一个我见过的最龌龊的人。"我对妻子说。

"塔迪，别告诉我他是怎样的人。"她说，"拜托，我们就要吃晚饭了。"

大约一周后，我见到了斯泰因小姐，告诉她我见到了温登姆·刘易斯，并问她是否曾经见过他。

"我管他叫'尺蠖'[2]，"她说，"他从伦敦来，每次见到一幅好画就会从口袋里拿出铅笔，用拇指按在铅笔上测量那幅画。

---

1 下疳，指发生在男女阴部的早期梅疮。

2 尺蠖（measuring worm），意为"测量中的蠕虫"，显示了斯泰因小姐的犀利和讽刺。

一面仔细观察画,一面测量着大小。回伦敦后把它画出来,可就是画得不对头。他把这幅画的一切都丢掉了。"

所以我认为他就是一个尺蠖。这个称呼比我自己想的他是什么要更和善并更符合基督徒的精神。后来,我尝试着去喜欢他,跟他做朋友,就像埃兹拉把他的朋友介绍给我时,我所做的那样。但是我在埃兹拉的工作室见到他的第一天,他就给我留下了这样的印象。

Chapter 12 一个相当奇特的结局

我和葛特鲁德·斯泰因结束交往的方式是相当奇特的。我们曾是非常要好的朋友,我为她做了许多实际的工作,诸如把她那本大部头作品开始以连载方式在福特的杂志上发表,用打字机帮她把原稿打出来,并阅读校稿,我们就要成为比我原先希望的更好的朋友了。和强势的女人做朋友,对男人来说没有太多的前途,尽管在关系变得更亲密或者糟糕之前,这种友谊令人感觉相当愉快,而且和那些抱负满怀的女作家交往,其前途通常会更加渺茫。有一次,我借口说不知道她是否在家,有一阵子没有顺道去花园街27号,她就说:"但是海明威,你可以在这地方任意进出。你难道不知道吗?我是说真的。随时来,女仆——"她说到她的名字,但是我忘记了,"会照料你,你一定要当作是在自己家等我回来。"

我没有滥用这个特权,但有时会顺道到访,那女仆会给我斟一杯酒,我会看那些油画,如果斯泰因小姐不回来,我会向女仆道谢,留下口信离去。斯泰因小姐和她的一个伴侣正准备驾驶汽车前往南部，这天下午，她要我去她家做客并顺道送别。那时候哈德莉和我正待在一家旅馆里，在这次旅行前后，我们相互通了很多信。但是哈德莉和我有别的计划，我们要去其他地方。自然，这事我们绝口不提，但是你仍然希望可以去，可后来还是泡了汤。我们从来不懂拒绝这样的事。你必须知道一丁点儿不去拜访别人的方法。你必须得学会这一套。后来毕加索告诉我，凡是有钱人家请他去，他总是答应的，因为这使得人家非常高兴，后来出了一些事，他便无法再去。但是这和斯泰因小姐一点儿关系都没有，他说的是其他人。

那是一个惹人爱的春日，我从天文台广场穿过小巧的卢森堡公园。七叶树正绽放着花朵，有很多孩童在砾石铺的走道上玩耍，保姆们坐在长椅上看着他们，我看见树丛里有斑尾林鸽，还有一些我看不见但是能听到的。

我还没有按门铃，女仆就把门打开了，她叫我进屋等着。斯泰因小姐随时会下楼来。那时还不到晌午，女仆倒了一杯白兰地，递给我，快乐地眨着眼睛。这无色的酒精在舌头里感觉极佳，当酒香还在嘴里存留之时，我听到有人在和斯泰因小姐说话，我从未听见过一个人跟另一个人这么说话；从来没有，无论在何地，绝没听见过。

随后传来了斯泰因小姐的恳求声，她说："别这样，小猫咪。别这样。别这样，请别这样。我什么都愿意干，小猫咪，可是请你别这么干。请别这样，小猫咪。"

我吞下杯中的酒，把酒杯放到桌上，往门口走。女仆向我摇摇手指，低声说："别走。她马上就要下来了。"

"我必须告辞了。"我说，我不想再听下去，但是走出去的时候，那种对话仍在继续，我要听不见的唯一方法就是逃之夭夭。那话音教人难受，而那回答的声音更教人受不了。

到了院子里，我对女仆说："请跟她说我在院子里碰到了你。我不能再等了，因为我的一位朋友病了。替我祝她们旅途愉快。我会写信给她的。"

"我会这么说的，先生。你不能等下去真是太遗憾了。"

"是啊，"我说，"太遗憾了。"

对我来说，事情就这样结束了，真是够蠢的，虽然我仍旧为她干了一些小差事，必要时露个面，领着那些她要见的人上她那儿去，当新的时期来临，新一批的朋友来到她家时，我等着和大多数的男性朋友一起被打发走。看到一些毫无价值的画和那些名作一起挂进工作室是令人沮丧的，但是对我来说，这已经无甚分别了。她几乎和所有喜爱她的朋友都吵了嘴，除了胡安·格里斯[1]，她无法跟他吵架，因为他已经死了。我不确定他是否会计较这种事情，因为他已经对什么都不计较了，这从他的绘画作品中可以看得出来。

---

[1] 胡安·格里斯（Juan Gris，1887—1927），西班牙画家，1906年移居巴黎，与毕加索共同创立了立体画派，作品以拼贴画和静物油画为主。

最后她跟这些新朋友也吵架了，但是我们没有人再去理睬了。她变得像一个罗马皇帝，如果你愿意你的女人看起来像罗马皇帝，那也无所谓。但毕加索曾给她画过像，我还记得她那时看起来像个来自弗留利地区的女人。

到了最后，每个人，也许并非每个人，都再次和她做回朋友，为的是不至于显得枯燥乏味或者装腔作势。我也如此。但是我再也不能真心实意地和人做朋友了，无论是在我的心里还是在我的脑子里。当你在脑子里再也不能跟人友好地打交道时，这才是最糟糕的事。直到很多年后，这事才发生在我身上：我发现，任何人都可以憎恨任何人，因为他们已经在小说里学会了描写对话[1]，这对话始于引用了那位汽修厂老板的话。但是实际情况要比这复杂得多。

1　参见本书第 7 章《"迷惘的一代"》。

Chapter 13 一个被标记了死亡的人

那天下午,我在埃兹拉的工作室遇到了诗人欧内斯特·沃尔什[1],他和两位穿着长款水貂大衣的女士一道出现,外面街道上停着一辆从克拉里奇酒店[2]租来的闪闪发亮的车身很长的汽车,配着一名穿制服的司机。两位女子都是金发,她们和沃尔什搭乘同一艘船跨越英吉利海峡。船是前天抵埠的,他领着她们来拜访埃兹拉。

欧内斯特·沃尔什黑黑的,热情而认真,完美地散发着爱尔兰气质,他充满诗意,而且身上很明显地被标记出了是一个注定要

---

[1] 欧内斯特·沃尔什(Ernest Walsh,1895—1926),诗人、作家,20世纪20年代在巴黎创办著名文学刊物《本拉丁区》(This Quarter)。他于1924年和海明威结识,1925年在《本拉丁区》上发表了海明威的《大双心河》。

[2] 克拉里奇酒店(Claridge's),位于伦敦,创立于1812年,因受英国王室宠爱而成为英国奢华酒店的代表,如今依然坐落在伦敦最具贵族气质的梅费尔(Mayfair)地区。

死的人,就像是一部电影里被标记死亡的角色一样。他和埃兹拉聊天,而我和两位女士谈天,她们问我是否读过沃尔什先生的诗。我说没有。她们其中一人便拿出一本绿色封面的哈丽特·蒙罗创办的《诗刊》,把上面刊登的沃尔什的诗给我看。

"他每一篇可得一千二百元。"她说。

"是每一首诗。"另一个姑娘说。

我记忆中我每一页稿子可以拿到的稿费是十二元,如果是给同一本杂志写稿的话。"他一定是一位非常伟大的诗人。"我说。

"比埃迪·格斯特[1]所得还多。"第一个女士告诉我。

"比另外一个叫什么来着的诗人还多。你知道的。"

"吉卜林[2]。"她的朋友说。

"比任何人得到的都多。"第一位女士说。

"你们要在巴黎待很久吗?"我问她们。

"啊,不,并不会待很久。我们是跟一帮朋友一起来的。"

"你知道,我们是乘这艘船来的。但是船上其实一个名人都没有。当然,沃尔什先生在这条船上。"

---

[1] 全名是埃德加·格斯特(Edgar Guest,1881—1959),活跃在20世纪前半叶的美国诗人,生于英国。1895年,他从《底特律自由报》开始职业生涯,他的诗作充满着积极乐观的精神,并从日常生活中吸取灵感,他享有"人民诗人"的美誉。

[2] 鲁德亚德·吉卜林(Rudyard Kipling,1865—1936),英国诗人,小说家。主要作品有《丛林之书》(*The Jungle Book*,1895)两卷和《吉姆》(*Kim*,1901),1907年获得诺贝尔文学奖。

"他打牌吗?"我问。

她用失望但是理解的眼光看着我。

"不。他没有必要打牌。他能用那样的方式写诗,就用不着。"

"你们搭什么船回去?"

"哦,那得看情况来决定。这取决于船只和许多事情。你准备回去吗?"

"不。我在这里混得还不错。"

"这一代应该是个穷区,是吧?"

"是的。但是过得不错。我在咖啡馆写作,还出去看赛马。"

"你可以穿这样的衣服去看赛马[1]吗?"

"不。这是我在咖啡馆里的打扮。"

"这很可爱,"其中一位姑娘说,"我想参观一下咖啡馆的生活,你想吗,亲爱的?"

"我想。"另外一位姑娘说。我在通讯录上把她们的名字写了下来,承诺去克拉里奇酒店看望她们。她们都是好姑娘,我向她们和沃尔什还有埃兹拉道了别。这时候,埃兹拉和沃尔什还在激烈地交谈着。

"别忘了。"那个高个儿姑娘说。

"我哪儿能忘了?"我对她说,和她们两人又握了握手。

此后我从埃兹拉那里听到关于沃尔什的消息是,他在几位仰慕诗歌的女性和注定要死的年轻诗人的帮助下,从克拉里奇酒店的困境中

---

[1] 当时看赛马被认为是上流社会的活动,男士要穿礼服,戴礼帽,女士也需要盛装打扮。

脱身出来。还有一件事，是在这事过去不久之后，他得到另外一个来源的资金协助，作为联合编辑之一，在这个地区开始创办一本新杂志。

此时，一份由斯科菲尔德·赛耶编辑的美国文学杂志《日晷》，颁发了一项年度奖金——我记得是一千元，以奖励一位在文学创作上有杰出成就的撰稿人。这笔奖金对那时候任何一位作家来说，都是一笔大数目，还能给自己带来声望，这项奖金曾颁发给不同的人，自然，每个人都是当之无愧的。当时在欧洲，两个人一天花五块钱就能生活得舒适美好，而且还能外出旅游。我曾经用一整本短篇小说集从一个美国出版社那里得到两百元的稿费，补上一些贷款和积蓄，这笔钱可以让我们在冬天去奥地利度假滑雪，让我去福拉尔贝格旅行写作。

《本拉丁区》杂志——沃尔什是它的编辑之一，声称在第一年的四期杂志出完时，将会以一笔十分可观的奖金授予被评为最佳作品的撰稿人。

这是小道传闻还是谣传，或是某人过于自信而造出的事，都无从谈起。让我们希望并始终相信这件事在方方面面都完全是光彩荣耀的吧。对于和沃尔什合作的编辑，确实也没什么可非议或归咎之处。

在我听到关于这个奖金的传言之后不久，沃尔什邀请我去圣米歇尔大道那一带最好也是最贵的一家餐厅吃午饭，吃过牡蛎之后——那是昂贵的扁形的微微带点儿紫铜色的马朗牡蛎，不是那种肥厚廉价的葡萄牙牡蛎，加上一瓶微醺干白葡萄酒，他开始小心翼翼地谈论这个话题。他看起来像是在哄骗我,就像是他曾经哄骗那两个同船的伙伴一样——当然啦,如果她们真是他的同伙而他哄骗了她们的话——当他问我是否想再来一打扁牡蛎时,我说我非常喜欢吃这种牡蛎。他不在意对我流露出那种即将死去的神色,这使我感到宽慰。他知道我知晓他有肺痨,并且不是用来骗人的那种,而是将因此死去的那种,我对于他在餐桌上没有咳嗽而心生感激。我不知道他是否像堪萨斯城的妓女们那样吃这些扁牡蛎,她们浑身是病,也是将死之人,老是希望吞咽精液作为对付肺痨的头等特效药;但是我没有问他。我开始吃我的第二打扁牡蛎,把它们从铺在银盘里的碎冰中挑出来,挤上柠檬汁,看它们那柔嫩的棕色蚌唇起了反应,蜷缩起来,把黏附在外壳上的肌肉扯开,把蚌肉拾起,用牙齿仔细咀嚼。

"埃兹拉是一个特别伟大的诗人。"沃尔什说,并用他那黑黑的诗人的眼睛望着我。

"是啊,"我说,"而且是一个大好人。"

"高尚,"沃尔什说,"真的高尚。"我们静静地吃喝,仿若是对埃兹拉高尚品格的致敬。我想念埃兹拉,他要是能在这里该多好,他像我一样也吃不起马朗牡蛎。

"乔伊斯真了不起,"沃尔什说,"了不起。了不起。"

"了不起,"我说,"而且是一位好友。"我们成为朋友是在他完成了《尤利西斯》之后,动笔写一部在很长一段时期被我们称为"在写作中的作品"之前那段美妙的时期。我想起了乔伊斯,并回忆起许多事情。

"我希望他的眼睛能好转一些。"沃尔什说。

"他也期望如此。"我说。

"这是我们时代的悲剧。"沃尔什告诉我。

"每个人多少有一些病痛吧。"我试着让午餐气氛欢乐起来。

"你可什么都没有。"他向我展现出他的全部魅力,而且还不止这些,接着表示自己快要死了。

"你是说我没有被死亡打上标记?"我禁不住这样问他。

"对。你被打上的是生命的标记。"他把"生命"这个词加了重音。

"这只是时间问题。"我说。

他想要一份上好的牛排,要煎得半生的,而我要了两份腓力牛排外加贝亚恩蛋黄黄油调味汁。我想黄油会对他的身体有好处。

"来一瓶红葡萄酒怎么样?"他问道。酒侍来了,我要了一瓶教皇新堡[1]。我喝完酒后会沿着滨河路散步让酒意消散,他可以睡上一觉或者做他想做的事情消解酒意。我也可以在什么地方睡一觉,我想。

我们吃完了牛排和法式炸土豆,并且把那瓶不是午餐酒的教皇新堡喝完三分之二后,才进入正题。

"不用拐弯抹角了,"他说,"你知道你就要得奖了,知道吗?"

"我吗?"我说,"为什么?"

---

[1] 教皇新堡(Châteauneuf-du-Pape),产自法国南部阿维尼翁附近的葡萄园,天主教皇的教廷曾设于该城,该酒受到许多红衣主教的欢迎。

"你要得奖了。"他说。他开始谈论我的写作,而我根本没听。每当有人当面谈论我的写作时,我就会觉得非常尴尬,也感到不舒服。我凝视着他和他脸上那副注定要死的神色,心想,你这个骗子,拿病痨来哄骗我。我曾经见过一个营的士兵倒在大路的尘土里,他们当中三分之一快要死去或者比这更倒霉,但是脸上并没有什么特别的标志。我们都要归于尘土,而你和你的死相,你这个骗子,却仰仗着你的死亡来维济生存。现在你又要哄骗我。别再骗人,你就不会受骗。死神并没有哄骗他。死亡即将来临。

"我认为我没有资格领取,欧内斯特。"我说,我喜欢用我的名字来称呼他,因为我恨这个名字,"何况,欧内斯特,这样做也违反道德,欧内斯特。"

"真奇怪,我们两个人同名,是不是?"

"是啊,欧内斯特,"我说,"这是一个我们必须不辜负的名字[1]。你懂我的意思,是不,欧内斯特?"

"我懂,欧内斯特。"他说。他给予我一个彻底的、忧伤的爱尔兰人式的理解,并展现了他的魅力。

所以,我对他和他的杂志始终十分友好,他第一次吐血并离开巴黎的时候,请求我监看那一期杂志的印刷,因为印刷工人不懂英文,我照办了。我见过他吐血,这是非常合情合理的,而且我知道他快要死了,那时我正处于生活的艰难时期,对他特别好,这使得我感

---

[1] 欧内斯特(Ernest),源自德语 Ernst,意为"真诚,热忱"。

到欣慰，正如我叫他欧内斯特使我感到欣慰一样。再说，我喜欢并钦佩与他合作的编辑。她没有向我许诺授予我任何奖金。她只想办成一份优秀的杂志，以及向她的供稿者支付丰厚的稿费。

多年之后的一日，我正沿着圣日耳曼大道散步，遇见了乔伊斯，他刚独自看完一场日戏出来，走在路上。尽管他的眼睛看不清楚演员，但是他乐于聆听他们念台词。他邀我同他喝一杯，我们去了双叟咖啡馆，要了干雪莉酒，尽管你经常读到他只爱喝瑞士的白葡萄酒。

"沃尔什好吗？"乔伊斯说。

"一个某某人活着就等于一个某某人死了。"我说。

"他许诺过授予你那年的奖金没有？"乔伊斯问。

"许诺过。"

"我想也是。"乔伊斯说。

"他许诺过要给你吗？"

"是的。"乔伊斯说。过了一会儿，他问，"你认为他对庞德许诺过吗？"

"我不知道。"

"最好别去问他。"乔伊斯说。

我们就此打住。我不记得沃尔什何时死的。在那个遇到乔伊斯的傍晚过后不久吧。但是我能记起我告诉了乔伊斯，我在埃兹拉的工作室第一次见到他和那两位穿着裘皮长大衣的女士的情景，这个故事让乔伊斯很高兴。

Chapter 14 埃文·希普曼[1]在丁香园咖啡馆

我从发现西尔维亚·比奇的图书馆那天开始，便读了屠格涅夫的所有作品，读了已经出版的果戈理作品的英译本、康斯坦斯·加内特翻译的托尔斯泰小说以及契诃夫作品的英译本。在多伦多——我们来到巴黎之前，有人告诉我，凯瑟琳·曼斯菲尔德是一位优秀的短篇小说家，甚至可以说是一位伟大的短篇小说家。可是我在读过了契诃夫以后再试着去读她，就像在听一位年轻的老处女在精心编造故事了。相较之下，契诃夫的作品来自一位善于表达和能洞悉一切的内科医生，同时他也是一位优秀朴实的作家。曼斯菲尔德像是一杯淡味啤酒，还不如喝一杯白开水。可是契诃夫

---

[1] 埃文·希普曼（Evan Shipman，1904—1957），美国作家，1933年在基维斯特岛担任过海明威大儿子约翰的家庭教师。他在西班牙内战中受过伤，后来参加了第二次世界大战。他发表过一部诗集和一部写赛马的短篇小说《可自由参加的竞赛》（1935）。

不是白开水,除了像水一般明澈。他的一些短篇读起来仅仅是新闻报道一类的东西,可是也有一些精妙绝伦的短篇之作。

在陀思妥耶夫斯基的作品里有些东西可信也不可信,但是有些写得那么真实,读着读着就会改变你。脆弱和疯狂、邪恶和圣洁以及关于赌博的癫狂,都摆在那里任你去读解,就像在屠格涅夫的作品中了解的那些风景和大路,在托尔斯泰小说中了解的部队移动、地形、军官、士兵与战斗。托尔斯泰使斯蒂芬·克兰[1]描写美国内战的作品变得仿佛是一个患病孩童的美好想象。这个孩童从未经历过战争,只读过一些我曾在祖父母屋子里看过的战争编年史,看过那些布雷迪[2]拍摄的照片。在我读到司汤达的《巴马修道院》之前,我从未读过有关战争的描述,除非是在托尔斯泰的作品里,而司汤达关于滑铁卢战役的精彩描述,是这部颇为沉闷的小说中一个出乎意料的片段。已经来到了一个关于写作的全新世界,在像巴黎这样的城市,你有时间去阅读。不管你如何贫困,在这儿总有一种方法让你生活得不错,有工作可干,就好像是给了你一笔巨大的财富。你也可以在旅行的时候带上这笔财富。我们到了瑞士和意大利,住在山区,直到我们在奥地利福拉贝尔格州高地的山谷里发现了施伦

---

[1] 斯蒂芬·克兰(Stephen Crane,1871—1900),美国小说家。海明威在文中说的是克兰的小说《红色英勇勋章》。克兰确实没有经历过战争,但是他的小说把一个初上战场的士兵在战火纷飞的环境中的细节描写得淋漓尽致,被誉为战争小说的杰作。海明威亲自上过战场,所以他对克兰的小说颇有微词。

[2] 马修·B.布雷迪(Mathew B. Brady,1823—1896),美国摄影师,在美国内战期间,曾雇佣20多名摄影师,分头拍摄各站区的战况。

斯，那里总有很多书籍。这样你就活在这个你发现的新世界里，那里有积雪、森林、冰川以及这一地区各种冬天的问题，有位于高处的庇护所，或是夜晚村庄里鸽子旅馆中的膳宿公寓；你可以活在另外一个由俄国作家们赠予你的美妙世界中。起初是俄国作家，后来是其他所有作家。但是长时间以来都是俄国作家。

我记得有一次，我和埃兹拉从阿拉戈林荫大道的球场[1]打完网球一同走回家去。他邀请我上他的工作室喝一杯，我问过他，对陀思妥耶夫斯基到底是怎么看的。

"老实告诉你，"埃兹拉说，"我从来没有读过俄国人的作品。"

这是一个直截了当的答案，而埃兹拉没有再给我任何口头上的其他说法了。我感到非常难过，因为他那时正是我最热爱和信任的评论家，他深信"恰到好处"——就是说要使用那个唯一正确的词语——这个人教会我不要依赖使用形容词，正如以后我学会在某些情况下不要信赖某些人那样。而我正想听他对于这个人的看法，因为这个人几乎没有用过"恰到好处"的词，却可以让他笔下的人物在任何时候都活灵活现，这一点其他人无法做到。

"集中精力读法语作品吧，"埃兹拉说，"你从那里可以学到很多。"

"这我知道，"我说，"我可以从很多地方学到东西。"

后来，我离开了埃兹拉的工作室，沿着大街走到我们现在住的锯木厂的院子里，从两旁高楼夹道的大街望去，望到大街尽头的

---

[1] 位于阿拉戈林荫大道（Boulevard Arago）圣特监狱（La Santé）断头台附近的一处红土网球场。

空旷处，那里秃树耸立，后面遥遥可见比利埃舞厅的门面，就在宽阔的圣米歇尔大道的对面。我推开院门走进去，经过堆放着的新锯好的木材，把网球拍搁在通向楼顶亭子间的楼梯旁。我朝着楼上呼喊，但是没有人在家。

"你太太出去了，保姆跟宝宝也出去了。"锯木厂的老板娘告诉我。她是一个很难搞的胖女人，一头黄铜色的头发。我向她道了谢。

"有一个小伙子来找过你，"她说，她用小伙子（jeune home）而不用先生（monsieur），"他说会在丁香园等你。"

"非常感谢你，"我说，"如果我太太回来了，请告诉她我在丁香园。"

"她和朋友出去了。"老板娘说。她把紫色晨衣裹了裹，穿着高跟鞋，走进她自己领地的门洞，没有随手关门。

我顺着街走，街道两旁有着高耸的、带着污迹的、布满条纹的白色房子。我在空荡荡、充满阳光的街尾处右拐，走进幽暗中有缕缕阳光的丁香园咖啡馆。

那儿没有我认识的人。我走到外面的露天桌椅处，发现埃文·希普曼正在等我。他是一位不错的诗人，懂赛马、写作和绘画。他起身，我看到他身材高挑，脸色苍白、消瘦，穿一身又旧又皱的西服，白衬衣脏了，领口有些破损，领带打得很端正。指甲中有污垢，沾污的手指比他的头发还黑。他紧绷着可亲而带有歉意的笑容，避免露出坏掉的牙齿。

"见到你很高兴,海姆[1]。"他说。

"你好吗,埃文?"我问。

"有一些消沉。"他说,"不过我想我把那匹'马捷帕'给镇住了。你最近可好?"

"我希望如此,"我说,"你来我家时,我正跟埃兹拉在外面打网球。"

"埃兹拉好吗?"

"很好。"

"我很欣慰。海姆,你知道吗,我看你的房东太太不太喜欢我,她肯定不让我上楼等你。"

"我会跟她说的。"我说。

"别麻烦了。我可以在这儿等你的。现在待在阳光下非常舒服,不是吗?"

"现在已是秋天了,"我说,"我觉得你穿得不够暖。"

"只是晚上有点儿凉,"埃文说,"我会穿上大衣的。"

"你知道大衣在哪儿吗?"

"不知道。不过准是在什么安全的地方。"

"你怎么知道的?"

"因为我把那首诗留在大衣里了。"他开心地笑起来,嘴唇紧紧地遮住牙齿,"请陪我喝一杯威士忌吧,海姆。"

---

[1] 海姆(Hem),海明威的昵称。

"行啊。"

"让,"埃文站起身,叫了侍者,"请给我们来两杯威士忌。"

让端来酒瓶和杯子以及两只标有十法郎的小碟,还有苏打水。他不使用量杯,直接往杯里倒酒,直到超过了杯子容量的四分之三。让喜欢埃文,每逢让休息的日子,埃文就跟他一起到他在巴黎奥尔良门外蒙鲁日镇上的花园里工作。

"你可别倒得太多了。"埃文对这个高个子老侍者说。

"不过是两杯威士忌,不是吗?"侍者问道。

我们往杯子里加了水,埃文就说:"呷第一口要非常当心,海姆。饮入妥当,它们能让我们喝上一阵子呢。"

"你能照顾好自己吗?"我问。

"是啊,当然可以,海姆。我们能谈点儿别的什么吗?"

露天桌椅处没有其他人坐着,威士忌使我们俩都暖和起来,尽管我为秋天穿的衣服比埃文的厚。我穿了一件圆领长袖运动衫作为内衣,外面穿一件衬衣,在衬衣外面还加了一件蓝色法国水手式的毛线衫。

"我一直在想着陀思妥耶夫斯基。"我说,"一个人怎么可以写得那么烂,烂得令人难以置信,却又能这样深深地打动你呢?"

"不可能是译文的问题,"埃文说,"她翻译托尔斯泰就显示出了原著写得很精彩。"

"我知道。我记得有多少次我试着阅读《战争与和平》,最后才搞到了康斯坦斯·加内特的译本。"

"别人说她的译文水准还可以再提高。"埃文说,"我确信一定能,尽管我不懂俄文,但是我们都知道译者。不过它确实是一部很棒的小说,我看是最伟大的小说吧,你可以反反复复地阅读它。"

"我知道,"我说,"你不能反复阅读陀思妥耶夫斯基。我在一次旅途中带了《罪与罚》,等我们在施伦斯把带去的书都读完了,没有别的书可读了,我还是无法把《罪与罚》再读一遍。我看奥地利报纸,学习德语,直到找到几本陶赫尼茨版的特罗洛普的作品。"

"上帝保佑陶赫尼茨吧。"埃文说。威士忌已经失掉了灼烧的效力,兑上苏打水后,只有纯粹的烈劲儿。

"陀思妥耶夫斯基是个混蛋,海姆。"埃文继续说道,"他最擅长描写恶棍和圣徒,他写了不少了不起的圣徒,可惜我们不想重读他的作品。"

"我打算再试着看《卡拉马佐夫兄弟》。很可能是我的问题。"

"你可以试着把这部小说的一部分,或者大部分重看。不过这一开始就会使你感到愤怒,不管这作品多么伟大。"

"是啊,我们碰巧第一次读的是这个译本,也许还有更好的。"

"可是别让这种想法诱惑你,海姆。"

"不会的。我会尝试去读它,在你不知晓的情况下去读,这样越看它,越会发现其中更多的意味。"

"好,我用让送的威士忌支持你。"埃文说。

"他这样做会碰到麻烦的。"我说。

"他已经碰到麻烦了。"埃文说。

"怎么回事？"

"他们眼下正在换管理层，"埃文说，"新的老板们想招徕一批愿意花钱的新顾客，因此打算开一家美式酒吧。侍者都要穿上白色的上衣，海姆，并且他们被要求为剃掉小胡子做好准备。"

"他们不能对安德烈和让这样做。"

"他们应该是办不到的，但还是会这样干。"

"让一辈子都蓄着他的小胡子。那是龙骑兵的小胡子，他在骑兵团服过役。"

"他就要把它剃掉了。"

我喝完了最后一口威士忌。

"再来一杯威士忌，先生？"让问道，"希普曼先生，来一杯威士忌？"他下垂的小胡子是他消瘦和善的脸庞的一部分，光秃的头顶在一缕缕平滑地横贴在上面的头发下闪着光。

"别那么做，让，"我说，"别冒险了。"

"没有险可以冒啊。"他对我们轻声说，"现在太乱，许多人要辞职不干了。"

"别提这事，让。"

"就这样吧，先生们。"他大声说道。他走进咖啡馆，端了一整瓶威士忌、两只大玻璃杯、两只标有十法郎的金边碟子和一个苏打水瓶，走出来。

"别这样，让。"我说。

他把玻璃杯放在碟子上，威士忌几乎斟了满满两杯，然后带着剩余的酒回到咖啡馆里。埃文和我往杯子里喷了一点儿苏打水。

"陀思妥耶夫斯基不认识让,真是好事一件,"埃文说,"要不然他可能会喝得醉死。"

"我们怎么解决这两大杯酒?"

"喝掉它们,"埃文说,"这是一种抗议,对抗雇主直接的行动。"

接下来的周一,当我一早去丁香园写作时,安德烈给我送来一杯柏夫尔,那是一杯加了水的浓缩牛肉汁。他长得矮小,金发碧眼,原来蓄着粗短的上髭的嘴唇,现在光秃秃的像个牧师。他穿着一件美国酒吧招待的白色上衣。

"让呢?"

"他不到明天不会来上班。"

"他怎么样?"

"他要花很长时间去劝解自己。在整个战争期间他都在一个配备重型武器的骑兵团里,他获得过战斗十字勋章和军功勋章。"

"我不知道他原来负过重伤。"

"他当然负过伤。他得到的是另外一种军功章,是嘉奖英勇行为的。"

"请代我向他问好。"

"当然,"安德烈说,"花不了太长时间,他就可以调整好自己。"

"也请你向他转达希普曼先生的问候。"

"希普曼先生正好和他在一起,"安德烈说,"他们在一起做园艺的工作呢。"

一位邪恶的探子

Chapter 15

埃兹拉离开乡村圣母院路去拉帕洛前对我说的最后一句话是:"海姆,你要保管好这罐鸦片,要等邓宁需要的时候才给他。"

那是一个大冷霜罐,我旋开盖子一看,里面的东西黑乎乎、黏稠稠的,有一股生鸦片的气味。埃兹拉是从一个印度族长手里买来的,他说,就在意大利大道附近的歌剧院大街上,价钱昂贵。我想,那准是从那家老旧的"墙洞酒吧"买来的,那是第一次世界大战后逃兵和毒贩们的聚集之地。墙洞是一个非常狭窄的酒吧,几乎就是一个过道的样子,在意大利街上,门面上涂了红色的油漆。它有一阵,曾有道后门连通着巴黎的下水道,据说从那儿能直通那些地下墓穴。据说,诗人拉尔夫·契弗·邓宁[1],他抽鸦片

---

[1] 拉尔夫·契弗·邓宁(Ralph Cheever Dunning, 1878—1930),美国诗人,和巴黎的美国诗人为伍,沉默寡言,擅长创作传统的格律诗。诗作以表达人生无常的主题为主,诗情伤感悲悯,流露出浓重的死亡痕迹。死于生活贫困和肺痨。在埃兹拉·庞德的资助下,发表过几本诗集。

可以忘记吃饭。他抽完鸦片后只愿意喝牛奶，他用三行诗节写诗，这让看出他诗作优点的埃兹拉对他喜爱不已。他的住处和埃兹拉的工作室在同一个院子里，而埃兹拉在离开巴黎前几周，在邓宁濒临死亡之际曾叫我去帮助他。

"邓宁就要死了，"埃兹拉的信上这样写着，"请立即前来。"

邓宁躺在床垫上，看起来像是一具骷髅。我毫不怀疑他早晚会死于营养不足，但是我最终让埃兹拉相信，很少有人会在用经过周密考虑的短语说话时死去，而且我从未听说过有人在用三行节诗说话时死去，我认为连但丁都做不到。埃兹拉说他不是在用三行诗节讲话。我说那或许只是听起来像三行诗节，因为他派人把我叫去的时候我还在熟睡。最终，在陪邓宁等待死神降临的那晚之后，这事还是被移交到一位医生手里，于是邓宁被送往一家私人诊所戒毒。埃兹拉保证为他付账，并征集了一批我不认识的爱好邓宁诗歌的人来帮助他，只把在真正紧急关头给邓宁送鸦片的任务留给了我。这是埃兹拉交给我的一项神圣任务，但愿我能不负所托，能判断什么时候才是真正的紧急关头。紧急关头的到来是在一个周日的清晨，埃兹拉寓所的看门人来到锯木厂的院中，朝楼上那扇敞开的窗子——我正在窗前研读赛马表——大喊："邓宁先生爬上了屋顶并断然拒绝下来。"

邓宁爬上了工作室的屋顶并断然拒绝下来，这似乎就是紧急关头了，我想。我找出了那罐鸦片，和看门人一道朝大街走去。她是一个身材矮小、热情认真的女人，被眼前的情况搞得非常紧张。

"先生带了需要的东西吗？"她问我。

"当然带了,"我说,"不会有什么问题的。"

"庞德先生什么都想到了,"她说,"他真是仁慈的化身。"

"他的确是这样,"我说,"而且我没有一天不想念他。"

"但愿邓宁先生能通情达理。"

"我带了他需要的东西。"我安她的心说。

我们抵达工作室的院子,看门女人说:"他已经下来了。"

"他一定知道我要来了。"我说。

我爬上通往邓宁住处的楼梯,敲了门。他开了门,憔悴消瘦,但看上去出奇地高大。

"埃兹拉要我把这个给你。"我说着,把罐子递给他,"他说你会知道这是什么。"

他接过罐子看了看,然后把罐子朝我扔过来。罐子打在我的胸口,也许是打在我的肩膀上,然后滚落下楼。

"你这狗娘养的。"他骂道,"他这杂种。"

"埃兹拉说也许你用得着。"我说。他扔来一只牛奶瓶作为反击。

"你确定用不着吗?"我问道。

他又扔来一只牛奶瓶,我只得撤退。他又扔出另外一只牛奶瓶击中我的后背,然后关上了门。

我捡起这个有轻微裂痕的罐子,把它放进口袋。

"他看来不想要庞德先生给他的礼物。"我对看门女人说。

"也许现在他会安静下来。"她说。

"也许他自己有一些吧。"我说。

"可怜的邓宁先生。"她说。

最后,埃兹拉组织的一批诗歌爱好者又一次聚集在一起帮助邓宁。我和看门女人的干预行动并不成功。那只据说装着鸦片的罐子被摔坏了,我用蜡纸仔细地包裹好了,藏在一只旧马靴里。几年后,当埃文·希普曼和我从我那套公寓里搬我的私人物品时,那双马靴还在那里,罐子却找不到了。我不知道邓宁去世的确切日期,也不知道他是否真的死了,不知道他为何要朝我扔奶瓶,除非他想起了第一次病危的那天夜晚我表现出的不相信,也许只是因为生来就厌恶我的个性。但是我记得"邓宁先生爬上了屋顶并断然拒绝下来"这句话让埃文·希普曼高兴了很久。他相信这其中有一些象征的含义。我可不知道。也许邓宁把我当成了一名邪恶的特工或者警察局的探子。我只知道埃兹拉像关照其他人那样,努力照看着邓宁。而我始终希望邓宁真像埃兹拉所认为的那样,是一位优秀的诗人。就一位诗人来讲,他扔奶瓶倒是扔得非常准。埃兹拉是一位非常伟大的诗人,并且打得一手好网球。埃文·希普曼是一位好的诗人,他对自己的诗作能否出版真的毫不介意,他感觉那应该一直是一个谜。

"我们在生活中需要更多真正的谜,海姆。"有一次他对我说,"完全没有野心的作家与真正好的、没有发表的诗作是当下我们最缺乏的东西。当然,这里有一个维持生计的问题。"

我从没有看过任何描写埃文·希普曼和他在巴黎的东西,以及那些他未发表的诗歌。这也是为何我认为在这本书里写到埃文·希普曼是如此重要的原因。

施伦斯的冬天

Chapter 16

当我们变成了三个人而不只是两个人的时候[1]，寒冷的天气驱使我们最终在冬天逃离了巴黎。当你孑然一身时，只要习惯了也就没有什么问题。我可以去咖啡馆写作，可以就着一杯奶油咖啡工作整个上午。这时侍者正在清扫咖啡馆，而咖啡馆逐渐暖和起来。我的妻子可以去教钢琴，那地方虽然冷，但穿上厚羊毛衫，在弹琴的时候也可以保暖。课程结束后，她回家给邦比喂奶。大冬天带婴儿去咖啡馆是不行的，尽管那是一个从不哭闹，看着周围的一切从不会感到乏味的婴儿。那时还没有专门照看婴儿的人，邦比在他那有着高栏杆的床上跟那只名叫"猫咪F"的大猫快乐地待在一起。有人说让猫和婴儿待在一起很危险。那些愚蠢且带有偏见的人说猫会吸掉婴儿的气息，然后把他害死。还有人说猫会睡在婴儿身上，它的体重会把婴儿压死。当我们出去的时候，或

---

[1] 指海明威和他的妻子哈德莉于1923年生下儿子，变成了"三个人"。

者女佣玛丽不得不离开的时候,猫咪F就躺在床的栏杆旁,躺在邦比身边,用黄色的大眼睛注视着房门,不让任何人靠近他。没有必要找一个临时照看婴儿的人,猫咪F就是了。

但当你真正贫困的时候——我们确实有过穷日子,那是从加拿大回来的时候,我放弃了所有的新闻写作工作,又卖不出一篇短篇小说——在冬天的巴黎带着一个婴儿生活真是太艰苦了。即使邦比先生在刚满三个月大的时候,就已经搭乘肯纳德轮船公司的一艘小轮船横渡北大西洋,从纽约经哈利法克斯航行十二天于一月份来到这里,整个旅程没哭闹过一次。当他被挡板围在一张床上以免在暴风雨的天气中滚落下来的时候,他快活地笑了起来。

我们去了奥地利福拉尔贝格州的施伦斯。我们穿越瑞士,来到奥地利边境的菲德科尔契。火车穿过列支敦士登,在布卢登茨停下。那里有一条小支线,沿着一条有卵石河床和鳟鱼的河蜿蜒穿过一条有着农场和森林的山谷到达施伦斯。那是一座充满阳光的小镇,有市集、锯木厂、商店、小客栈和一家很好的一年四季都营业的叫作"鸽子"的旅馆,我们就住在这里。

鸽子旅馆的房间宽敞舒适,有大火炉、大窗户和铺着上好毯子和羽绒床罩的大床。饭菜简单却美味,餐厅和酒吧间铺着厚地板,火炉生得很旺,给人友好的感觉。山谷宽广开阔,阳光充足。我们三人每日的食宿费大约两美元,并随着奥地利先令受通货膨胀贬值而不断降低。但是这里不像德国那样有着让人绝望的通货膨胀和贫困现象。奥地利先令时涨时落,但是其趋势是在下跌的。

施伦斯没有送滑雪者登上山坡的吊椅，也没有缆车；但是有运送原木的轨道和放羊的小道，它们通向不同的山谷，以及高处的山野。你可以步行带着滑雪板向上攀登，那里积雪太厚，你得在滑雪板底部附上海豹皮[1]才能向上爬。山顶上有一些阿尔卑斯山俱乐部的大木屋，是为夏季登山者修建的。你可以在此住宿，用多少木柴就留下多少钱。在有些木屋里，你得自己带木柴。如果你准备在崇山峻岭和冰川地区长途旅行，你可以雇人帮你驮运木柴和补给用品，并且建立一个基地。这些高山基地木屋中最出名的是林道屋、马德莱恩屋和威斯巴登屋。

鸽子旅馆后面有一道供练习滑雪用的山坡，你可以从那里穿过果园和田野。山谷对面查根思后面还有一道很好的山坡，那里有一家漂亮的小客栈，在酒屋墙上挂着一批保存上好的羚羊角。正是在山谷最远处的一边，以伐木为主业的村子查根思的背后，一路上行的滑雪体验都很好，直到最后穿过山峦，翻越西尔维雷塔山脉[2]，进入克洛斯特斯城[3]一带。

对于邦比来说，施伦斯是一个绝妙的地方。有一个黑头发的女孩带着他出去。在阳光下，他坐在自己的雪橇中，女孩照看着他。哈德莉和我要熟悉这一整片崭新的城镇和村庄，镇上的人们都非

---

[1] 把海豹皮制成的摩擦条贴在滑雪板下面，可以在攀登时防止下滑。

[2] 西尔维雷塔山脉，位于查根思南方奥地利和瑞士东北部的国境线上。

[3] 克洛斯特斯城，位于瑞士东部。

常友好。瓦尔特·伦特先生是高山滑雪的一位先驱者,曾一度是那了不起的阿尔伯格滑雪家汉纳斯·施耐德[1]的合作伙伴。他制造滑雪板用的蜡,供攀登以及在不同积雪状况下使用。他在这里开办了一所以训练阿尔卑斯山地滑雪为主的学校,我们俩都报名了。瓦尔特·伦特的教学方法是尽快让学生们离开练习用的滑雪斜坡,到高山地区去滑雪旅行。那时的滑雪和现在不太一样,螺旋形骨折还没有这么常见,而且谁也承受不了一条断裂的腿。那时也没有雪地巡逻队。不管你从哪儿滑下去,都得先爬上来,这使得你的双腿都得锻炼以适应于往下滑。

瓦尔特·伦特认为滑雪的乐趣在于向上攀登进入最高的山地——那里除了你以外没有别的人,那里的积雪也没有留下足迹——然后从阿尔卑斯山上的一个高山俱乐部的木屋,翻过阿尔卑斯山那些山巅过道和冰川到达另一个木屋。滑雪板不能系得太紧,以免在摔倒的时候弄断腿。你得在滑雪板弄断你的腿之前让它脱离。他真心喜爱的是身上不系任何绳索的冰川滑雪,但是我们得等到来年春天才能这样干,那时冰川的裂缝就被覆盖住了。

第一次在瑞士一起滑雪的时候,哈德莉和我就爱上了这项运动,后来我们在多罗米蒂山区[2]的科蒂纳·丹佩佐也滑过雪。当时邦比

---

[1] 汉纳斯·施耐德(Hannes Schneider,1890—1955),奥地利滑雪教练,在施伦斯东北部阿尔伯格山区推广滑雪技术。

[2] 多罗米蒂山脉(The Dolomites),位于意大利北部阿尔卑斯山脉东段,是一个冬季运动中心。科蒂纳·丹佩佐(Cortina d'Ampezzo),位于这条山脉的南麓。

就要出生了，但米兰的医生准许她继续滑雪，只要我保证不让她摔倒。这让我非常小心地去选择地形和滑道，并把滑行控制得万无一失。哈德莉有一双美丽强韧的腿，能很好地操控滑雪板，因此没有摔跤。她一般不会摔倒，除非去尝试不系绳索的冰川滑雪。我们都知晓不同的雪地环境，每个人都懂得如何在粉末状的厚雪中滑行。

我们喜欢福拉尔贝格州，也爱施伦斯。我们在感恩节前后会去那里，待到复活节将近。在施伦斯总可以滑雪，即便对于一个滑雪胜地来说，这里地势不够高，除非是在一个大雪的冬季，为了滑雪，你必须得爬到山上去。但登山也是一种乐趣，那时没人会介意攀登。你只要采用某种合适的步调就能攀登，登山不难，你的心脏会感觉良好，你会为登山包的重量而感到骄傲。登上马德莱恩屋的山路有一部分很陡，也非常艰苦，但是第二次攀登时就比较容易了。最终，即便你背上重量翻倍的东西，也能轻松抵达。

我们总是感到饥饿，每次进餐都是一件大事。我们喝淡啤酒或者黑啤，以及新酿的葡萄酒，有时候也喝存了一年的葡萄酒。好几种白葡萄酒是上等佳酿，其他酒类则有当地河谷酿制的樱桃白兰地和用山龙胆根蒸馏而成的烈酒。有时候我们晚餐吃的是伴有一种醇厚的红葡萄酒酱汁的瓦罐焖野兔肉，有时则是加上栗子酱的鹿肉。我们吃这些时常喝红葡萄酒，尽管比起白葡萄酒来要贵很多，最贵的要二十美分一升。平常的红酒就要便宜很多，因此我们把小桶装的带到了马德莱恩屋。

我们存了一批从西尔维亚·比奇那儿借来供冬天阅读的书籍；

我们还可以在旅馆后的夏日花园的巷子里，跟镇上的人玩地滚球，每周有一两次；有时候我们会关上窗户，锁上门，在旅馆的餐厅里玩扑克牌。那时奥地利是禁止赌博的，我跟旅馆主人内尔斯先生、阿尔卑斯山滑雪学校的伦特先生、镇上的一位银行家、检察官和宪兵队的队长一起玩。这是非常严苛的游戏，他们都是扑克好手，除了伦特先生打得太野以外，因为滑雪学校根本赚不到钱。一旦宪兵队长听到正在巡逻的宪兵在门外停下脚步的声音，他就会把手指举起来放到耳边。我们就不作声响，直到巡逻的宪兵走远。

天一亮，女仆就在清晨的寒意中进房关上窗户，在大陶炉里升火，整个房间很快暖和起来。早餐是鲜面包或烤土司，搭配美味的果脯和一大杯咖啡，如果你想再吃点儿，还有鲜鸡蛋和上好的火腿。床脚边总睡着一只叫施瑙茨的狗，它喜欢去滑雪。当我滑下去的时候，它就骑在我的背上或者趴在我的肩膀上。它也是邦比先生的朋友，常跟在小雪橇旁边，陪着他和保姆外出散步。

施伦斯是个写作的好地方。我知道这一点，是因为在1925年和1926年的冬天，我在那里进行了最困难的重写工作。当时我必须把在六周内一口气写完的《太阳照常升起》的初稿改成长篇小说。但我不记得在那里写了哪些短篇小说，不过有好几篇反响不错。

我记得当我们肩扛滑雪板和滑雪杆，冒着严寒走回住处时，通往村子的路上的积雪在夜色中咯吱作响。我们注视着灯火，最终看到了房屋。路上遇到的每个人都对我们说："你们好。"小酒馆里总有村民，他们穿着鞋底钉着钉子的长筒靴和山区的衣服，空气里烟雾缭绕，木地板被他们的鞋钉弄得伤痕累累。许多年轻人在奥地利阿尔卑斯军队里服过役，其中有一个叫汉斯的，他在锯木厂工作，也是有名的猎手。我俩在意大利同一个山区待过，所以成了好朋友。我们一起喝酒，一道唱山歌。

我记得穿过果园的小道和村子上方山坡农场的田野；记得那些温暖的农舍，它们有着大火炉；雪地里堆放着巨木。妇人在厨房里梳理羊毛，纺成灰色和黑色的毛线。纺纱机的轮子由脚踏板驱动，毛线不用上色。羊毛是天然的，毛中的油脂没有去掉。因此哈德莉用这些毛线织成的帽子、毛衣和长围巾在雪中不会被沾湿。

有一年圣诞节上演了汉斯·萨克斯[1]创作的一出剧，导演是学校的校长。那是一出好剧，我给当地的报纸写了一篇剧评，由旅馆主人翻译成德文。另外有一年，有一位剃了光头、脸上有疤的前德国海军军官来做讲座，他用一根台球杆做教鞭，做了一次关于日德兰海战[2]的演讲。幻灯片显示了作战双方舰队的行动，当他指出杰利科[3]的怯懦表现时，突然勃然大怒，连嗓音都撕破了。校

1　汉斯·萨克斯（Hans Sachs，1494—1576），德意志诗人、作曲家，创作了两百部诗剧，受到大众欢迎。

2　日德兰（Jutland）是丹麦王国的大陆部分，第一次世界大战期间，英国和德国的舰队于1916年5月31日和6月1日，在半岛北面的斯卡格拉克海峡两次交战，英方先败后胜。

3　杰利科，全名约翰·拉什沃思·杰利科（John Rushworth Jellicoe，1859—1935），英国海军上将，在日德兰海战中担任海军舰队司令。在第一次和德国交战的时候带领英国海军闯入德国海军主力所在海域，以失败而告终。第二次交战的时候，才转败为胜。

长非常担心他会用台球杆刺穿银幕。演讲结束后，这位前海军军官仍然无法平静下来，小酒馆里的人们都感到不安。只有检察官和银行家陪他喝酒，他们单独躲在一张桌子边。伦特先生是莱恩兰[1]人，他不愿意参加这次讲座。有一对从维也纳来滑雪的夫妇，他们不愿意上高山，所以离开这里去了苏尔斯[2]。我听说，他们在一次雪崩中丧生了。那个男人说，正是像这个演讲者这类的下流痞子毁灭了德国，二十年之内他们还会再干上一次。和他在一起的女人用法语叫他闭嘴，说这里是小地方，你不知道会出什么事。

正是那一年许多人死于雪崩。第一次大事故发生在阿尔贝格的莱希，就在我们那个山谷的高山上。一群德国人趁着圣诞假期想上这儿来和伦特先生一起滑雪。那一年雪下得晚，一场大雪降临，山丘和山坡被阳光照射得依然很温暖。雪积得很厚，呈粉末状，没有来得及与土壤相黏合。就滑雪条件来说，没有比这更危险的了，伦特先生向这批柏林人发电报，叫他们别来了。但那是德国人的假期，他们对此熟视无睹，不惧雪崩。他们抵达莱希后，伦特先生拒绝带他们出发，有人骂他是懦夫，说要自己去滑雪。最后伦特把他们带到他能找到的最安全的山坡上。他自己先滑了过去，他们随后跟上。

1　莱恩兰（Rhineland），指德国西北部莱恩河以西的地区，历史上富有争议。1870年至1871年普法战争后，其中的阿尔萨斯－洛林划归普鲁士。第一次世界大战德国战败，《凡尔赛和约》把它划归法国，并且规定莱恩河两岸各50公里以内为永久非军事区。希特勒上台后，于1936年3月把军队开进非军事区。伦特先生显然反对这位前海军军官的军国主义思想。

2　苏尔斯（Zürs），位于奥地利福拉尔贝格州的滑雪胜地。

忽然间，整个山坡崩塌了下来，雪像潮水涨起来一般将他们掩埋。后来挖出十三个人，其中九个已经死去。这家高山滑雪学校在出事前生意就不是很兴旺，事后，我们几乎成了唯一的学员。那一年在阿尔贝格，许多人死于雪崩，而我们成了钻研雪崩的优秀学员：了解不同类别的雪崩；如何躲避雪崩；如果被困在一场雪崩中该如何自救。那年我写的大部分作品都是在雪崩时期完成的。

雪崩频发的那个冬季，我记得最糟糕的一件事是关于一个被挖出来的人。他曾蹲下来，用两臂在头的前面围成一个盒子造型，正如我们被教导的一样，以便在厚雪覆盖你的时候能有空气呼吸。那是一次巨大的雪崩，花了很长时间才把所有人都挖出来，而这个人是最后被发现的。他死了没多久，脖子被磨穿，可以看到筋和骨头。为了对抗雪的重压，他的头摆来摆去。在这次雪崩中，一定有些压得很结实的陈雪混在这些已经滑落的较轻的新雪中了。我们无法判断他是有意这样摆头还是神经失常了。但这已经不算什么问题了，问题是当地神父拒绝将他埋葬在神圣的墓地里，因为没有任何证据能证明他是天主教徒。

住在施伦斯的时候，我记得我们经常沿着山谷向上远足，到一家小客栈睡一觉，然后登山前往马德莱恩屋。那是一家非常漂亮的老客栈，在我们吃饭喝酒的房间，四壁上的木板因为多年来的不断打磨，像丝绸一般发亮。桌子和椅子也泛着光泽。食物总是诱人，让你一直觉得饿。两人紧挨着睡在大床上，盖着羽毛被子，窗户敞开，星星离得很近，且十分明亮。清晨，吃过早饭，我们装备齐全开始上路。这时天色尚黑,星光明亮,我们把滑雪板扛在肩头开始登山。那些脚夫的滑雪板较短,他们背着很重的行囊。我们比赛看谁能背最重的行囊登山,但是谁也比不过那些脚夫。那些身材敦实、面色阴沉、只说蒙塔丰河谷[1]方言的农民,爬起山来沉着稳健得像匹驮马。到了山顶,能看到阿尔卑斯高山俱乐部就建在积雪覆盖的冰川旁的一块岩石上。他们靠着小屋的石墙卸下行囊,要求得到比之前讲好的价钱更多的报酬。然后,他们拿到了一笔双方都能接受的钱,就像土地神一样踩着他们的短滑雪板,射箭一般滑下山头,离我们而去。

朋友中有一位很棒的德国姑娘和我们一道滑雪。她是一名出色的高山滑雪者,外形娇小但身姿优美,能和我背同样重的帆布包,甚至比我背的时间还长。

"那些脚夫老是望着我们,仿佛巴不得把我们当作尸体背下山去。"她说,"他们自己说定的上山的钱,可是据我所知,他们没有一次不向客人多要钱的。"

在山谷顶端居住的农民和山谷底部、中部的都不太一样,正如刚才那些充满敌意的农民,高埃山谷[2]中的农民一般充满了善意,一如这些充满敌意的农民。在冬天的施伦斯,我蓄起了大胡子,也

---

1 施伦斯位于蒙塔丰河谷(Montafon)中。

2 高埃山谷(Gauertal),位于奥地利福拉尔贝格州南部的蒙塔丰地区,雷蒂孔山(Rätikon)北坡,是一条长 40 公里的高山山谷,因滑雪运动而久负盛名。

没有理发，以免高原上的阳光把脸灼伤。有一夜时间很晚了，我踩着滑雪板在运送木材的滑道上下滑时，伦特先生告诉我，在路上看到我的那些农民都叫我"黑面基督"。他说小酒馆的人叫我"喝樱桃白兰地的黑基督"。可是在蒙塔丰河谷顶端，我们雇来攀登马德莱恩屋的那些农民，却把我们看成是外国鬼子，当大家都应该远离这些高山的时候，我们却闯了进来。为了不经过雪崩区域，我们不等天亮就出发，因为当太阳升起后，这些区域就会变得危险。这一做法却没有得到农民的赞赏，仅仅证明了我们和所有的外国鬼子一样狡猾而已。

我记得松林的气息，记得在伐木者小屋里睡在山毛榉树叶铺成的床垫上，以及循着有野兔和狐狸出没的小径，从山林中滑雪穿越。我记得在林木线以上的高山地区追踪一只狐狸的踪迹，直到看到它，观察到它抬起前脚站立起来，小心翼翼地一动不动，然后猛扑出去，白雪中迸发出白色松鸡凌乱蹿跳的声响，松鸡飞起越过地垄。

我记得所有不同类别的积雪。风把它们吹成不同形态，当你穿着滑雪板时，它们背道而驰给你带来不同险况。再者，住在高高的阿尔卑斯山上的木屋时，常有暴风雪光顾。这种暴风雪会造就一个陌生的世界，我们在这个世界里必须仔细规划滑行路线，仿佛我们从未见过这个山野一样。我们确实从未见过，因为一切都变得簇新。最后，还有大规模的冰川滑雪，顺滑笔直，只要你的双腿可以撑住，就能一路笔直地向前滑行。我们锁住脚踝，慢速滑行，身体前倾增加速度，在冻脆的粉末状冰雪发出的静谧的咝嗞声中不断地、不断地下滑。这比任何飞行或者其他事情都美妙。我们练就了这种能力，在背负沉重的帆布包进行长途跋涉的时候也用到了此种能力。我们既不能花钱买来登山的旅行，也得不到上到山顶的票子。这是我们整个冬天都为之努力练习的目标，而这一冬天的努力使这成为可能。

在山区的最后一年，有些新来的人深入我们的生活，从此一切都变得不再相同。与那个冬天以及接踵而至的富有杀气的夏天相比，那个雪崩多发的冬天像是孩童时代的一个快乐而天真无邪的冬季。哈德莉和我对彼此的感情变得过于自信，对我们之间的信任和傲慢漠不关心[1]。这种状态是如何渗透我们的，彼此应该承担什么责任，我从未尝试去分配，除了我自己这部分，它在我的生命里更清晰可见。推平三个人的心去摧毁一种幸福，而建设另一种幸福、爱情、优秀作品和所有的一切，并非这本书要呈现的部分。我把它写下来，并留了白。我写的这本书是一个复杂的、有价值的、有益的故事。本书要怎么全盘收尾，和这也没有关系。任何其间

---

[1] 这段描写是指海明威第一次婚姻的结束。1925年2月，海明威和他的第一任妻子哈德莉参加朋友洛布、凯蒂夫妇的家庭友人聚会。在这次聚会上海明威夫妇结识了凯蒂的女友宝琳·费佛和她的妹妹吉尼。宝琳1895年7月生于美国伊阿华州的帕克斯堡，1918年在密苏里大学新闻学院毕业后，曾先后在美国几家报刊工作了几年。宝琳家境富有，父亲是阿肯色州最大的谷商。她在成功勾引了海明威之后（这种说法海明威一定不会承认，就连相互勾引都不行，一定要是他征服了她才可以），两人一起劝说哈德莉建立一种"三人家庭"的关系。哈德莉曾经在日记里苦涩地写道："三份早餐，三件浴衣，三辆自行车。"最终，1927年1月海明威和哈德莉离婚，同年5月和宝琳结婚。这段描写隐晦透露出海明威在那年冬天出轨的纠结和内心的自责。

的责难都应归咎于我,让我去承受和消化。只有哈德莉,绝不可能去责怪她,她从这次离婚中受益,之后嫁给了一个更为优秀的人——比曾经的我还要优秀,甚至是我曾希望成为的那个优秀的人,哈德莉很幸福,她理应获得幸福,而这就是那年最后发生的一件美好的事。[1]

---

1 在1964年的初版中,海明威的第四任妻子玛丽·海明威把海明威之前写的关于他和哈德莉分开,和宝琳结婚的部分做了编辑,以删节的形式放到了这一章后面,这一章在初版中被命名为《巴黎永远没有终结》。此版本把海明威所写的自责与承担婚姻破裂的描述全部呈现给读者,详见"巴黎素描"中的《引水鱼和有钱人》。

Chapter 17 司格特·菲兹杰拉德

他的才华像蝴蝶翅膀上的粉末形成的图案一样自然。他并不比蝴蝶所知更多,也不知道这图案是何时被擦掉或损坏的。后来他才意识到他被毁坏的翅膀以及它们的结构,他学会思索。他再次飞翔,而我很幸运在他享受了一段写作的美好时光之后遇见他,尽管这一段时光在他人生中并非惬意。

我第一次见到司格特·菲兹杰拉德时就发生了一件非常奇怪的事。围绕司格特有许多怪事发生,但是这件事我永远不能忘怀。那日,他走进位于德朗布尔路上的丁戈酒吧,我正和一些毫无意义的人坐在一起。他作了自我介绍,并且介绍了和他一起来的一位身材高大、面色和蔼的男子——著名的棒球投手邓克·查普林。我以前没有关注过普林斯顿的比赛,也从未听说过邓克·查普林,但是他异乎寻常的亲切,从容自若,轻松而友好。和司格特相比,我更喜欢他。

成年男子司格特彼时看起来像是一个男孩子,他有一张介乎于英俊和漂亮之间的面容。一头美丽的波浪卷发,高高的前额,充满热情的双眼,纤细的爱尔兰人的嘴唇,即便放到一个姑娘脸上,也会是一张美人的嘴。他的下巴长得很好,也有着一对好看的耳朵,以及一只漂亮的、几乎是完美的、没有任何疤痕的鼻子。这些加起来原本不会成为一张漂亮的脸,但是那漂亮来自色调,那明朗的发色和这张嘴。那张嘴让你在熟知他之前就开始烦恼,而熟知之后会更加烦恼。

我非常好奇地想认识一下他。那天我非常辛苦地工作了一整日,司格特·菲兹杰拉德和我之前从未听说,但如今已成为朋友的了不起的邓克·查普林都在这里,这看起来太棒了。司格特无休止地说话,我对于他所讲的话感到尴尬——因为都是关于我的作品以及它们是如何伟大的——我仔细打量他,观察他,而不是聆听他。在那个时代,我们将当面赞美视为一种公开的耻辱。司格特要了一杯香槟,我们三个人,我猜还有一些无足轻重的人一起喝起来。他在发表演说,但我不认为邓克和我在非常认真地听他讲。我继续观察着司格特,他身材单薄,看起来有着极好的身形,脸有点儿轻微虚胖。他穿的布鲁克斯兄弟牌的套装很合身,还穿了一件白衬衣,领子上有朝下扣的纽扣,系了一条卫士牌的领带。我想我应该告诉他关于这条领带的事,也许吧,因为在巴黎的确有英国人,也许有一个会走进丁戈——目前这里就有两个——但是随后一想,去它的,算了吧,便又盯着他看了一会儿。后来发现领带是他在罗马买的。

那时,我并没有通过观察他而了解他的很多情况,除了看出他有一双模样不错、看起来就很能干的不算太小的手。当他在一张吧台的高脚凳上坐下的时候,我看出他的腿很短。如果是正常的腿的话,他或许可以比现在高出两英寸。我们已经喝完了第一瓶香槟,开始喝第二瓶,他的话开始变少了。

邓克和我都开始觉得这时候喝得香槟比之前要好很多,结束演讲真好。直到那时我才意识到我是一个多么伟大的作家,但一直在我本人和妻子之间小心翼翼地恪守着这个秘密,仅仅对我们特别熟知的人才提及这一点。我很高兴司格特得出了一个类似的让人开心的结论,即关于我的写作可能带有的伟大性,不过我对于他的演讲开始讲不下去也感到高兴。但是演讲一停,就到了提问的阶段。你可以观察他而忽略他的演讲,他的提问却无法回避。我后来发现,他相信小说家可以通过直接向朋友和熟人提问而获得需要的东西。那些审问真是直截了当。

"欧内斯特,"他说,"你不会介意我叫你欧内斯特吧?"

"问邓克吧。"我说。

"别装傻了。这是认真的。告诉我,你跟你妻子在结婚前就上床了吗?"

"我不知道。"

"不知道？这是什么意思？"

"我不记得了。"

"但是你怎么能不记得如此重要的事情？"

"我不知道，"我说，"太奇怪了，不是吗？"

"比奇怪更糟糕，"司格特说，"你一定能记起来的。"

"对不起。真遗憾，不是吗？"

"别像英国佬那样讲话，"他说，"严肃点儿，回忆一下。"

"不行，"我说，"毫无希望。"

"你本可以老老实实地试着回忆一下的。"

他声调太高，我寻思着他是否对每个人都发表过这番演说。不过我觉得不会，因为我曾注意到他在发表这番谈话时会冒汗。一颗颗很小的汗珠从他那修长完美的爱尔兰人的上唇冒出来，那时我正把视线从他的脸上往下移，察看他的双腿长度，他在坐在吧台的高脚凳上的时候，把腿往上提了提。现在我再度回看他的脸庞，就在这时，奇怪的事情发生了。

他坐在吧台一边，手擎一杯香槟，脸上的皮肤似乎绷紧了起来，直到浮肿感完全消失，接着脸绷得更紧，直到看起来像是一个骷髅头。他双眼深陷，看起来像死去一般，双唇抿得紧紧的，脸上血色消失，以至于变成了用过的蜡烛的颜色。这可不是我的想象，也并非夸大其词。他的脸变成了一个真正的骷髅头，或者说在你眼前，这是一张死人的面具。

"司格特，"我说，"你没事吧？"

他没有回答,脸看上去绷得更紧了。

"我们最好把他送到急救站去。"我对邓克·查普林说。

"不用。他没事。"

"他看起来快要死了。"

"不。那是酒精对他起的作用。"

我们把他扶进一辆出租车,我非常担心。但是邓克说没事,不用为他担心。"他大概一到家就没事了。"他说。

他准是到家就好了,因为几天后我在丁香园咖啡馆遇见了他。我说我很抱歉,我们喝的那玩意儿把他醉成那样,也许是因为那天我们一边聊天,一边喝得太快了。

"你说抱歉是什么意思?是什么东西给了我一击吗?以什么方式?你在说什么,欧内斯特?"

"我是指那天在丁戈。"

"那天晚上我在丁戈好好的。我只是因为你们跟那些该死的英国佬在一起,搞得我厌倦透了,就回家去了。"

"你在那儿的时候根本没有英国佬,只有那位酒吧侍者。"

"别装神秘了。你知道我指的是谁。"

"哦。"我说。可能后来他又回到了丁戈,或是在其他时候又去了那儿。不,我想起来了,有两个英国佬在的。不假。我记得他们是谁,他们就是去了那儿。

"是的,"我说,"当然。"

"那个有假贵族头衔的姑娘如此无礼,还有那个跟她在一起的愚蠢的酒鬼。他们自称是你的朋友。"

"他们是我的朋友,她有时候确实非常无礼。"

"你看,没有必要仅仅因为一个人喝了好几杯红酒就故弄玄虚。你为何要故弄玄虚?我可不认为你会做这种事情。"

"我不知道。"我想停止这个话题了,然后想到了一件事,问道,"他们为了你的领带而无礼吗?"

"他们为何要为了我的领带而无礼呢?我那天是系了一条普通的黑色针织领带,配了一件白色的马球衫。"

我放弃争执,而后他问我为什么喜欢这家咖啡馆。我告诉他这家咖啡馆过去的情况,他开始试着喜欢它。他提了一些问题,告诉我关于一些作家、出版商、代理人和评论家以及乔治·霍勒斯·洛里默[1]的情况,以及作为一名成功作家所要面对的流言蜚语和经济问题。他玩世不恭,幽默风趣,充满魅力,惹人喜爱——即使任何人在你面前变得讨喜时,你也会保持谨慎。他以轻蔑但是毫无苦痛的姿态谈论所有他写作的小说,我知道他的新作一定非常棒,他毫无苦痛地谈论过去作品中的那些缺憾。他想让我读一读他的新书《了不起的盖茨比》,一旦他从借走这本书的人手里要回他最后也是唯一一本。听他聊起这本书,你是无法知晓这本书有多么出色的,只能看到他谈论时流露出的羞怯,这是所有谦逊的作家写出了非常优秀的作品时都会有的表情,因此我希望他能很快

---

[1] 乔治·霍勒斯·洛里默(George Horace Lorimer,1867—1937),曾于1899年至1936年担任美国《星期六晚邮报》的编辑。

要回这本书，那样我就可以阅读了。

司格特告诉我，他从马克斯韦尔·铂金斯[1]那儿听说这部书的销量不好，却收到了极好的评价。我记不起来是那天还是多日以后，他给我看了吉尔伯特·赛尔迪斯[2]写的书评，写得不能再好了。除非吉尔伯特·赛尔迪斯的文笔能够更上一层楼，否则他写不出比这更好的评论了。我相信他的文笔在之后更好了。而面对这本书销路不好的状况，司格特感到迷惑，并且备受伤害。但是正如我所言，那时候他没有丝毫怨言，对于这本书的质量，他感到既羞涩又高兴。

那一天，我们坐在丁香园咖啡馆外面的露天桌椅处，看着暮色降临；看着人行道上过往的行人；看着黄昏时分灰暗的光线在眼前变化。我们喝了两杯威士忌加苏打水，这次酒精没有在他身上起任何化学反应。我专注观察，但是这种变化没有出现。他没有提出那种无耻的问题，没有做任何让人难堪的事，也没有发表演说。他表现得就如一个正常的、聪明的、让人陶醉的人。

他告诉我，他和妻子塞尔达因为气候恶劣不得不把他们那辆雷诺汽车搁置在里昂。他问我是否愿意和他一道乘火车去里昂，再

---

1 马克斯韦尔·铂金斯（Maxwell Perkins，1884—1947），美国斯克里布纳出版公司编辑，曾为司格特·菲茨杰拉德、欧内斯特·海明威、托马斯·沃尔夫、玛·金·罗琳斯等著名作家编书，是美国出版史上的一位传奇编辑。

2 吉尔伯特·赛尔迪斯（Gilbert Seldes，1893—1970），当时为文学杂志《本拉丁区》的编辑。

一道把车开回巴黎。菲兹杰拉德夫妇在离星形广场[1]不远的蒂尔西特路14号租了一间带家具的公寓。我想此刻正是暮春,乡野风光亦是最佳时节,我们能有一趟极佳的旅行。司格特看起来那么友好,通情达理。我注意到他在喝了两杯上好的实打实的威士忌后,没出现任何状况,他的魅力和似乎正常的感知让在丁戈的那晚看起来像场噩梦。因此我说当他想走的时候,我愿意陪他南下里昂。

我们约好翌日碰头,然后搭乘早晨的快速列车前往里昂。这种列车在方便的时间出发,行驶迅速,中间只在第戎[2]停靠一站。我们计划抵达里昂后,先把汽车检查一遍,如果没有问题,就去美美地吃上一顿,第二日一早动身返回巴黎。我们定了一个去里昂的大概日期,之后我又与他碰了两次头,定了最终的日子,在启程前夜又检查了一下出行安排。

我对此行充满热情,我的妻子也认为这是一个绝妙的想法。我将有一个老成的、成功的作家为伴。在旅程中,我们可以在车里聊天,我一定能学到很多有用的知识。真是奇怪,现在回忆起司格特来,我把他看作一位老成的作家;可是当时我还没有读过《了不起的盖茨比》,却把他看作一位更老成的作家。在出版了一部我还没能读到的作品后,他又写了一部傻里傻气的、糟糕的、如同大学生水平的书。我认为三年前他在《星期六晚邮报》上发表

---

1 今戴高乐广场(Place Charles de Gaulle)。

2 第戎(Dijon):法国东部城市。

的那些短篇小说是值得一读的，但从来不认为他是一名严肃作家。在丁香园咖啡馆，他曾告诉我他是如何写出那些自认为是好的短篇小说，以及哪些故事对《邮报》来说确实不错，然后为了投稿把它们修改一番。他确切地知道如何作一些扭转，才会使得这些小说变成那些畅销杂志可以用的故事。我曾经对此表示极度震惊，说这无疑是卖淫行为。他说这就是卖淫，但是他必须这样做才能从杂志中拿到钱，再用这些钱去写一本正经的作品。我说我不相信一个人可以爱怎么写就怎么写而不断送他的才华，除非他尽力写出自己的最佳作品。他说他已经学会为《邮报》写那些故事，这完全不会对他产生害处。他说，他会首先写一个真实的故事，然后毁掉它，修改文章不会对他有害处。我无法相信这一点，想说服他别这么干，不过需要一部小说来支持我的信念，然后拿出来给他看，使他信服，但是我还未写出任何像样的小说。因为我已经开始把我所有的写作分解开来，摈弃了一切技巧，尝试用塑造来替代表述，写作便成为做起来非常美好的事情。但是这样做非常困难，而且我并不知道我能否写出一篇和小说一样长的东西来。我经常花掉整个上午的工作时间，只能写出一个段落而已。

妻子哈德莉为我能有这趟旅行感到高兴，虽然她对已经读过的司格特的作品并不上心。她心中的好作家是亨利·詹姆斯[1]。但是她认为让我放下工作去旅行是个好主意，虽然我们都希望有足够

---

[1] 亨利·詹姆斯（Henry James，1843—1916），英国著名小说家，代表作有《一个妇人的肖像》等。

的钱买一辆汽车，可以自己开车去旅行，但这种事情我压根儿没想过会发生。我曾靠那年秋天在美国出版的第一部短篇小说，收到一笔博奈与利夫莱特出版公司预支的两百元稿费。眼下正把短篇小说卖给《法兰克福日报》、柏林的《横断面》杂志、巴黎的《本拉丁区》和《大西洋彼岸评论》。我们经济拮据，生活得很节俭，除了必需品之外绝不乱花钱，为的是省下钱来在七月去潘普洛纳[1]参加那里的节日，然后去马德里，之后去巴伦西亚[2]参加节日。

在约定动身的那天早晨，我到达里昂火车站。时间还很充裕，我在火车站的大门外等司格特，等他把车票带来。但等到火车快要开了，他还没有来。我买了一张站台票，沿着列车一侧步行找他，却没有看到他。这时火车即将启动，我跳上列车，在车厢内穿行，希望此刻他已经在车上了。这是一列很长的火车，他没有在车上。我向列车员解释了一下状况，买了一张二等座的火车票——没有三等座——并打听里昂最好的旅馆的名字。我没有其他事情可做，只能在第戎给司格特发电报，告诉他里昂那家旅馆的地址，说我会在那里等他。他离家前不会收到电报，但是他的妻子应该会把电报转给他。那时我从未听闻一位成年人会误了火车，可是在这趟旅程中我学到了许多新鲜事。

那几天，我的脾气很坏，非常急躁，但是当列车穿过蒙特罗城

---

[1] 潘普洛纳（Pamplona），西班牙东北部城市，在每年七月初的圣福明节期间会举行斗牛比赛。

[2] 巴伦西亚（Valencia），西班牙东部的海滨城市。

的时候，我平息了下来，不再怒气冲天。我眺望和享受着郊野景色，在餐车吃了一顿上好的午餐，喝了一瓶圣埃米利翁红葡萄酒。我想尽管我像大傻瓜一样接受了别人的邀请出门旅行，这本该由别人买单，而我却自掏腰包花掉了要去西班牙的钱，对我来说这是一个很好的教训。我从来没有接受过由别人付费的旅行邀请，除了分摊旅费之外，这一次我曾经坚持由我们两人分摊旅馆和餐食的费用。可是我现在连菲茨杰拉德是否会露面都不知道。我在生气的时候，把他从司格特降级到菲茨杰拉德[1]。后来，我的心情好转。因为我将怒气用在一开始，而后便消散了。这趟旅途并不是为了那种容易动怒的人设计的。

在里昂，我获悉司格特已经离开巴黎前来里昂，但是没有留下任何信息告知他住在何处。我再次讲明了我的住址，女仆说如果他打电话来她会告诉他的。太太身体不适，还在熟睡。我给所有有名的酒店都打了一通电话，但也没有找到司格特的下落。我出门去一家咖啡馆喝了一瓶开胃酒，看看报纸。在咖啡馆我遇到一个以吞火谋生的人，他还会用一副没牙的牙床咬住钱币然后用拇指和食指把它扳弯。当他展示他的牙龈时，我能看到他的牙龈虽然发着炎，但很结实。他说干这行当是不错的营生。我邀请他喝一杯，他很是高兴。他有一张黝黑俊美的脸，在表演吞火的时候闪着光。他说在里昂表演吞火和用手指、牙床卖弄力气的绝技都

---

[1] 在美国习俗中，朋友之间亲切的称呼是直接叫对方的名字，而生疏的称呼则是叫对方的姓。

赚不到钱。假冒的吞火者毁掉了这一行当，只要有地方允许他们表演，他们就会继续毁掉它。他整个傍晚都在吞火，他说身上没有足够的钱在夜晚吃点儿其他的东西。我又请他喝了一杯，把吞火时留下的汽油味冲掉，并说如果他知道有便宜的好餐馆，我们可以一起晚餐。他说他知道一处极好的地方。

我们在一家阿尔及利亚餐厅吃了特别便宜的晚餐，我喜欢这里的食物和阿尔及利亚葡萄酒。这位吞火者是个好人，看他吃饭很有趣，因为就像大多数人吃东西用牙齿咀嚼一样，他能用牙龈咀嚼。他问我靠什么维生，我告诉他我正开始做一名作家。他问我写哪类作品，我告诉他是短篇小说。他说他知道许多故事，一些故事比任何人写过的都更为恐怖和匪夷所思，他可以把这些故事讲给我听，我可以把它们写下来，如果这些故事能赚到钱，我会以我认为合理的价钱付费给他。最好我们还可以一道前往北非，他会带我去蓝色苏丹的国度，在那儿我能采集到人们从未听闻的故事。

我问他是哪种故事。他说是关于战役、处决、酷刑、强奸、骇人的风俗、令人难以置信的行为、放荡事等任何我需要的故事。是时候回到旅馆再次查询司格特的行程了，我付了晚餐的钱，并说我们一定会再见面的。他说他要一路卖艺前往马赛。而我说我们迟早会在什么地方再见的，今晚一起吃饭很是愉快。我撇下他，让他把那些弄弯的硬币扳正，堆在桌子上，便走回旅馆了。

里昂在夜晚并非一个让人精神振奋的城市。这是一个硕大、厚实、财富殷实的城市，如果你有钱或者喜欢这类城市，会觉得不错。很多年了，我一直听说那里餐厅的鸡肉极好，但我们吃了羊肉。结果羊肉也味道甚佳。

旅馆没有司格特的留言，于是我爬上这家让我不太习惯的奢华旅馆的床铺，阅读从西尔维亚·比奇图书馆借来的屠格涅夫的《猎人笔记》第一卷。我已经有三年没住过奢华的旅馆了。我把窗户都敞开，卷起枕头塞在背部与头颈下面，与屠格涅夫一起在俄罗斯畅游让我感到惬意，读着读着就睡着了。翌日一早，我正在刮脸准备出门吃早餐，服务台打电话告诉我有个先生在楼下要见我。

"请他上楼来吧。"我说。我一面继续刮胡子，一面聆听着这个从清晨就活跃起来的城市。

司格特没有上楼来，我在楼下前台和他见面。

"非常抱歉，事情搞得一团糟。"他说，"要是我早知道你住哪家旅馆，事情就简单了。"

"没关系。"我说，我们要一起驾驶好长一段路，我只求和解，"你是搭乘哪班列车来的？"

"在你搭乘的那一班列车不久之后的一趟车。那是一趟十分舒适的列车，我们原本可以一起搭乘这趟车来的。"

"你吃过早饭了吗？"

"还没有。我在全城到处找你来着。"

"真遗憾，"我说，"你家人没有告诉你我在这里吗？"

"没有。塞尔达身体不适，我也许不该来。整个旅行到目前为止简直是灾难。"

"我们去吃点儿早餐,然后找到你的汽车,就启程回去。"我说。

"没关系。我们能在这儿吃吗?"

"去咖啡馆吃会快点儿。"

"可我们肯定能在这里吃上一顿舒服的早餐。"

"行吧。"

这是一顿分量很大的美式早餐,有火腿和鸡蛋,实在太美味了。我们点过单,等菜上来,吃完,然后等着付账,将近一个钟头就过去了。直到侍者把账单送来的时候,司格特才决定让旅馆再帮我们准备一份外带午餐。我竭力劝他别这么做,因为我肯定我们能在马孔买一瓶马孔葡萄酒,还可以在一家熟食店买些肉食做三明治。哪怕店铺已经打烊,我们可以沿途停下来,在为数众多的餐厅中任找一家。但是他说我曾告知他里昂的鸡肉鲜美,我们当然应该带上一只走。因此旅馆给我们做了一顿外带午餐,价格不会高出我们自己买的四五倍。

司格特来找我之前,显然喝过酒,可他看上去似乎还需要再喝一杯。我便问他在我们出发前是否要到酒吧间喝一杯。他告诉我他不是一个一大早就喝酒的人,还问我是不是。我告诉他这要看感觉,以及需要做什么。他说如果我感觉需要喝一杯,他乐意奉陪,这样我就不会独饮了。因此,在等待旅馆为我们做午餐的时间,我们在酒吧间喝了威士忌和毕雷矿泉水[1],我俩都感觉舒服多了。

---

[1] 毕雷矿泉水(Perrier),法国南部产的一种冒泡的矿泉水,又称巴黎水,被誉为"矿泉水中的香槟"。

我付了房费和酒吧间的钱,虽然司格特想全部埋单。自从这次旅程开始,我在情感上就觉得有点儿别扭,而我发现我能支付的项目越多,就越感觉舒畅。我把我和妻子节省下来去西班牙的钱用光了,但是我知道我在西尔维亚·比奇那里享有很好的信誉,因此不管我现在怎样挥霍,都可以向她借书。

在司格特存放汽车的车库里,我惊奇地发现这辆小型雷诺汽车没有顶棚。顶棚在马赛卸下来时就损坏了,或者在马赛的时候,它就多多少少被损坏了——司格特含糊地解释了一番——说是塞尔达非要把顶棚截掉,并拒绝换新的,她厌恶汽车顶棚。司格特曾告诉我,他们开着没有顶棚的车一直到里昂这么远的地方,在那里被大雨所阻。除此之外,车子状况良好,司格特为洗车、加润滑油,以及加了两升汽油的费用讨价还价后付了账。车库工人向我解释这汽车应该换上新的活塞环,并且显然是在没有足够油和水的情况下行驶过。他指给我看车子是怎样发热并且烧掉了发动机的涂漆的。他说要是我能说服先生在巴黎换一个新的活塞环,这漂亮的小汽车就能按照其设计发挥它的功能——如果非常在乎的话。

"先生不让我装上顶棚。"

"不装吗?"

"一个人对一辆车该负责啊。"

"有人应该负责。"

"你们两位先生都没有带雨衣吗?"

"没带，"我说，"我并不知道这车没有顶棚。"

"想办法让那位先生认真考虑一下吧，"他恳求道，"至少要认真考虑一下这车子。"

"好。"我说。

我们在里昂以北约一小时路程的地方被雨拦了下来。

那天，我们因为雨而停下来可能有十次之多。大都是游移的阵雨，也有几次时间比较长。如果我有防雨的外套，在这春雨中驾驶会很惬意的。然而结局是我们到处寻找树荫避雨或者停下来躲进沿路的咖啡馆。我们从里昂的旅馆带走的午餐十分精当，里面有一只上好的块菌烤鸡、可口的面包和马孔白葡萄酒。我们每次停下喝马孔白葡萄酒的时候，司格特都非常快活。在马孔，我又买了四瓶上好的葡萄酒，想喝的时候就打开瓶塞。

我不太确定司格特以前是否就着酒瓶喝过酒，这使他非常兴奋，仿佛是在访问贫民区，或者像是一位姑娘第一次游泳却没有穿泳衣一样。但是到了响午，他就开始担心起自己的健康来。他告诉我最近有两个人死于肺充血。这两人都死在意大利，这给他造成了深刻的影响。

我告诉他肺充血是肺炎的旧称。他说我根本不知道这是怎么回事，而且绝对是错的。肺充血是在欧洲独有的一种疾病，即使我读过父亲的那些医书，也不可能对此有太多了解，因为那书中论述的疾病严格来讲只在美国才有。我说我的父亲也曾在欧洲念过书。但是司格特解释说，肺充血只是最近几年才在欧洲出现，我父亲也不可能知道。他还解释说疾病在美国因地而异,如果我父亲在纽约而不是中西部行医,他就会熟悉一整套完全不同的疾病。他使用了一整套这个词。

我说他关于某些疾病在美国的一部分地区流行,而在别的地区没有出现的观点是正确的,并且举出实例:麻风病发病率在新奥尔良较高,而在芝加哥则较低。最后我说医生之间有一种互相交换学识和信息的系统,他既然提出了这个问题,我倒记起了曾在《美国医学协会杂志》上读到过一篇论述欧洲肺充血症的权威论文,把该病的历史追溯到希波克拉底[1]本人。这一解释让他平静了一阵子,我便劝他再喝一杯马孔葡萄酒。因为上好的白葡萄酒普遍浓烈,但酒精含量不高,几乎是一种抵抗疾病的特效药。

讲完这番话后,司格特稍微振作了一番,但是没过多久他又开始低沉,询问刚才我告诉他的欧洲真正的肺充血症的征兆——发烧和神志昏迷突然出现之前,我们能否赶到一个大城市。我当时正把一篇从法国医学杂志上读到的论述此疾病的文章讲给他听,告诉他那是我在纳伊的那家美国医院等待做喉部烧灼手术时读到的。烧灼手术这词对司格特起到了抚慰的作用,但是他想知道我们何时能抵达城里。我说如果我们加快速度,能在二十五分钟到一个小时内到达。

司格特问我是否怕死。我说有些时候会很怕,大部分的时候不

---

[1] 希波克拉底(Hippocrates,前460—前370),古希腊医师,在西方被尊为"医学之父"。

那么怕。

雨真的开始大起来，我们便赶到下一个村庄的咖啡馆避雨。我无法回忆起那个下午所有的细节，不过当我们终于在索恩河畔沙隆[1]住进一家旅馆时，天色已经太晚了，药店已经关门。一进房间，司格特就脱了衣服上床睡觉。他说他不在乎因肺充血而死，而是担心死后谁去照顾塞尔达和小司格特。我不清楚我能否照看她们，因为我在照顾妻子哈德莉和幼子邦比的时候，经常感到时日艰难，身心疲惫。但是我说我会尽全力，司格特向我道谢。我必须说服塞尔达不再饮酒，并且给小司格特找到一位女英语家教。

我们把淋湿的衣服送去烤干，身上只穿着睡衣。屋外还在下雨，但是室内电灯开着，让人感觉愉快。司格特躺在床上，养精蓄锐并和疾病作斗争。我摸了他的脉搏，七十二跳，也摸了他的额头，凉的。我也听了他的胸口，要他作深呼吸，他的胸腔听起来完全正常。

"听着，司格特，"我说，"你身体完全没有问题。如果你想尽可能做到不着凉，那就在床上待着。我会给我们每人叫一杯柠檬水和一杯威士忌，你用饮料服一片阿司匹林，就会感到舒服，连脑袋瓜都不会着凉。"

"那是些老妇人们的治疗方法呀！"司格特说。

"你没有发一点儿烧。真见鬼，不发热怎么会肺充血呢？"

1　索恩河畔沙隆（Châlon-sur-Saône），法国东部城市。

"你别诅咒我,"司格特说,"你怎么知道我身体没有发热?"

"你的脉搏正常,而且摸上去没有一点儿发烧的感觉。"

"摸上去。"司格特尖酸地说,"如果你是一个真朋友,就该给我弄一支体温计来。"

"我穿着睡衣呢。"

"找人弄一支来。"

我打铃叫服务生。他没有来,我再次打铃,接着下楼去走廊找他。司格特闭目躺着,呼吸缓慢而细致,加上他蜡黄的脸色和俊美的面相,看上去像是一个死去的十字军小骑士。我正在对文学生涯感到厌倦,如果现在过的就是文学生涯的话。我已经开始怀念不工作的日子了,而且感到死一般的寂寞在每日结束时朝我袭来,这一日又在你的生命中被浪费掉了。我对司格特,对这出愚蠢的闹剧感到十分厌倦,但我还是找了服务生,给他钱,让他去买一支体温计和一瓶阿司匹林,并叫了两杯生柠檬汁和两杯双份威士忌。我原想要一瓶威士忌,但是他们只论杯卖。

回到房间,司格特依然躺着,像是躺在他的墓石上似的,仿佛他给自己雕塑了一座纪念碑,双目紧闭,带着一种堪做典范的尊严呼吸着。

听到我回到房间,他开口了:"你弄到体温计了吗?"

我走过去,把一只手放到他的额头上。额头可不像墓碑那样冰凉,而是凉爽、不黏湿的。

"没有。"我说。

"我以为你带来了。"

"我派人去买了。"

"这不是一回事。"

"对。不是,可这不行吗?"

你根本无法对司格特发怒,就像你没法对一个疯子发怒一样,但我却对自己卷进了这件傻事中生起气来。他确实有一些道理,对此我非常清楚。那时候大多数的酒徒都死于肺炎,这种疾病现在几乎已经绝迹了。但是要把他认作酒徒很难,因为他只受到了一丁点儿酒精的影响。

那时在欧洲,我们认为葡萄酒是一种像食物一样有益于健康的正常饮料,也是能使人愉快、幸福和高兴的伟大的给予者。喝葡萄酒不是一种势利高傲的行为;也不是一种精致造作或是狂热崇拜的行为;对我来说,喝酒和吃饭一样自然和必要,因此我曾无法想象吃饭时不喝葡萄酒或者连一杯苹果汁或啤酒都不喝。我喜爱所有的葡萄酒,除了过甜的和太烈的。我不相信分享着喝了几瓶度数相当轻的干爽型的马孔白葡萄酒会在司格特的身体里产生化学反应,把他变成一个傻子。那天早晨我们喝过威士忌和毕雷矿泉水,那时我对于酒精的影响一无所知,无法想象一杯威士忌会对一个在雨中驾驶敞篷车的人造成伤害。酒精该在很短的时间内就被氧化掉了。

在等待服务生把我要的各种东西送来的时候,我坐下读报,并把一瓶我们在最后一次停车时开了瓶的马孔白葡萄酒喝光了。当你住在法国，你会在报纸上发现一些绝妙的犯罪报道，可以一天接着一天持续关注。这些犯罪报道读起来像是连载故事，由于没有像美国的连载故事那样附有前提梗概，因此有必要读一下那些开头的章节，反正没有一篇能比得上美国的连载故事，除非你已阅读了开篇最重要的第一章。你在法国旅行，能读到的报纸让人失望，因为你失掉了阅读不同罪案、桃色新闻或者丑闻的连续性，你也得不到原本在一家咖啡馆里读这些新闻的诸多乐趣。今晚我更倾向于待在一家咖啡馆里，在那里可以阅读巴黎各报的晨间版，观察旁人，在准备晚餐前，喝一些比马孔葡萄酒更具权威性的东西。但此刻我如牧羊人一般照看着司格特，自得其乐，享受着我的自在。

服务生来到房间，送来两杯加冰块的生柠檬汁、两杯威士忌和一杯毕雷矿泉水，他告诉我们药房已经关门，没法弄到体温计，但他借来了一些阿司匹林。我问他可否去借一支体温计。司格特张开双眼，向服务生投去爱尔兰人恶毒的目光。

"你没有告诉他情况有多严重吗？"他问。

"我想他理解的。"

"请你尽量把话说明白。"

我试着把情况说清楚，服务生说："我会尽力弄一支体温计。"

"你差遣他去办事给够小费了吗？他们只会为了小费跑腿。"

"我不知道。"我说，"我原以为旅馆额外给了他们报酬。"

"我是说他们只有拿了丰厚的小费才肯给你办事。他们大多数人都堕落了。"

我想起了埃文·希普曼，想起了在丁香园咖啡馆的那名侍者，他在老板们把丁香园改造为美式酒吧的时候，被迫剃去了唇须。我还想起我在认识司格特很久之前，埃文怎样去和那侍者在蒙鲁日的花园搞园艺活动，在丁香园的那段漫长时光里，我们是多么要好的朋友，我们一起做的事情以及这一切对于我们的意义。我想要告诉司格特关于丁香园的全部问题，可能之前就向他提起过，但是我知道他并不关心这些侍者，也不关心他们面临的问题，以及他们伟大的善意和感情。那时司格特憎恨法国人，而他平常接触的法国人几乎只有那些他并不理解的侍者、出租车司机、修车厂的雇员和老板，他有许多机会去侮辱和谩骂他们。

和法国人比，他更加憎恶意大利人，即便没有喝醉的时候，他也不能冷静地谈到他们。他有时会憎恨英国人，但是有时可以容忍他们，间或尊重他们。我不知道他对于德国人和奥地利人怎么看。我不知道他是否接触过任何德国人、奥地利人或者瑞士人。

在旅馆的这一夜，他显得非常平静，这让我高兴。我把柠檬汁和威士忌搅在一起，和着两片阿司匹林一起递给他，他没有反对便把阿司匹林吞了下去，带着让人敬畏的平静，接着便呷起酒来。这时他的双眼睁开，望向远方。我在读报纸上的犯罪报道，感到十分开怀，甚为开怀。

"你是一个冷酷的人，是不是？"司格特问我。我看了他一眼，明白了我的处方错了，如果错不在我的诊断的话，那就是威士忌在跟我们作对。

"你这是什么意思,司格特?"

"你居然坐在那里读一份龌龊糟心的法语报纸,我要死了,在你看来却不算什么事。"

"你要我去请医生来吗?"

"不。我可不要法国外省的医生,糟糕透了。"

"那你要什么?"

"我要量体温,然后我要我的衣服烤干,我们搭乘一趟回巴黎的快车,住进巴黎纳伊的那家美国医院。"

"衣服要到明天早上才能干,再说现在也没有什么快车了。"我说,"为什么你不休息一下,在床上吃点儿晚餐?"

"我要量体温!"

又过了很长一段时间,服务生送来了一支温度计。

"难道这是你能弄到的唯一一支温度计吗?"我问。服务生走进来的时候,司格特闭着眼,他看起来就像茶花女濒临死亡的样子。我从未见过一个男子脸上的血色消失得如此之快,我在想血都跑到哪里去了。

"这是旅馆中唯一一支温度计。"服务生说,然后递给我。那是一支量浴缸洗澡水的温度计,背后是一块木头,连着足够让其沉入浴缸的金属。我大口喝完兑过酸汁的威士忌,打开窗,看了一会儿窗外的雨。回头时,司格特看着我。

我一边非常专业地把温度计中的汞柱甩下去,一边说道:"你运气真好,这不是一支量直肠的温度计。"

"这种该放在哪里?"

"放在腋下。"我告诉他并把温度计夹在我的腋下。

"别把上面显示的温度弄乱了。"司格特说。我又把它朝下狠狠地甩了一下,解开他睡衣上的纽扣,把这个仪器插到他的腋窝里,同时摸了摸他冰凉的前额,并把了他的脉。他直愣愣地盯着前面。脉搏是七十二跳。我把温度计在他的腋窝里放了四分钟。

"我以为只要一分钟。"司格特说。

"这是一个大温度计,"我解释说,"你得乘上温度计大小的平方。这是摄氏温度计。"

最后我取出温度计,把它放到阅读灯下。

"多少度?"

"三十七度六。"

"正常是多少?"

"这就是正常的体温。"

"你确定?"

"当然确定。"

"你量量你的。我一定要搞明确。"

我把温度计的度数往下甩,解开睡衣,放到腋下,一面夹着,一面看着时间。时间到了后,我拿出温度计看了看。

"多少度?"

"完全一样。"我观察着。

"你感觉怎样?"

"好极了。"我说。我正试着回想三十七度六是否正常。这没有太大关系,因为这支温度计始终不受影响地停留在三十度上下。

司格特有一点儿怀疑,所以我问他要不要再量一次。

"不要了。"他说,"我们可以放心了,这事就这么快搞清楚了。我历来有极强的恢复能力。"

"你没事了,"我说,"但是我想如果你能待在床上,吃一顿清淡的晚餐会比较好,明天一大早我们就可以出发。"我计划给我俩买雨衣,但必须向他借钱,所以此刻不想因为这个和他争论。

司格特不想待在床上。他想起身穿衣服,下楼给塞尔达打电话,让她知道自己一切正常。

"她为什么会猜想你身体不适?"

"这是我们结婚以来,我第一夜没在她身边睡,我必须和她聊聊。你可以看出来这对于我们意味着什么,你能看出来不?"

我能明白,但是我不明白他跟塞尔达在刚刚过去的一夜怎么能睡在一起;但是没什么好争论的。此时司格特把加了酸汁的威士忌快速喝下,并叫我再点一杯。我找到那位服务生,归还了温度计,并问他衣服烤干了没有。他认为我们的衣服一小时左右就会烤干。

"让服务生把衣服熨烫一下,这样就会容易干一些。即便不干透也没关系。"

服务生送来了两杯预防感冒的饮品,我喝掉了我这杯,并催促司格特慢慢喝掉他那杯。我此刻很担心他会着凉,明白了如果他确实患上什么如感冒一样糟糕的疾病,也许就必须住院。但是这饮品让他快活了好一阵，而且对塞尔达和他结婚以来第一夜分居而眠的悲剧性的含义也觉得很快乐。最后他迫不及待地要给她打电话，穿上晨衣，下楼去拨通了电话。

电话打了好一会儿，等他上楼来不久，服务生又送来两杯加酸汁的双份威士忌。这是我看到的司格特到那时为止喝得最多的一次，但是酒精对他没有任何效果，只是让他生气勃勃，话语连篇。他开始告诉我他和塞尔达生活的大概情况，告诉我他是怎样在大战期间第一次遇见她，接着失去她又重新把她赢回来的；并谈到他们的婚姻；而后说到大约一年前在圣拉斐尔发生的一些悲惨的事。他告诉我的第一本版本是塞尔达跟一个法国海军飞行员陷入爱河，并说这真是一则悲伤的故事。我相信这是个真实的故事。后来他又告诉我这事的其他几个版本，像是竭力要把这些写进小说一样，但是没有一个版本比第一个版本来得悲伤，而且我一直相信第一个版本，虽然任何一个版本都可能是真的。这些故事每次讲起来都一次比一次更惟妙惟肖，可是它们都无法给你带来第一个版本那样的痛楚。

司格特表达能力很强，故事讲得好听。他不用把词拼写出来，也不企图加入标点符号，而你也没有阅读一个文盲寄给你的未经校正的信的感觉。在我认识他两年之久后，他才能拼写出我的名字；但那时候这个名字拼写起来很长，也许后来就一直变得更难拼写了，我对于他最后可以把我的名字拼写正确给予赞扬。他学会了拼写更多重要的词语，并竭力把更多词语都想得简单直接。

可是在今晚，他想要我知道、理解和欣赏在圣拉斐尔发生的到底是怎样一回事。然而我看得非常清楚，我能看到那驾单人座的海上飞机对着跳水用的木筏嗡嗡作响；我能看到海的色泽和那浮筒的形状，以及它们投下的阴影；我看到塞尔达晒黑的皮肤和司格特晒黑的皮肤；看到他们深色的金发和浅色的金发以及那个爱上了塞尔达的小伙子晒得黑黑的脸。我脑子里盘旋着一个疑问，我无法去问：如果这件事是真的而且全都发生了，司格特还能每晚都和塞尔达睡在同一张床上吗？但是也许这使得这件事比那时其他人告诉我的故事更显得悲凉，而且，也许他不记得了，就像他完全记不起来昨晚发生的事情一样。

在电话接通前，衣服就被送来了，我们穿好衣服，下楼吃晚餐。这时司格特有一点儿走路不稳，他用某种好战的眼神斜视着人们。我们吃了很棒的蜗牛，用一瓶长颈大肚的弗勒利红酒开餐，吃了差不多一半的时候，司格特的电话接通了。他去了一个钟头，我最终把他那份蜗牛也吃了，用碎面包把黄油、蒜泥和欧芹酱全部蘸了来吃，然后喝弗勒利红酒。当他回来的时候，我说给他再叫一些蜗牛。但是他说不想再吃蜗牛了，想吃一些简单的东西。他不想吃牛排、牛肝、熏猪肉或是煎蛋饼，想吃鸡肉。我们在中午吃了很美味的冷盘鸡肉，这里仍然是以美味的鸡肉出名的村镇，所以我们要了布雷斯[1]式烤小母鸡和一瓶蒙塔尼酒，这是一种当地

---

1 布雷斯（Bresse），法国东部一古老地区名，位于里昂东面，以烹饪美味的家禽菜肴闻名。

出产的口感轻盈舒服的白葡萄酒。司格特吃得很少，呷了一杯白葡萄酒，双手托着头在餐桌上昏睡了过去。这动作很自然，没有一点儿做戏的样子，甚至看上去很小心，没有飞溅食物或者打碎任何东西。侍者和我把他扛回房间，让他躺在床上。我把他脱得只剩内衣，并把他的衣服挂好，然后揭下床罩，盖在他身上。我打开窗户，看到屋外清朗，就让窗子开着。

我回到楼下，吃完我的晚餐，想着司格特。很明显他不应该喝任何东西，而我并没有照看好他。不论他喝什么，都会对他产生太大刺激，这是在给他下毒，于是我计划第二天把饮酒的量减到最低。我会告诉他我们这就要回巴黎了，我必须训练自己以便写作。其实不是真的。我训练自己少饮酒的方式是饭后绝不饮酒，在我写前或是在写作中都不饮酒。我上楼后，把所有的窗户都大敞开，脱掉衣服，一上床就睡了过去。

第二天，风和日丽，我们向北穿过科尔多尔省[1]驶往巴黎，空气清新如洗，山峰、田野和葡萄园都焕然一新。司格特非常振奋、开心，显得很健康，他告诉我关于迈克尔·阿伦[2]每部作品的情节。他说迈克尔·阿伦是一位我必须关注且我俩都可以从他那儿学到很多东西的作家。我说我没法读他的书。他说不必非读不可，

1　科尔多尔省（Côte d'Or），位于巴黎东南，首府为第戎。

2　迈克尔·阿伦(Michael Arlen, 1895—1956)，英国小说家，也创作剧本、散文等。他以描述英国精英社会中颇具讽刺的浪漫爱情故事为主，但也写带有哥特感的恐怖小说。他的很多作品启发了美国好莱坞电影，比如由著名女星葛丽泰·嘉宝主演的《女人情事》（1928）等。

他可以告诉我所有情节和人物。他好似给我宣读了一篇关于迈克尔·阿伦的口头博士论文。

我问他在和塞尔达通电话的时候,是否连接顺畅。他说通话良好,他们聊了许多事情。吃饭的时候,我要了一瓶能找到的最清淡的葡萄酒,然后告诉司格特如果他不会让我再要更多葡萄酒的话,那就帮大忙了,因为我在写作之前要节制自己,并且在任何情况下都不应该再多饮半瓶。他和我合作得好极了,看到我紧张不已地望着那唯一一瓶酒快要喝光的时候,就把他那一份和我分享一些。

当我送他回家,然后搭乘出租车回到锯木厂的家里后,见到妻子的感觉真是美好。我们去了丁香园咖啡馆喝酒,像两个孩子一样分开了又重聚,我跟她讲述了这次的旅行。

"难道你没有碰到什么有趣的事情或者学到任何东西吗,塔迪?"她问。

"如果说我听到了什么的话,我了解了迈克尔·阿伦这位作家,还有一些尚未理出头绪的事。"

"司格特难道一点儿也不快乐吗?"

"也许吧。"

"可怜的人。"

"我懂得了一件事。"

"什么?"

"绝不要同你不爱的人一道旅行。"

"本来就是这样,不是吗?"

"是的。我们去西班牙吧。"

"好的。现在离我们动身不到六周了。今年我们不会让任何人把它破坏掉了,是吧?"

"不会了。去了潘普洛纳后,我们要去马德里,然后去巴伦西亚。"

"呣——呣——呣——呣。"她轻柔应答,像是一只猫。

"可怜的司格特。"我说。

"可怜的每一个人。"哈德莉说,"这些浑身长着丰满毛丛的猫却一文不名。"

"我们简直太幸运了。"

"我们必须好好抓住这份幸运。"

我们两人都轻敲着咖啡馆桌子的木边,侍者走过来看我们要点什么。但是我们并非想要侍者或其他任何人拿些什么,我们不是要故意敲打桌边木头或是大理石桌面——这家咖啡馆的桌面正是大理石的。可是那晚我们不知道这一点,只是感到非常自在。

旅行结束一两天之后,司格特把他的书带来了。书外面套着一层艳丽的护封。我记得那用力过猛、品位低廉加之滑腻的外观让我觉得非常尴尬,它看起来就像是一本蹩脚的科幻小说的护封。司格特对我说别对这护封反感,它跟长岛一条高速公路的广告牌有关,它在小说中非常重要。他说他曾经喜欢过这个护封,但是现在不喜欢了。我取下了护封才开始读这本书。

读完这本书后,我明白不管司格特干了什么,也无论他的行为如何荒谬可笑,我必须像照顾病人那样,给他任何力所能及的帮助,竭力做一位好友。他有很多亲密的好友,比我认识的任何人都多。但我把自己也加入他的好友名单中,不管我是否对他有所裨益。既然他能写出一部像《了不起的盖茨比》这样卓越的书,我确信他能写出一部更加优秀的作品来。我那时还不认识塞尔达,所以不知道那些对他不利的可怕事件。但用不了多久,我们就会找出它们了。

鹰不与分享

Chapter 18

司格特·菲兹杰拉德邀请我们去他们在蒂尔西特路14号租的带有全套家具的公寓里，和他的妻子塞尔达以及小女儿一起吃午餐。那个公寓是什么样子我记不太清楚了，只记得房间幽暗，不通风，除了司格特那些用浅蓝色皮面包装、书名烫着金的早期著作外，再也没有其他东西了。司格特还给我们看了一大本分类账本，上面年复一年罗列着他发表的短篇小说以及由此得到的稿费，还列出了所有出售电影拍摄版权的收入，以及那些他出版作品的销量和版税数额。这些都被仔细记录下来，像轮船上的航行日志那样。司格特则像是一位博物馆策展人，带着一种私人的自豪感把它展示给我们看。司格特情绪紧张但是热情好客，他把收入的账目给我们看，把它当作风景。但是在公寓里望不到真正的风景。

塞尔达宿醉得厉害。前晚他们去了蒙马特，两人拌过嘴，因为司格特不愿喝醉。他告诉我，他决定努力工作，不再买醉，塞尔达却觉得他大煞风景,令人扫兴,这是她用来形容司格特的两个词。而后他反唇相讥,塞尔达会说:"我没有这样说。我从未做过这样的事。这不是真的,司格特。"事后她似乎又记起了什么,欢快地笑了起来。

这一日,塞尔达看起来有点儿不在状态。她美丽的深金色头发被在里昂做的电烫发暂时给毁了。在那儿,大雨迫使他们把车留在里昂,而她双眼疲惫,面孔紧绷憔悴。

她对哈德莉和我表面和蔼,可是大部分身心似乎不在现场,仍然停留在那天早上回家前才离开的派对上。她和司格特似乎都觉得司格特和我在里昂的旅行玩得太开心了,她对此感到非常嫉妒。

"你们两人可以一走了之,一起去享受单纯的愉快时光,那我就应该在巴黎这儿和好朋友们找一点儿乐子,这看起来很公平合理吧?"她对司格特说。

司格特在扮演一位完美主人,但我们吃的午餐非常糟糕,喝的葡萄酒让人打起了精神但也仅此而已。他们的小女儿一头金发,脸肥嘟嘟的,体态匀称,非常健康,说起英语来带着浓重的伦敦土腔[1]。司格特解释说,她有一位英国保姆,因为他希望她长大后能像黛安娜·曼娜斯夫人[2]那样说话。

---

1 此处原文是 Cockney accent,指伦敦考科尼口音,被俗称为伦敦腔或者伦敦的方言。早期大部分操这口音的都是伦敦东区的工人阶级,曾经一度被贵族不屑。

2 黛安娜·曼娜斯(Diana Manners,1892—1986),美国女演员,英国外交家和政治家阿尔弗雷德·特夫·古柏的夫人。

塞尔达有一双鹰一样的眼睛，嘴唇薄薄的，带着深深的美国南部举止和口音。看着她的脸，你能洞察到她的心思离开了餐桌飘到了那夜的派对上，然后又带着像猫似的空洞眼神回来，于是她高兴起来，那高兴的神情会随着嘴唇的细长纹路展示出来，最后消失。司格特此时正扮演着一个友好的、让人愉快的主人，而塞尔达则看着他，喝着酒，睁着双眼，张着嘴愉快地微笑着。我深深懂得这种微笑——这意味着她知道这样司格特就没办法写作了。

塞尔达非常嫉妒司格特的作品，随着我们的熟识，这变成了一种常规的模式。司格特下决心不去参加通宵达旦的饮酒派对，每天做一些体育锻炼，有规律地写作。他动笔写作后，但凡写得顺畅自如的时候，塞尔达就开始抱怨自己有多么无聊，就拉他去一些烂酒会。他们就会争吵，复合。然后他会跟我一起散一个时间长一些的步，出一身汗把酒精蒸发掉，最后下定决心这一次会真的去工作，他会有一个好的开端。然而，不久一切又开始重蹈覆辙。

司格特非常爱塞尔达，也非常嫉妒她。他在我们散步的时候给我讲了很多次，她是如何和一个法国海军飞行员坠入爱河的。自从那次旅行开始，他就给我讲过太多次这件事，不管是如何讲述的，这都是他最好的故事。但从那以后，她再也没有让他对别的男人产生过真正的妒忌。这个春季，她和其他女人交往，使他感到嫉妒。在那些蒙马特的派对上，他担心自己会喝得晕过去，也担心让她喝晕过去。他们买醉的时候，把喝得不省人事当成最伟大的防卫手段。他们喝一点儿烈酒和香槟就会睡去，其实这对于一个习惯喝酒的人来说不会造成一丁点儿影响，可是他们却像孩子一样睡着了。我曾经见过他们失去知觉，好像并非因为喝酒，而是被麻醉了一般。于是他们的朋友，有时候是出租车司机把他们扶到床上。醒来后，他们变得清醒、快活，因为他们在不省人事前没有喝下足够损害身体的烈酒。

现在他们已经丧失了这种自然的防卫手段。这时塞尔达的酒量比司格特还大，司格特担心塞尔达会和她在这个春天结识的朋友一起去某些地方，然后喝晕过去。司格特不喜欢那些地方，也不喜欢那些人，还必须喝下超出他酒量的酒，还要多少控制住自己来忍受这些，然后在经常喝晕之后，不得不开始靠喝酒保持清醒。最终，他根本没有多少工作的时间了。

他总是尝试着写作，每天都试着动笔但都失败了。他把失败归咎于巴黎，但这座城市对于一个作家来说恰是最好的安排，它是最适合写作的地方。而他一直想着总有某个地方，他和塞尔达能够再度一起过上好日子。他考虑过里维埃拉[1]，当时那里未被全部开发，有着美丽的、一望无尽的蓝色大海和沙滩，成片的松林，埃斯特雷尔地区的山脉一直延伸到大海。他记得那里，当他和塞尔达第一次发现那个地方的时候，游人还没有拥入那里度夏。

司格特同我谈起里维埃拉，建议我和妻子明年夏天一定要去趟那儿，并告诉我们如何前往，如何为我们找到一个价钱不算贵的

---

[1] 里维埃拉（Riviera），法国东南部和意大利西北部沿着地中海的区域，气候温和，风景如画，沿途全是旅游胜地。

住所，然后我们可以每天共同努力写作、游泳，躺在沙滩上，把皮肤晒成棕色，午餐之前喝只一杯开胃酒，晚餐前也只喝一杯。塞尔达在那儿会很快活，他说。她喜爱游泳，是一位漂亮的潜泳者，对那种生活感到快活，因此会让他写作的，一切都会美妙绝伦。他和塞尔达以及女儿在那一年夏天准备去那儿。

我竭力劝他写好短篇小说，他能写得很好的，别像以前辩解的那样，为了迎合任何俗套准则去搞什么花样。

"你已经写了一部优秀的长篇小说了。"我告诉他，"你不应该写那些污秽的东西。"

"长篇小说卖不动。"他说，"我必须写短篇小说，那些故事必须是可以卖得出去的。"

"写你能写出的最好的短篇来，尽力写得直截了当。"

"我会这样去写的。"他说。

但是按照事情发展的情势来看，他能够完成任何小说就算走运了。塞尔达对于那些追求她的人并不表示鼓励，她跟他们毫不相干，她说。可是这使得她觉得有趣，却让司格特嫉妒起来，他要陪她一起去那些地方。这耽误了他的写作，而和任何事情相比，她更为嫉妒的正是他的写作。

整个暮春和初夏，司格特都在为了写作而作着斗争，却只能断断续续地写一些。我见到他时，他总是愉快的，一些时候是带着绝望般的愉悦，而他讲着不错的笑话，是一位良伴。当他日子不好过的时候，我听他谈到那些事情，试着让他明白，他只要坚持做自己，就能写出作品来，因为他就是为写作而生的，除了死亡，没有什么能改变这个。那时候他也开自己的玩笑，只要他能这样做，我想他就是平安无事的。经历了这一切，他完成了一篇很棒的故事——《富家子弟》。而我深信他能写出比这篇故事更优秀的作品来，后来他确实做到了。

那年夏天我们待在西班牙，我开始写一部小说的初稿，九月返回巴黎后，完稿。司格特和塞尔达一直待在昂蒂布角[1]，那年秋天我在巴黎见到他，他变化很大。他在里维埃拉没能使自己清醒起来，而现在，他在白天和夜晚都把自己灌醉。对他来说，工不工作已经没有任何区别了。不管是白天还是夜晚，他在任何时候都喝得酩酊大醉，喝醉后，就会跑来乡村圣母院路113号。他开始以非常粗鲁的方式对待地位比他低的人，或是他认为任何低他一等的人。

有一次，他带着小女儿从锯木厂院门走进来——那天英国保姆休息，司格特负责照看孩子——在楼梯口，女儿告诉司格特她要上洗手间。司格特就开始给她脱衣服。住在我们楼下的房东走过来，非常礼貌地说："先生，在您前面楼梯左手边有一个盥洗室。"

"是，如果你不小心点儿，我会把你的头也塞进马桶里去。"司格特告诉他。

那年整个秋天他都异常难以相处，但是当他清醒的时候，他开始写一篇长篇小说。我难得看到他神志清醒，但是他清醒的时候

---

[1] 昂蒂布角（Cap d'Antibes），位于法国东南角地中海沿岸，是著名的滨海旅游度假区。

总是那么愉快，依然开着玩笑，而且有时候还拿自己开玩笑。但是他一旦醉了，就总会来找我，醉意十足的他以跑来干扰我的工作为乐，几乎和塞尔达干扰他的工作一样。这情况持续了好些年，但同样是这些年，我没有比清醒时的司格特更为忠诚的朋友了。

1925年秋天，他因为我不愿意把《太阳照常升起》的第一稿手稿给他过目而不悦。我向他解释，手稿没有任何意义，等我把它通读一次，并进行修改后才有意义，再者我不想和任何人讨论这部初稿，也不想事先给任何人看。我们计划南下奥地利福拉尔贝格的施伦斯，只要那里一落雪，我们就立即动身。

我在施伦斯修改了原稿的前半部分，我记得在翌年一月才完稿。我把稿子带到纽约，给斯克里布纳出版公司的马克斯韦尔·铂金斯过目，然后回到施伦斯完成整本书的修改。直到四月末尾，在我完成了所有修改和删减的原稿送到斯克里布纳出版公司后，司格特才见到这部小说。我不记得那年第一次给他看成稿是何时了，也不记得他第一次看到修改后和删减版的校样是何时了。我们就此讨论过，但我作了决定，给不给他看其实不重要。我记得我曾就书稿和他开过玩笑，他总是像以前做事时那样焦虑，急于施以援手。但是我在尝试修改书稿的时候不想要他的帮助。

当我们待在福拉贝尔格州时，我正要修改完这部小说，司格特和他妻子带着孩子离开巴黎去了下比利牛斯山的一处矿泉疗养地。塞尔达病了，因为喝了过量香槟而引起肠道不适，那时候她被诊断为结肠炎。司格特没有酗酒，开始写作了，他很想我们六月的时候去朱安雷宾[1]。他们会给我们找一个不太贵的别墅,这一回他不会酗酒了,就好像往日的好时光一般。我们可以一起游泳,保持健康,晒得黝黑,在午餐前喝一杯开胃酒,在晚餐前也喝一杯。塞尔达身体恢复了,他俩状态都不错,司格特的小说写得异常顺利。《了不起的盖茨比》改编成戏剧,相当卖座,让他有钱入账,还会出售电影版权,他会衣食无忧。塞尔达确实好了,一切都会很顺利。

我在五月独自一人去了马德里写作。后来,我乘三等火车从巴荣纳前往朱安雷宾,因为我愚蠢地花光了钱。我当时饿得发慌,最后一顿餐还是在法国和西班牙边境线上的昂代伊吃的。那是一栋不错的别墅,司格特在距离不远的地方租下一栋非常美的房子。我看到我的妻子把别墅收拾得很漂亮,感到十分高兴,朋友们也在,午餐前的开胃酒也极好,我们多喝了好几杯。那晚,司格特在赌场为欢迎我们举行了一场派对,这只是一个小型聚会,有麦克利什[2]夫妇、莫菲[3]夫妇、菲兹杰拉德夫妇以及住在别墅的我们。没有

1　朱安雷宾(Juan-les-Pins),全名"昂蒂布–朱安雷宾"(Antibes Juan-les-Pins),位于法国东南角地中海沿岸,是著名的滨海旅游度假区。

2　阿奇博尔德·麦克利什(Archibald MacLeish,1892—1982),美国诗人,在20世纪20年代旅居巴黎,早期的诗歌风格与艾略特和庞德接近。后来出任过美国国务卿。

3　杰拉尔德·莫菲(Gerald Murphy,1888—1964),夫妻两人在20世纪20年代的巴黎居住过,与海明威夫妇交往甚密,他们还去施伦斯和海明威一道滑雪。

人喝比香槟更烈的酒，气氛欢愉，显然这是一个令人满意的写作之地。这里有写作需要的所有东西，除了自我独处的孤独。

塞尔达非常美，晒出了可爱的金黄色皮肤，她的头发是一种美艳的深金色，对人也非常友善。她鹰一般的双眼清澈而平静。我知道她一切都很好而且朝着好的方向发展，此刻她向前俯身，告诉我她内心伟大的秘密："欧内斯特，你不觉得埃尔·乔生[1]比耶稣还伟大吗？"

除了宝琳，当时没有人琢磨过这件事[2]。这只是塞尔达和我分享的秘密而已，就像一只鹰可能会和一个人分享什么东西那样。但是鹰是不与人共享的。在司格特发觉塞尔达变得癫疯之前，他再也没有写出任何好的作品来。

1　埃尔·乔生（Al Jolson，1886—1950），俄裔美国歌星，在百老汇主演过多部音乐剧，常常扮演黑人上台演唱，受到热烈欢迎。1927年主演第一部有声电影《爵士歌王》，红极一时。

2　对于塞尔达告诉海明威的秘密，海明威认为是塞尔达个人精神错乱，才会去琢磨埃尔·乔生比耶稣还伟大这个问题。

Chapter 19 一个尺寸大小的问题

此后很久,有一次,就是我们说的塞尔达首次精神崩溃之后的那段时间里,我们碰巧同时在巴黎,司格特约我在雅各布路和圣佩雷斯街拐角的米肖餐厅一起共进午餐。他说他有些很重要的事情向我请教,这些事情的意义超越了他在这个世界上遇到的任何事,所以我必须绝对真实地回答他。我说我会尽全力回答。很长一段时间,当他要我绝对真实地告诉他什么事情的时候,那都是让人难办的事,我都尽力照做,但是说的话会让他生气。不是当我在说的时候,而是在说过之后;有时候是过了很长一段时间,当他深思熟虑过我的答案后——这些答案会成为必须被毁掉的东西,如果可能的话,有时候会连同我一起摧毁掉。

他在午餐时喝了红酒,但这对他没什么影响,他没准备在午餐前喝酒。我们谈到创作,谈到一些人,他问我那些已经失去联系的人。我知道他正在写一部优秀作品,并且知道由于种种原因他遇到了极大困难，但那不是他想和我聊的。我一直等着他开口，等他说出那个要我给出绝对真实答案的问题。但是不到这顿餐结束，他是不会提出来的，好似我们在吃着一顿商务午餐一样。

最后，当我们吃着樱桃小馅饼、喝着最后一瓶红酒的时候，他说："你知道，除了塞尔达之外，我没有和任何女人睡过。"

"不，我不知道。"

"我以为我告诉过你。"

"没有。你告诉过我许多事情，但是没有讲过这个。"

"这正是我必须请教你的问题。"

"好，继续说。"

"塞尔达说像我这样生来如此的人永远无法让任何女人幸福，这就是让她心烦的根本所在。她说这是一个尺寸大小的问题。在她说之前，我完全没察觉到这回事，我需要知道真实情况。"

"上办公室去，"我说，"或者你先去。"

"办公室在哪儿？"

"洗手间。"我说。

我们从洗手间回到餐厅，在餐桌前坐下来。

"你完全正常，"我说，"你没有问题，没有一丁点儿的毛病。你从上往下看当然显得自己短了。你到卢浮宫去看看那些人体雕像，然后回家在镜子里看看自己的侧面。"

"那些雕塑或许并不准确。"

"它们相当好。大多数人会为此感到满足的。"

"但是为什么她会这样说？"

"为了让你干不下去。那是世界上让人干不下去的最古老的办法。司格特，你让我告诉你真相，而我能告诉你更多的真相，这就是你需要的绝对的真话。你本应该找一位医生看看的。"

"我不想看医生。我只想你真实地告知我。"

"现在你相信我吗？"

"我不知道。"他说。

"走，去卢浮宫，"我说，"沿着街过河就是了。"

我们去了卢浮宫，他观察了那些雕塑，但仍然对自己表示怀疑。

"这基本上不是一个处于静止状态的尺寸问题，"我说，"这是一个关于尺寸能变成多大的问题，也是一个角度的问题。"我向他解释，用枕头和一些其他的东西来解释，也许会对他有用。

"有一个小姑娘，"他说，"对我非常好。但是在塞尔达说了那些话之后——"

"忘掉塞尔达说了什么吧，"我告诉他，"塞尔达是个疯子。你没有任何毛病，保持自信，做那个姑娘想要的事吧。塞尔达就是想毁掉你。"

"你对塞尔达一无所知。"

"好吧，"我说，"我们就到此为止。可是你来和我午餐，问我这个问题，我已经尽力给出最诚恳的答复了。"

但是他依然存疑。

"我们去看些绘画吧？"我提议道，"你在这儿除了《蒙娜丽莎》还看过什么？"

"我没有兴致去看画，"他说，"我跟一些人约好了在丽兹酒店的酒吧见面。"

许多年后，那时第二次世界大战已结束许久，乔治成了丽兹酒店的酒吧领班——在司格特住在巴黎时，他还是侍者——他问我："老爹[1]，人人都向我打听的这位菲兹杰拉德先生是谁呀？"

"那时你难道不认识他？"

"不。那时上我们酒吧来的所有人我都记得，但是现在他们只向我打听他。"

"你都告诉了他们什么？"

"任何他们想听的有趣的事，以及能让他们高兴的事。你想听什么？你还没告诉我他是谁呀！"

"他是二十年代早期的一位美国作家，在巴黎和海外生活过一段时间。"

"可我怎么记不起来他？他是一位好作家吗？"

"他写过两部很棒的书，还有一部没写完，那些最了解他作品的人说这部书本该非常精彩。他还写过一些很好的短篇小说。"

"他经常来这儿喝酒吗？"

"我想是的。"

"但是在二十年代早期你不经常上这儿来。我知道那时候你很

---

[1] 老爹（Papa），海明威的一个绰号，彰显着海明威的剽悍与刚毅之意。

穷，你住在另外一个区。"

"我有钱的时候，常去克利翁酒店[1]。"

"这我也知道。我非常清晰地记得我们第一次见面的情景。"

"我也是。"

"真是奇怪，我全然没有关于他的记忆。"乔治说。

"那些人都死了。"

"可是有人忘不了那些死去的人，人们一直问我关于他的事情。你得告诉我一些他的事，让我写回忆录时用。"

"我会的。"

"我记得你和冯·布利克森男爵[2]有天晚上来过这儿——那是哪一年？"他微笑着问。

"他也死了。"

"是的，但是人们没有忘记他。你明白我的意思吧？"

"他第一任妻子的文章写得好极了。"我说，"她写了也许是我读过的最优秀的关于非洲的书。除了塞缪尔·贝克勋爵那本写

---

[1] 克利翁酒店（Hôtel de Crillon），巴黎著名的宫殿酒店，现为巴黎瑰丽酒店。克利翁酒店和丽兹酒店（The Ritz Paris Hotel）享有同样悠久尊贵的历史和声望。

[2] 冯·布利克森男爵（Baron von Blixen，1886—1946），丹麦贵族，他的第一任妻子是凯伦·白烈森（Karen Blixe，1885—1962）。白烈森曾在英属肯尼亚开设咖啡种植园，后回国后开始写作，后来以笔名伊萨克·迪内森（Isak Dinesen）出版了著名的《走出非洲》，成为丹麦著名女作家。海明威和这对夫妇有私交，很欣赏她的写作和叙事艺术。

阿比西尼亚境内的那些尼罗河支流的书之外。既然你现在对作家感兴趣，就把这些写进回忆录。"

"好啊，"乔治说，"那男爵可不是一个你会忘记的人。那本书的名字是？"

"《走出非洲》。"我说，"布利基[1]始终为他第一任妻子的作品感到十分自豪。但是我们在她写出那部书之前很久就认识了。"

"但是人们不断向我打听的那位菲兹杰拉德先生呢？"

"他是在弗兰克当领班时来的。"

"是啊。可那时我还是一名侍者，你也知道侍者是干什么的。"

"我计划在一本写我早年在巴黎的岁月的书里写他，我已向自己保证会写的。"

"好啊。"乔治说。

"我会从第一次见他写起，把记住的一切分毫不差地写进去。"

"好啊。"乔治说，"那么，要是他来过这里，我会记得他的。毕竟我是不会忘记见过的人的。"

"那些游客呢？"

"自然喽。但是你说他当时常常来这儿？"

"这里对他来说意义重大。"

"你就按照记忆来描写他，如果他来过这里，我就能想起来。"

"我们会看到的。"我说。

---

1 布利基（Blickie），冯·布利克森男爵的简称。

PART TWO

巴黎素描

一个新流派的诞生

　　几本蓝色书脊的笔记本,两支铅笔和一把削笔刀(一把装在裤兜里的小刀就太浪费了),大理石桌面的桌子,奶油咖啡的味道,清晨的滋味,清扫地板与擦拭干净,再加上运气,这就是你所需要的一切。为了有好运气,你在右边口袋里放了一颗七叶树果实和一条兔子的小腿[1]。衣服穿着太久,兔子腿上的毛早已磨掉,露出的骨头和肌腱被打磨光滑。兔爪在口袋衬里抓挠,于是你知道运气还在那儿。

　　有些日子,你写得异常顺利,以至于可以把这片乡野写得仿佛你能走进去再穿过林地,来到清爽地界,然后爬上高地,观看湖湾背后的山峦。铅笔的铅芯可能会断在削笔刀的圆锥形口中,你就得用削铅笔的小刀片把它清除出来,要不然就用锋利的小刀片

---

[1] 在西方迷信中,这两样东西可以给人带来好运。

小心翼翼地削尖铅笔,然后回到那片高地,把手臂滑进背包上沾着汗碱的皮带,把背包重新提起,再把另一只手臂伸进去,感到重量落在背上,你开始朝湖水走下去,感到软底鞋下是松针。

然后你会听到有人说:"嗨,海姆,你打算做什么?在咖啡馆里写作?"

运气跑光了,你合上笔记本。这是可能发生的最糟糕的事情。如果你能忍耐住不发脾气,也许比较好,但是我并不擅长管住自己,我会说:"你这臭小子,不在你污秽不堪的地方待着,来这儿做什么?"

"别只是因为你想扮演一个乖张的人就这样侮辱人。"

"收起你那肮脏的、花言巧语的嘴,滚出去!"

"这里是公共咖啡馆,我和你一样有权利来这儿。"

"你为什么不去你该去的那家小茅屋[1]呢?"

"哦,亲爱的,别这么啰唆。"

这时你可以一走了之,希望这不过是一次意外的到访,这位访客只是偶然进来坐一下,这不会是一种侵犯。还有其他不错的咖啡馆可以写作,但是它们都要走上好长一段路,而我以这家咖啡馆为家。被从丁香园撵出去真是不好。你必须忍受或者离开。离开也许更明智,但是怒气开始生发,我说:"听着,像你这号臭小子可以有太多的地方去。为什么你非得上这儿来,糟蹋一家体

---

1 小茅屋,一家很受欢迎的同性恋酒吧,以变装皇后而闻名。

面的咖啡馆？"

"我只是来这里喝上一杯。这又有什么错？"

"在家乡，人们会给你端上一杯酒，然后把玻璃杯子砸碎。"

"家乡在哪儿啊？听起来是一个动人的地方。"

他坐在隔壁一桌，是个又高又肥的戴着眼镜的年轻人。他要了一杯啤酒。我想我就忽略他吧，看看我是否可以继续写作。所以我就不去理睬他，写了两句。

"我不过是和你说话罢了。"

我继续写了另外一个句子。当一切真正进行着，你又沉浸其中的时候，这感觉很难消退。

"我揣想你变得太了不起了，没有人能和你说话。"

我又写了一句，结束了一段，把这一段从头读了一遍。仍然不错，于是我写出了下面一段的第一句话。

"你从不考虑别人，或者也不会想到他们也可能遇到了问题。"

我这一辈子总是听到别人抱怨。我发现我能继续写下去，这不比其他的噪音更糟糕；肯定比埃兹拉·庞德学吹大管要好得多。

"假设你想成为一名作家，而且身体的每一个部分都感觉你是一名作家，可你就是写不出来。"

我继续写着，此刻我开始有了好运，就像开始得到了另外的东西一样。

"假设一旦文思像是洪流一样不可抗拒地袭来，然后又远离了你，让你哑然失声，沉默无语。"

我思考着，比哑然失声和发出噪音好一些，于是继续写着。他这时全然呐喊起来，正如锯木厂切割一块厚木板时发出的噪音干扰一般，而那些令人难以置信的语句让人心安。

"我们去了希腊。"我后来听他说。有一阵，我除了把他的话当作噪音之外，从没有听他在说什么。此刻我已经超额完成了预期任务，可以停下来，明日再继续写了。

"你说你过去常去希腊，还是你们去了那儿？"

"别那么粗俗，"他说，"难道你不想让我把其余的情况都告诉你吗？"

"不想。"我说。我合上了笔记本，把它放进口袋。

"你不在乎它之后的结局如何？"

"不在乎。"

"难道你不关心生活，也不关心同伴所遭遇的痛苦吗？"

"那不是你。"

"你真如禽兽一般。"

"对。"

"我想你可以帮我一把，海姆。"

"我倒很乐意把你一枪崩了。"

"你会吗？"

"不会。法律不允许。"

"我愿意为你做任何事情。"

"你愿意？"

"当然，我愿意。"

"那么你这坨屎，从这家咖啡馆滚开。从做这件事开始吧。"

我站起身，侍者来了，我付了钱。

"我可以和你一起走回锯木厂吗，海姆？"

"不。"

"那么我就改天见你啦。"

"别在这儿。"

"当然，"他说，"我向你保证。"[1]

"我需要写作。"

"我也需要写作。"

"你如果不会写作，就不应该动笔。你为何要为此呼天抢地呢？回家去，找一份工作。把自己吊死算了。可别再谈论写作了。你永远都写不好。"

"你为什么要这样说？"

"你没有听到自己讲的话吗？"

"我现在谈论的就是写作。"

"那么闭嘴吧。"

"你真残酷，"他说，"大家总是说你非常残酷，没有心，自高自大。我总是为你辩护，但今后不会了。"

"很好。"

---

[1] 此后的内容，海明威写了另一个结尾，见本篇后面的"另一个结尾"。

"你怎么能对同伴如此残酷呢?"

"我不知道。"我说,"听着,如果你不会写作,为何不学着写评论呢?"

"你认为我该写评论吗?"

"那会很好的。"我告诉他,"那么你就可以一直有东西写了。你不会担心写不出来,或者成为哑巴,变得沉默。人们会阅读你的评论,并且尊重它们。"

"你认为我可以成为一名优秀的评论家吗?"

"我不知道你能有多优秀,但是你可以做一名评论家。总有人会帮助你的,而你也可以帮助你自己的人。"

"我自己的人,你是什么意思?"

"那些和你常常在一起的人。"

"哦,他们。他们有自己的评论家。"

"你没有必要非评论书籍,"我说,"还有油画、戏剧、芭蕾舞、电影……"

"你让它听起来很吸引人,海姆。太感谢你了。这让人激动。这也充满了创意。"

"说有创造性,可能高估了。毕竟,上帝只在六天内创造了这个世界,而在第七天便休息了。"

"当然,也没有什么事情可以阻止我进行创意写作。"

"没有一件事可以,除非是你为自己定了无法企及的高标准。"

"标准会是高的。你可以期待它们。"

"我确信它们很高。"

他那时已经是一名评论家了,因此我问他是否想喝一杯,他接受了邀请。

"海姆,"他说——我知道从这时起他已经是一个评论家了,因为在对话中,他把你的名字放在一句话的开头而不是结尾,"我必须告诉你,我发现你的作品有点儿太光秃秃了。"

"那太糟了。"我说。

"海姆,剥得精光,太简略了。"

"真倒霉。"

"海姆,太光秃秃了,剥得太光,太简略,太过显露肌腱。"

我怀着内疚摸了一下口袋里的兔子小腿。"我会试着让它丰满一些。"

"注意了,我可不希望它太臃肿。"

"哈罗德,"我操着一个评论家的口吻说,"只要可以,我会避免写得光秃秃的。"

"很高兴我们见解一致。"他富有男子气概地说着。

"你要记住,在我工作的时候,不要到这儿来。"

"那是自然的,海姆。当然,我如今会有自己的咖啡馆的。"

"你真好。"

"我尽力做到。"他说。

如果这位年轻人能够成为一名著名的评论家,那将会是有意思和富有教益的,但是他没有朝着那个方向发展,尽管我曾一度对此寄予了很高的期望。

海明威为本章写的另一个结尾：

我不认为他会回来。丁香园和他不合拍。他也许曾经到过这里，看到我在工作，于是走了进来。或许他曾经走进来打了电话。我在工作的时候，不会注意到这些。这可怜的杂种，我想着，如果我曾经对他以礼相待，或是得体相对，这甚至会更糟糕。也许我迟早会对他挥拳，可我选择了这个地方。要是我在自己的咖啡馆打了他，那我真是衰死了，这行为会引来其他人，大家都跑到这里看在这儿发生的一切。我早晚会这么做的，但是必须小心把他的下巴打掉。关于要小心这一点真是见鬼了，我要小心的是不要让他的脑袋撞在人行道上。[1] 那就是我一直想看到的场景。我思忖着要置身于这可怜杂种营造的方式之外。放弃让人们平静下来的想法。你的写作一切正常。他没有对你造成任何伤害。如果你碰到了他，而他朝你挤去的话，告诉他滚远点儿。你对待他的方式足够糟心了。但是你又能以什么别的方式对待他呢？

如果任何人在咖啡馆打扰了你的写作，那都是你自己的错，因

---

[1] 海明威曾在经常与菲茨杰拉德一同喝酒的福斯塔夫咖啡馆的店前人行道上，殴打作家罗伯特·麦克卡尔蒙（Robert McAlmon），起因是后者发表了一些带有讽刺意味的言论，其中包括海明威是同性恋。

为你应该拥有一个舒适的咖啡馆用于工作，你认识的人不会上那儿来。但是丁香园咖啡馆是如此好的写作的地方，非常方便，因此值得冒着被打扰的风险前去。在完成写作之后，你应感到干干净净，而非名声受到了玷污。当然，你也不应该冷酷无情。当然，可是真正要紧的是你在第二天感觉良好。

因此，第二天我起个大早，把橡胶奶嘴和奶瓶放进水里煮过，配好奶粉的量，装好奶瓶，给邦比先生喝。在其他人醒来前，在餐厅的桌子上写起来，此时只有他、猫咪 F 和我醒着。他们两个很安静，是良伴，我写得比过去任何时候都顺畅。在那些日子，你并不真正需要任何东西，甚至是那只兔子的腿，但是你能在口袋里摸到它，就感觉很好。

埃兹拉·庞德和他的美好心灵

埃兹拉·庞德是我认识的最为慷慨的作家和最为公正无私的人。他孜孜不倦地为那些他信赖的诗人、画家、雕塑家和散文作家们做着实事,并且只要遇到身处困境的人,不管是信任的还是不信任的,他都会施以援手。他关心每一个人。当我第一次见到他的时候,他最关心的是 T. S. 艾略特。埃兹拉告诉我,艾略特不得不在伦敦的银行工作,因此没有足够的时间,只能在很糟糕的时段展现诗人才能。

埃兹拉和娜塔莉·巴妮[1]发起了一个叫作"美好心灵"[2]的运动,

---

[1] 娜塔莉·巴妮(Natalie Barney,1876—1972),美国作家、剧作家、小说家,长期客居巴黎。她在巴黎左岸举办了超过60年的文学沙龙,每周的沙龙聚拢了法国和英美现代派的诗人、文学家来谈论艺术、文学。她还会在雅各布路20号的寓所举办富有戏剧性的诗歌朗诵会。她是公开的女同性恋作家,和埃兹拉·庞德交往甚密,两人合力资助艾略特等诗人。

[2] 原文为法语 Bel Esprit,意为美好的灵魂和心灵。在此译为"美好心灵"。庞德发起的"美好心灵"基金和运动,目的是资助经济困难的作家和诗人等。

后者是一位富有的美国女人,也是一位艺术赞助人。巴妮小姐和雷米·德·古尔蒙[1]有交情,那是在我认识她之前,她会定期在寓所举办沙龙,她的花园里有一座小小的希腊神庙。许多富足的美国和法国女人都举办沙龙,我很早就觉察出来这些优质沙龙真是让我退避三舍,但我相信,巴妮小姐是唯一一位在花园里有座小小希腊神庙的举办人。

埃兹拉给我看了"美好心灵"手册,巴妮小姐允许他把那座小小的希腊神庙印在手册上。创办"美好心灵"的初衷是我们都可以把自己不管如何挣来的一部分钱捐献出来,以此成立一个基金会,帮助艾略特摆脱银行的工作,让他可以有钱去写诗。这对我来说是一个好主意,在解决了艾略特的问题后,埃兹拉认为我们可以沿着这个路子继续走下去,去解决每个人的经济问题。

我把事情搞得有点儿乱,因为我一直戏称艾略特为艾略特少校,假装把他和道格拉斯少校混为一谈。这个道格拉斯是一个经济学家,埃兹拉对他的主张非常支持。但埃兹拉懂得我不是故意的,我全然拥有美好心灵,虽然当我向我的朋友征求资金以帮助艾略特少校离开银行的时候,有人会说,一个少校在银行做什么,总之如果他已经退伍了,那他难道没有一笔抚恤金或者至少一些养

---

[1] 雷米·德·古尔蒙(Remy de Gourmont,1858—1915),法国象征主义诗人、小说家,代表作有诗集《西茉纳集》等。埃兹拉·庞德曾翻译他的诗作,但把他的名字错误拼写为"Rémy de Gourmont",海明威在原文中使用的是庞德的拼法。

老金吗？这些话会让埃兹拉生气。

遇到这种情况，我会向朋友解释，这些疑问离题了。你要么具备美好心灵，要么就是没有这番美德。如果你具备美好心灵，就会捐钱让少校离开银行。如果你没有这番好意，那真是太糟糕了，难道他们不理解那座小小的希腊神庙的意义吗？不理解吗？我想他们不理解。真糟糕，麦克。把钱收好，我们不会碰它。

作为一名"美好心灵"的成员，我精力充沛，四处活动游说，而我在那些时日最快乐的梦想就是看到少校从银行跨出来，变成一个自由人。我不记得"美好心灵"是如何散伙的，但我想和《荒原》[1]的出版有关，这部诗集让少校获得了《日晷》[2]杂志的奖金。不久之后，一位有头衔的女士为艾略特写了一篇题为《标准》的支持评论，我和埃兹拉就再也不为他的生计发愁了。我相信，那座小小的希腊神庙仍然在花园里。一直让我感到失望的是，我们没能够单靠"美好心灵"的力量让少校离开银行，正像我在梦中已经描绘出来的图景：也许，他从银行走了出来，住在这座小小的希腊神庙中，这样的话，也许我和埃兹拉可以一道去拜访他，走进神庙之时给他加冕桂冠。我知道在哪儿有上好的月桂树叶，

---

[1] 《荒原》（*The Waste Land*），艾略特的代表作，1922年发表。原诗800多行，经过庞德删改后，仅剩433行。该诗集是西方文学史中一部划时代的作品，也是西方现代诗歌的一个里程碑。

[2] 《日晷》（*The Dial Magazine*），美国文学评论类杂志。在庞德的斡旋下，艾略特的诗集最终在该杂志发表，并获得了杂志的酬劳。

我可以骑车去采摘回来,我想我们可以在任何时候——在他感到孤独,或者埃兹拉去和他核对手稿,或者去找他校对一本诗集——另一本像《荒原》那样的巨著的时候,给他戴上桂冠。于我,从道德上来看,整件事结局糟糕,就像许多其他事情一样,因为那些我经手得来的用于解救少校离开银行的钱,被我拿去昂吉安赛马场,花在了赌马上。这些跃动的马在兴奋剂的作用下相互比拼。两个回合中,我下注的那些吃了兴奋剂的马大胜那些没吃兴奋剂的或未被充分刺激的畜生们,除了有一程赛事中,我们的高价马被刺激过度——它在开跑前把骑手甩了下来,挣脱束缚,独自跑完了整个障碍赛道,以极为优美的方式跳跃着,有时你在梦中也能以这样的方式跳跃。后来它被拦了下来,重装上阵,再开始比赛,获得了体面的分数——在法国赛马词汇中有这一说法,但是让我们输光了钱。

如果这赌金的数额进了"美好心灵",我会更加快乐,虽然"美好心灵"不复存在了。可我安慰自己,如果有了那笔翻倍的赌金,我本可以给"美好心灵"贡献更多的银子,这可比我最初打算捐赠的数目要多。毕竟结局尚好,因为我们把钱用去西班牙旅行了。

论第一人称写作

当你第一次开始以第一人称的方式写短篇小说时，如果这些故事写得非常真实，以至于读者都相信了它们，读小说的人几乎会一路认为这些故事真的发生在你身上。这是自然的，因为你在杜撰这些故事的时候，必须把这些事安置在讲述者身上，因为你就是故事的讲述人。如果你把这一点做得更好一些的话，会让阅读故事的人相信这事也发生在他身上。你如果能够做到这一点，就开始得到你竭力想得到的了，即让撰写的故事成为读者的阅读体验和他们记忆中的一部分。你创作的故事或小说中，一定有一些东西是读者注意不到的，在潜移默化中融入他们的记忆和阅读体验中，从而变成了读者生命的一部分。这操作起来并非易事。

如果说不容易的话，对于私人侦探学派的文学批评家来说，能做的就是证明以第一人称写虚构小说的作家，不可能像叙述者一样做完所有的事情，或者也许，他甚至不可能做任何事情。关键是除了证明作者其实并非缺乏想象和虚构的能力之外,我对此种批评从未理解。

我早年在巴黎的写作,不仅会从自己的经验出发去创造,也会从朋友的经验和认知,以及所有遇到的或是见过的后来能记得住的人(他们并非作家)身上去创造故事。我一直很幸运,最好的朋友们都不是作家,并且我认识许多聪明人,他们都滔滔不绝。我在意大利参战的时候,只要见过或经历过一件有关战争的发生在我身上的事,就能知晓在战争的各个阶段,发生在身处战争中的其他人身上的许许多多成百上千的事。细致的战时体验给了我一块试金石,通过它我能辨别故事的真伪,而在战争中受过伤则是我的一个解锁密码。战后我在第十九号病房待了好些日子,和一位在米兰医院里认识的意大利朋友在芝加哥的意大利街区待了很久。他是一位年轻军官,此后负过多次重伤。他最初是从西雅图出发去意大利看望家人,恰逢意大利卷入战争,便自愿从军。我们是好朋友,而他是一位讲故事的高手。

也是在意大利,我认识了很多在英国军队以及救护队中服役的人。后来许多我在写作中虚构和创造出来的东西,都是从他们身上学来的。我的一位多年挚友是英国职业军人[1],1914年,他从桑赫斯特皇家军事学院毕业前往法国蒙斯,在军队效力,直到1918年战争结束。

---

1 指爱尔兰军官埃里克·爱德华·多尔曼 – 史密斯,外号钦克(Chink)。海明威在米兰医院养伤时和他结识,成为终身好友。参见本书第五章《一个假春》。

秘密的欢愉

只要我还在为报纸工作——因为新闻采访就要去欧洲不同地方，那么拥有一身见得人的西装行头，去理发店理发，以及有一双得体的鞋子就变得非常必要。在我试着写作的时候，它们就是一种负累，因为它们让我可以离开自己居住的塞纳河左岸，去右岸见朋友，去看赛马，去做你无法负担的，或是让你陷入麻烦的那些好玩的事。我很快就发现避免过河去右岸，掺和进所有不能负担的乐事，至少也会因为大吃大喝一顿而懊恼的最好办法，就是不去理发。你不能顶着一头修剪得跟埃兹拉的朋友——那些外貌端庄的日本贵族画家中某位一样的发型过河去右岸。不理发将会是非常理想的，完全把你限制在自己河岸的这边，让你不停写作。可过不了多久，你就会有工作任务，这让你没有足够的时间长头发。但只须两个月时间，你看起来就会像是从美国内战中苟延残喘走出来的人，没人受得了你。三个月后，你将为修剪类似埃兹拉俊俏的日本朋友的发型而做好准备,而右岸的朋友会认为你彻底完蛋了。我只是从来不知道是什么会让人觉得你彻底完蛋了,但四个月不理发之后,你会被人认为比完蛋了还要糟糕。我享受被认为是完蛋了的感觉,妻子和我都在享受着被认为是完蛋了的感觉。

有时我会碰到一些认识的驻外记者,正好奇心作祟,在被他们称呼为"那个区"的地方闲逛。这时候,总有一位会把我拉到一旁,以为我着想为由,煞有介事地同我聊天。

"你不能就这样堕落下去,海姆。当然这和我没有关系,但是你不能像这样天真行事。看在上帝的份儿上,重回正轨,至少理一个像样的发型。"

接下来,如果我被安排去参加一些会议,或者去德国或近东的话,我就必须去理发,穿一件过得去的西装,以及一双不错的英国皮鞋,我早晚会见到那位让我重回正轨的人,他会对我说:"你看起来真是既精神又端正,老兄。我看你把那波西米亚的荒诞做派丢掉了。今晚你干吗呢?有一个非常棒的地方,绝对特别,过了塔西姆餐厅外面,朝上走就是了。"

那些打扰了你生活的人,总是以为你着想而这样做,我最终想明白了他们想要的是你遵照他们的意愿行事,不与大众标准背道而驰,而后,你会像在会场里巡回的推销员一样,用所有愚蠢和无聊的手段来打发时间。他们对于我们的快乐毫不知情,或者不知道我们自甘堕落是多么有趣,而且他们永远不会知道,也无法知晓。我们的乐子沉浸在爱河里,这些乐子就像数学公式一样简单又神秘复杂,这种快乐可能意味着所有的幸福,也可能意味着世界末日。

那种幸福,不应该去搅乱它,但是几乎每个你认识的人都试图去纠正它。有一次,我们从加拿大回来,我那时决定就算是贫瘠挨饿,也不再给报纸工作,我们像野蛮人一样生活,恪守自己的部落规则,拥有自己的习惯和标准、秘密、禁忌和欢愉。[1]

我们现在在巴黎是自由人了,而我再也不用去完成新闻采写任务了。

"但是我绝不去理发。"当我们在丁香园咖啡馆内的一张暖和的桌子旁一道谈话时,我说。

---

[1] 以下部分被作者划掉:"我们曾被两件事情捆绑在一起。第一件事是我遗失了曾在四年间写的所有书稿,除了两部短篇小说和一些诗歌。我在洛桑出席会议,在那儿为《多伦多星报》以及两家新闻机构(国际社和环球社)工作。在圣诞节前,我安排了某人来替我为两家新闻机构工作,而我写信给哈德莉,叫她南下瑞士,我们可以在圣诞假期一道去滑雪。这是一个非常有意思的会议,而我工作卖力,为两家新闻机构提供二十四小时服务。我以两个不同署名撰文,一个是以我自己的名字写作,另一个是以想象的叫作约翰·哈德利的人物为名写作。约翰·哈德利应该是一个中年人,就欧洲政治话题来讲,他是一个无可挑剔的权威人士。我最后发回新闻报道是在凌晨三点之前的某个时段,我会在上楼睡觉的时候,把一个早晨用的开线器(用于拆开用金属线装订的活页笔记本——译者注)留给前台的看门人。

在哈德莉的火车原定抵达的早晨,我下楼准备去火车站和她碰头,而看门人却给了我一张电报。她会搭乘晚一班的火车前来。"

"如果你不想的话，塔迪。"

"在我们出发去多伦多前，我就开始留头发了。"

"那真是太棒了。那是一个月前了。"

"六个礼拜。"

"我们要不要来一瓶尚贝里黑醋栗酒庆祝一下？"

我要了酒，说道："你会再次喜欢上这长发？"

"是的，这是从那些糟糕事中解脱出来的一部分，告诉我你要留成什么样的？"

"你记得在埃兹拉的工作室的那三个日本画家吗？"

"哦，记得，塔迪，他们的头发看起来很美丽，但那需要留很长时间。"

"我一直想要那样的长发。"

"我们可以试试，头发长得很快的。"

"我希望明天就可以留起那样的头发来。"

"这没办法，塔迪，就只能让它自己长起来。你知道，那得需要好长一段时间。没办法，头发就是这样长的。"[1]

"他妈的。"

"让我摸摸你的头发。"

---

[1] 以下部分被作者从此处移走了："我们在冬天住在奥地利的时候，给彼此剪了头发，让头发长到同一长度。一个是一头深色头发，另一个是深金红色，在深黑的夜晚，一人醒来，另一位甩动着深色头发，或是浓密的如丝绸般的金红色头发，在寒冷暗夜，于温暖的床上，与另一人的嘴唇交错。如果有月光，你可以看到你的呼吸。"

"这儿吗?"

"长得很好啊,你只需要耐心等待就行。"

"好吧,我暂且不去关注它。"

"如果你不去想它,它会长得更快一些。我很高兴你这么早就能想起来留发。"

我们看着对方,笑了起来,而后,她告诉我一件秘密的事。

"那是对的。"

"塔迪,我想到一些更刺激的事情。"

"告诉我。"

"我不知道要不要说出来。"

"说呀,继续,请讲出来。"

"我原想你的头发可以和我的一样长。"

"但你的头发也一直在长啊。"

"不,明天我就去剪头发,然后等着你的头发一起长,你说,这是不是很有趣?"

"是的。"

"我会等着,然后我俩的头发就一样长了。"

"这会花多长时间?"

"也许四个月,我们的头发就一样长了。"

"真的吗?"

"真的。"

"四个月,更多?"

"我想是的。"

我们面对面坐着,她讲了一些秘密的事,我回应了一些秘密的事。

"别人会想我们一定疯了。"

"可怜的、不幸的别人,"她说,"我们会是如此快活的,塔迪。"

"你真的喜欢这样?"

"我会喜欢这份快乐的。"她说,"但是我们得有耐心,就像人们对待一座花园那样的耐心。"

"我会忍耐的,无论如何都要试一下。"

"你认为其他人会因为这种简单的事情而感到快乐吗?"

"也许没那么简单。"

"我不知道。没有什么事比长头发更简单的了。"

"我不管是复杂还是简单,我只是喜欢它。"

"我也是,我们真是幸运极了,不是吗?哦,我希望我可以帮把手,但是不知道如何能让它长得快一些。"

"你觉得我们要不要把它横剪过去,剪到和你相等的长度?那就算一个开始。"

"如果你想,我可以给你剪。这比找一个理发师更容易。但是剩下的就要等它朝后长了,塔迪。它会一路从前面朝后生长,那才是我们想要的发式,但就是会花很长时间。"

"见鬼,这很长时间。"

"让我想想可以怎么做。但你的头发已经长了六个礼拜了，然而现在我们还在咖啡馆里。头发一定会在今晚长起来。"

"它一定会。"

"我会想点儿招出来。"

第二天，她从理发店回来，剪了齐耳的头发，发梢从脸颊垂下，后面的头发贴着脖子摇荡。她转过身，由背面看，从她的圆领衫外露的脖子以上算起，头发差不多有一英寸长。头发是新洗过的，深金色。

"从后面来感受一下。"她说。

我用手臂怀抱她，感觉到我们的心脏隔着毛衣在跳，我举起右手，抚摸她光滑的脖子，在我的指尖下，发丝浓密，与颈部相抵，我的手指颤抖。

"用力往下抓抓。"她说。

"等等。"我说。

"现在，再用力往下甩一下，感觉一下。"她说。

我的手感受着如丝般的重量和顺直，我紧靠着她的脖子，说了一些悄悄话，而她说："然后吧。"

"你，"我说，"你呀。"

随后我们聊着天，她说："我想了一招，并且已经做了，塔迪。我多剪了一英寸，你没看出来吗？现在你的头发领先我一英寸了，这得花一个月时间呢。"

我没说什么。

"然后下周，我会再剪短一寸，仍然是你喜欢的样子。你甚至没有发觉到我的头发短了，是吗？"

"没有发现，真是棒极了。"

"瞧我多聪明，这样你就领先两个月了。我本可以今天下午就去搞定我的头发，但也可以等到再去洗发的时候弄。"

"你的头发非常漂亮。"

"现在我会给你剪出一条线。"

"你认为我们应该这么做吗？"

"当然，塔迪。我们不是已经讨论过了吗？"

"那看起来也许会有点儿搞笑。"

"对我们来说不会就可以了，还有别人吗？"

"没有别人。"

我坐到餐厅的椅子上，把一条浴巾围在脖子周围，她把我毛衣领口以上的头发沿着一条横线修剪，剪得和她的长度一样。然后，把耳朵以上的头发贴着头皮往后梳，再沿着眼角到耳朵上部剪出另外一条线。她说："我错了，塔迪，我关于四个月的说法错了，头发长起来可能要花更长时间。"

"你这么认为吗？一个月前在多伦多，最后一次理发的时候，我都没有让他们修剪两边和上面的头发，只把后面的头发修剪整齐了。"

"你怎么能记得住这么多事？"

"因为我知道我们即将离开，所以会记得这些事情，就像记得出狱一样。"

"到秋天还未算晚的时候就好了。没问题的,塔迪。我沿这一条线剪的都会长起来,长度就和我的一样了。"她把耳朵后面的头发往上撩起来,别到耳后,然后让它朝前落下来,"看见了,那就是头发开始长的地方。你那里长得浓密,而且已经很长了。一个月时间,你的头发就会盖住双耳。你害怕了吗?"

"也许吧。"

"我也有一点儿害怕,但是我们要修剪它,不是吗?"她说。

"当然。"

"我乐意,如果你也乐意的话。"

"我们真的想这么做,难道不是吗?"

"我们要做?"

"是的。"

"那么,剪吧。"

"你确定吗?"我说。

"是的。"

"而且任何事情、任何人的言说都不会对我们造成任何影响。"

"没有任何事情。"

"当然,我们从昨天就开始了。"

"而你从多伦多就开始了。"

"不,那是另外一回事。"

"我们就是要这么做,不用担心,这会让我们度过一段欢愉的时光。你现在感觉快乐吗？因为我们已经真正开始了，而且干了一些实际的事？"

"我为你想出来的这一招感到骄傲。"我说。

"现在我们又有了一个秘密，我们不会对任何人说这件事。"

"绝不。我们为此要做多久？"

"一年时间？"

"不是六个月吗？"

"我们等着看吧。"

那正是我们去奥地利过冬的那年。在施伦斯，没人在意你穿什么，或留着什么发型，不过，因为我们从巴黎来，一些施伦斯人总会认为巴黎带着时髦风格。曾经一度时髦的发型，有可能又会流行回来。

我们旅馆的看门人——留着拿破仑三世小胡子的尼尔斯先生曾在洛林[1]住过，他告诉我他记得当所有男子都留长发的时候，只有普鲁士人把头发剪短。他说他非常欣慰巴黎再度回归这一时尚潮流。在我去剪头发的理发店，理发师特意要学习和掌握这一趋势，以期正确地诠释这一风格，并对此报以浓厚兴趣。他说，他曾在意大利画报上看到过这种时尚，但是并非每个人都适合这种发型，不过他很高兴看到这种风格回归。他认为这是对连年战争的抗议，是一件彻底的好事。

---

[1] 洛林（Lorraine），法国东北部一地区。

之后，他告诉我，村上好些年轻人都把头发剪成同一样式，虽然那并没有展现出任何巨大的优势。他问我的头发长了多久。

"大概三个月。"

"那真是很有耐性，很多人都希望一夜之间长到耳下。"

"这需要耐心。"

"那么，你的头发什么时候才能长到流行发式需要的长度呢？"

"六个月？这个谁能说得准呢？"

"我有一种生发剂，是天然的草本制剂，很管用，你想用它擦洗一下吗？"

"它闻起来如何？"

"它只有草药的气味，非常宜人。"

我试了这种药水，它闻起来非常草本，去酒吧买酒时，我发觉里面更年轻、更野性的人，闻起来都有相同的气味。

"因此他也卖给你了。"汉斯说。

"是的，这药水好吗？"

"他说有用，你也买了一瓶吗？"

"是的。"

"我们真是蠢到家了，"汉斯说，"花钱让头发长起来，再剪一个童年时代的发型。告诉我，这真是巴黎流行的？"

"不是。"

"我很高兴。那你为什么剪成这样？"

"为了好玩。"

"好吧。那我也是这样。但是我们不会告诉理发师。"

"不告诉他,也不告诉其他人。"

"不。告诉我,你老婆喜欢这样式吗?"

"是的。"

"我老婆也喜欢。"

"她要你剪成这样的?"

"不,我们商量着要这样剪的。"

"但这要花很长时间。"

"我们得有耐心。"

因此在那个冬天,我们多了一件快乐的事。

一家奇怪的拳击俱乐部

拉瑞·根思高挑修长，一身肌肉，他是一名重量级黑人拳击手，脸上没有伤疤，富有修养。他从加拿大来到巴黎，在加拿大他是一位非职业冠军。在巴黎，他通过一些人牵线指引，受雇于一个名叫阿纳斯塔西、手下有一群拳手的经理人。这位经理人立马给拉瑞·根思冠以加拿大重量级拳击冠军的名号。而加拿大真正的重量级冠军是一位季赛专业选手，叫作杰克·雷诺，他精通拳术，双拳击打十分凶狠，要是把他和拉瑞·根思放在同一个拳击台上，拉瑞大概撑不了多久。

我和妻子离开巴黎旅行了一趟，当我们参加完一个小风琴舞会，回到位于勒穆瓦纳红衣主教路楼顶的公寓，打开邮箱找寻支票的时候，我发现了一封来自路·马什的信件，他是《多伦多星报》体育版的编辑，他叫我去找拉瑞，信里还有一张便条，是拉瑞转交给我的地址。在体育晨报《奥托》上，有一篇关于拉瑞·根思的文章写道，这位加拿大重量级拳击冠军将于下周六在法国首次亮相开打，比赛地点是梅尼蒙当区贝勒波尔街的阿纳斯塔西体育馆。如果你站在屠宰场区[1]中央朝维莱特门望去，视线越过肖蒙山丘，右边可以看到梅尼蒙当区，那是巴黎另外一个高地。更容易找到的方法是，那里在开往丁香门——就在梅尼蒙当蓄水池前面的地铁线的终点站附近。梅尼蒙当虽然交通便利，但治安不好，是包括贝尔维尔区在内的巴黎最乱的三个区之一。它和拉雪兹神父公墓离得很近，近到足以吸引里面的死者，如果他们中的哪位生前是拳击爱好者的话。

我给拉瑞派了一封气动邮件，然后我们在意大利大道上的拿破仑咖啡馆见面。拉瑞是一个很好的男生，和他坐在桌边，我注意到的第一件事情，除了他没有伤痕的脸庞、整体健硕的身形和良好的举止之外，就是他那双奇特颀长的双手，在我曾见过的所有拳击手里面他的手是最修长的，没有和他的手匹配的拳击手套。他在来法国的路上，曾在英国打了一场比赛，和一位叫作弗兰克·穆迪的中量级拳手较量，对方是以无体重限制级别的资格前来参赛的。

"他打败了我，欧内斯特先生。"拉瑞说，"因为我的拳套太短了，以至于紧得我双手抽筋，它们对我毫无帮助。"

弗兰克·穆迪真是一个好拳手，在我见过拉瑞训练之后，我想即便是他的手套没有问题，弗兰克·穆迪还是能击败拉瑞的。我

---

[1] 1969年至1979年间逐渐关闭，1985年拆除，后在原址修建乔治·巴桑公园（Parc Georges-Brassens）。

们搭地铁，一路上山，来到贝勒波尔街，我发现阿纳斯塔西体育馆在一片用墙围起来的长着树的空地上，是那种带有舞厅、楼上有几个房间的餐馆，树荫下搭了一个拳击台，拳手可以在适宜的温度下锻炼。舞厅里有大小沙包和垫子，天气糟糕的时候，拳击台就搭在那里。

在暮春、夏日和早秋的周六夜晚，户外拳击台都有比赛。拳击台周围摆了几排带号码的椅子，餐馆的舞厅里摆着几张桌子，看比赛的顾客会先在此处用餐。充当服务员的拳手们招待顾客，他们中除了几个本地孩子，其余都在这里吃住。你可以在入口处购买标记号码的坐票，也可以掏钱买一张入场券，这样你就可以进入拳击场地了，在餐馆吃吃喝喝，然后站着看拳击赛。这里价格低廉，菜也做得好极了。

在阿纳斯塔西体育馆的第一天，我对这些全然不知，仅仅被告知了这些规矩。我所知道的是在一年中的这个时候，这里是巴黎比较健康、适合生活和练习拳击的地方。我能看出来，对于一位重量级选手来讲，脱光衣服的拉瑞显得轻盈。他有着宽大的身板、漂亮修长的肌肉线条，但身体不够敦实，他是一位发育成熟的男孩子，但不懂得技术。拉瑞给出长长的一击，来了一个利落的左刺拳，接着再来一个漂亮的右直拳，双腿的支撑方式显得轻盈且移动迅速。他有一双神奇的腿，和我曾见过的任何一位重量级拳手相比，他移动得更快，距离更远，也更加无效。他真是一位业余选手。他陷入僵局，以刺拳攻击，摇晃身体，对手却毫发无损。

好一会儿工夫之后,他给出几个快速的经典回击,对方紧随他的动作,未受任何伤害。阿纳斯塔西的教练从马赛找来一位正在成长为中量级的次中量级拳击手和拉瑞对抗。这个小伙子在拉瑞直直伸出却压不下去的刺拳下逼近他,开始击垮拉瑞,而拉瑞只能抱紧对方。真是太可惜了。霎时,拉瑞的手臂太长以至于没有空间移动出拳,而另外那个小伙在任何时候,只要他想的话,都能近身对拉瑞左右开弓,击打拉瑞的身体。拉瑞除了抱住对方外无计可施。

"这周六,他和谁打呢?"我问教练。

"别担心。"他说。

"任何重量级拳手都可以把拉瑞灭掉。"

"在这儿不会。"

"你最好把拳击台的四角给去掉。"

"让我把信心交还给他。"教练说着,然后叫停,打手势叫来一位新的重量级拳手,他刚刚从餐馆一旁走过来。

拉瑞围着拳击台踱步,深呼吸。那位次中量级拳手摘下拳套,在台下空拳防攻,他鼻子喘着气,下巴垂到胸口。拉瑞自己仍旧踱步,深深呼吸,小心谨慎地看着那人。"照顾好他"——路·马什曾在信中写道。我想这是我见过的最悲惨的地方。我得照顾好拉瑞。

"难道你没教他如何近身防守吗?"我问教练,"他周六将要出战。"

"太晚了,"教练说,"我不想破坏他的风格。"

"他的风格?"

"他有着漂亮的脚法,"教练说,"你难道没有看到吗?"

他告诉我,他不能冒险糟蹋了拉瑞绝妙的腿上功夫。

刚过来的重量级拳手是一个本地男孩,他被雇佣来这儿的牲畜围场搬运部分动物尸体,后来一场事故影响了他的大脑神经。

"他不知道自己的力量,"教练告诉我,"他仅仅知道初级的拳击概念,但是他非常顺从。"

在这个男孩登上拳击台之前,教练给了他一些指令,对于他来说,这番教诲显得复杂了。指令听起来简单——"护住脑袋"。这位搬运动物尸体的男孩点点头,咬住下唇,聚精会神。他站上拳击台,教练重复着这句话——"护住脑袋"。然后教练加了一句话——"别咬你的下唇"。搬尸男孩点头。教练宣布开打。

搬尸男孩把戴着拳套的双手放到脸前,几乎挨在一起。他的胳膊肘紧紧贴着身体,低头,蜷缩着脖子,左肩痛苦地高耸着。他沉重地朝拉瑞走去,左腿朝前迈出步子,拖着右腿迎上去。

拉瑞用一个快速刺拳拦住他,再来一个刺拳,然后后手一记直拳,击打到搬尸男孩的前额。搬尸男孩思考了一会儿,开始慢慢向后移动,左腿小心回撤,而右腿慢速却精准地向前跟进。此刻拉瑞立马亮出了他全部的漂亮脚法,像一只神气的美洲豹,他左手一记刺拳,右拳收紧。

"你的左边,"教练对着搬尸男孩吼着,"左手刺拳。"

搬尸男孩缓慢地从额头一边撇下拳套，狂躁地扔向拉瑞，拉瑞借助超级棒的腿上功夫站稳，他的腿足够长，用一个不错的右拳给搬尸男孩的嘴上来了一击。

"你看到了，他是如何用肩膀掩护下巴的？"教练问我。

"那腹部怎么办呀？"

"拉瑞不会击打他的腹部。"教练说。

我想我也许听到了最荒谬的指导。

"用勾拳打他的腹部，拉瑞，"我说，"然后擒住他的双手。"

拉瑞漂亮地左右闪动，放下左拳，如果面对的是一位右拳反击者，那他就死定了，而这世界上的任何一位重量级拳手都有一只右拳。他使出一记摆拳击中搬尸男孩的腹部。搬尸男孩身子陷了下来，但双手保持着高举的状态。

"你想做什么？"教练问我，"改变他的拳风？"

"妈的。"我说。

"他在周六有一场比赛。你想让他在那男孩的手肘上弄断自己的双手吗？你想毁了他吗？我对他负责。不用你来管教他。闭嘴。"

我闭了嘴，看着拉瑞躲闪着，举起的两只拳套中有一个孔，他围着搬尸男孩转圈，右拳打在对手的左耳和前额上，随后，拉瑞再给出不错的一拳打到搬尸男孩的嘴上，搬尸男孩在教练的命令下以刺拳还击。至少拉瑞的直拳回击得很干脆，他确实在四处移动，但是我不断想起那位货真价实的加拿大重量级冠军杰克·雷诺，以及所有拉瑞必须学习的东西。

这个叫作拉瑞的男孩在巴黎的第一场拳击比赛中所知晓的战术并不比那位搬尸男孩多，但是他想积极进攻，并非只是掩护。拉瑞不时以刺拳进攻，这拳很饱满，它们让人受皮肉之苦，伤口炸裂。另外一位重量级选手有一副饥饿面相，刚从军队中出来，拉瑞在他周围打转，用快速刺拳打他，观众被弄得疯癫不已。拉瑞用了一个真正漂亮但弧度很大的右直拳击打另一个男孩。当拉瑞开始挥拳的时候，他忘记了所有知道的伎俩，只是不停甩动拳头，直到这男孩从拳击台的围绳处滑倒，他才停手，而这个男孩的头部首先跌落在帆布上。

在这场拳击赛后，拉瑞说："真是抱歉。也对你的妻子说，我很抱歉。我知道我看起来并不出色，但是我下次一定会表现更好一些的。"

"他们认为你看起来棒极了，观众都看疯了。"

"哦，当然，"拉瑞说，"我周一能和你碰面吗？也许可以聊一聊拳击和其他事情？"

"当然可以，还是在拿破仑咖啡馆，中午见。"

结果证明，阿纳斯塔西体育馆是一家非常奇怪的拳击俱乐部。

谎言的刺鼻之味

福特[1]：他笔直坐起，像是一条喘着气的巨鱼，从嘴里呼出一股气息，比任何鲸鱼喷出的都更为恶臭难闻。

很多人喜欢福特。当然，其中大多数是女人，但少数男人在认识他之后也会喜欢上他，很多人在一生中都试图以公正的眼光看待福特。这些人，就像 H. G. 威尔斯[2]，曾经见过他无限风光的时候，也见过他被时代唾弃的时候。

我从未在他风光的时候认识他，尽管无论是在当时还是后来，

1　指福特·马多克斯·福特。

2　全名为赫伯特·乔治·威尔斯（Herbert George Wells，1866—1946），英国著名小说家，尤以科幻小说创作闻名于世。1895 年出版《时间机器》一举成名，随后又发表了《莫洛博士岛》《隐身人》《星际战争》《当睡着的人醒来时》《不灭的火焰》等多部科幻小说。

他创办《大西洋彼岸评论》的时期都曾被高度赞扬过。几乎每个人都说了谎,而谎言并不重要。我们热爱一些人,是因为他们的谎言,满心期望他们将会呈现最好的水准。然而,福特,他会在那些会留下伤疤的东西上撒谎。他对钱撒谎,在日常生活中非常重要的事情上信誓旦旦。他只有在非常不走运的时候,才会给你一个接近真相的答复。如果他赚了钱或者交了好运,就别想听到他讲实话了。我竭力和他交往,并未对他苛刻以待,也不评价他的为人,尽可能努力和他相处;但若要以实事求是的方式回忆或是描述他,将会比任何评价他为人的人更为残酷。

当我和妻子带着我们六个月大的孩子从加拿大回到巴黎后,我在埃兹拉的工作室第一次见到福特。之后我在埃兹拉住的同一条街上找到了锯木厂公寓,在死寂的冬天搬进去后,埃兹拉告诉我,我得对福特好一些,以及不必在意他撒谎的事。

"他疲惫的时候总是撒谎,海姆。"埃兹拉告诉我,"今晚他的表现并非糟糕透顶,你应该理解,他累了就会撒谎。有一晚,他非常累了,给我讲了一个非常长的、关于他早年骑着美洲豹横跨美国西南部的故事。"

"他去过西南部?"

"当然没有。那不是重点,海姆。我说的是他太累了。"

埃兹拉告诉我,当他还叫福特·马多克斯·惠弗的时候,第一任妻子不同意离婚,他不得不去德国,他在那儿有亲戚。他留在德国,直到把自己变成一个德国公民,从而获得了一个合法的德国离婚协议为止。在他回到英国之时，第一任妻子仍然不同意离婚，而福特发觉他被严酷地指控，许多朋友对他冷嘲热讽。这其中还有比这更多的故事，这件事说起来也更加复杂，还夹杂了许多有趣的人在里面，只不过这些人如今都没什么趣味了。任何相信他已经离婚，却因那时这么一个简单的错误而遭受指控的人，都会对他抱有一种仁慈的同情。然而我想问埃兹拉，福特在那段时期是不是也很疲惫。不过我确信他应该是如此疲劳吧。

"那是什么原因让他把'惠弗'这个名字换掉了？"我问。

"有许多的原因。他是在战后改掉的。"

福特开始编纂《大西洋彼岸评论》。在一战和婚姻危机到来之前，他曾经在伦敦编辑过《英国评论》，埃兹拉告诉我这是一本非常棒的文学刊物，福特做得很出色。现在他以新的名字，迎来了一个崭新的开端。新任的福特夫人非常快乐，她有着深色皮肤，是一位年轻的澳大利亚女子，叫作斯特拉·鲍文，她是一位专业画家。他们还育有一个小女儿，唤作朱莉，在她这个年纪看起来个子算高的，非常美丽，举止文雅。她是一位长相不俗的孩子，福特告诉我，她的相貌特征和皮肤颜色和他儿时几乎一模一样。

我对于福特有着一种完全的、毫无理由的、生理上的反感，不单纯因为他的口臭——即便站在他的上风位，可以减轻口臭的气味。他还有一种非常明显的体味，和口臭没有关系，让我几乎不可能和他在一间密闭的房间里待着。这难闻的气味在他说谎的时候会放大，有一股甜腻的尖酸刻薄的质感。也许他在疲惫的时候，释放的就是这种气味。如果可能,我总是选择在户外和他见面。当我走去圣路易岛的安茹滨河路,去比尔·伯德[1]的出版社,也就是福特编辑文学评论的地方给他看手稿时,我总会把手稿拿到户外,坐在滨河路的墙脚下,在一株大树的树荫下看。不管怎样,我都会在户外滨河路旁看书稿,因为那里风景宜人,光线尚好。不过如果福特在那儿,我总是必须立马从社里逃出来。

---

[1] 比尔·伯德,全名为威廉·奥古斯塔·伯德(William Augustus Bird, 1888—1963),美国记者。20世纪20年代,他在巴黎创办出版社,其中最为著名的三山出版社(Three Mountains Press)。他通过海明威结识了埃兹拉·庞德。《大西洋彼岸评论》编辑部就设在三山出版社里。

邦比先生的教育

我的第一个儿子邦比，在我们住在锯木厂上面的时候，还非常幼小，我们在我工作的咖啡馆里一起度过了许多时光。在冬季，他总是和我们一道前往福拉尔贝格州的施伦斯，但是当我和哈德莉在夏天去西班牙的时候，他会和女佣一起度过那几个月。邦比称这位女佣为玛丽·柯可特，称她的丈夫为徒董，他们不是住在戈布兰大道10号——他们在那儿有一间公寓，就是去布列塔尼[1]的穆尔和贺巴希[2]先生度过夏季假期。按照专业法国部队编制来讲，贺巴希先生曾是一位军士长，退役后谋了一份闲差，一家人靠他的职位以及玛丽的薪水维生，他期待着在布列塔尼穆尔的退休生活。在邦比性格形成的关键时期，徒董对他产生了很大的影

---

[1] 布列塔尼（Bretagne），法国西部的一个地区。

[2] 贺巴希，玛丽·柯可特的父亲。

响,当丁香园咖啡馆人多得让我无法安心工作,或者我只是想换一换环境的时候,我就会推着邦比的婴儿车去圣米歇尔广场的咖啡馆,在那儿,他可以观察巴黎的行人和那个地区繁忙的生活场景,我会要一杯奶油咖啡,继续写作。每个人都有属于自己的咖啡馆,他们在那里工作、阅读、收信,从不邀请别人一起;还有一种专门用来幽会的咖啡馆,几乎所有人都有这种——一个中性功能的咖啡馆,在那儿,有人也许会邀请你去见见他们的情妇;也有一些日常、方便、便宜的吃饭地方,在那儿,每个人都可以互不干扰地进餐。这些地方和蒙帕纳斯那一带的那些你在关于早年巴黎的书里读到的,诸如圆顶咖啡馆、圆亭咖啡馆、精英咖啡馆以及后来的圆顶餐厅或是丁戈酒吧都不一样。

当邦比长成一个大点儿的男孩后,他会说流利的法语,我一直教育他在我工作的时候要保持安静,他要做的仅仅是学习和观察。他在看到我已经完成了写作工作时,才会跟我说话,他会向我吐露一些从徒董身上学来的东西。

"你知道吗,爸爸,女人哭泣如同孩童撒尿?"

"这是徒董告诉你的吗?"

"他说一个男人永远不应该忘记这种事。"

还有一次,他说:"爸爸,有四个小妞[1]在你工作的时候从你旁边走过,她们看起来不错。"

---

1 邦比使用的是法语 poules,原意是母鸡,这里指妓女。

"关于小妞,你知道什么?"

"什么都不知道。我只是在观察她们。人都会观察她们。"

"徒董是怎么说她们的?"

"男人不会认真对待她们的。"

"那男人会认真对待什么呢?"

"法兰西万岁和油炸土豆条。"[1]

"徒董是一个伟大的人。"我说。

"也是一个伟大的士兵,"邦比说,"他教了我太多东西。"

"我非常敬重他。"我说。

"他也敬重你,他说你有一个非常困苦的职业。爸爸,写作是不是很困苦?"

"有些时候是的。"

"徒董说写作很困难,要我始终对它保持尊重。"

"你尊重写作。"

"爸爸,你曾在印第安人[2]部落中生活过很久吗?"

"待过一小段时间吧。"我说。

"我们要不要回家,顺道去西尔维亚·比奇的书店?"

"当然可以。你喜欢她吗?"

---

1 原文是"Vive la France et les pommes de terre frites." 邦比的意思是一个人认真对待的事情是日常的生活和食物。

2 原文用的是法语 Peau-Rouges,原意是红色皮肤的人,这里指美洲印第安人。因为海明威来自美国,徒董用印第安人向邦比解释美国。

"她总是对我很好。"

"对我也是。"

"她有一个美丽的名字——西尔维亚·比奇。"

"我们会顺道去一下书店,然后要把你放回家,该吃午饭了。我答应了和别人一起吃午餐。"

"有趣的人吗?"

"只是人而已。"我回答道。

这时候,离卢森堡公园的池塘放玩具游船还早,于是我们没有停留观看玩具游船。我们回到家的时候,哈德莉和我因为某些事吵了一架。关于这些事,她曾是对的,而我曾错得过于名正言顺。

"妈妈不好,爸爸责备了她。"邦比用法语大声宣布着,显然是受了徒董的影响。

在司格特习惯了喝得酩酊大醉后,一个清晨,当邦比和我一起在圣米歇尔广场的咖啡馆完成了各自的工作后,他非常严肃地问我:"爸爸,菲兹杰拉德先生病了吗?"

"他是病了,因为他喝了太多酒,而且他无法写作。"

"他不尊重他的职业吗?"

"他的妻子不尊重它,或者说她嫉妒司格特的职业。"

"他应该责备她。"

"没那么简单。"

"我们今天要见他吗?"

"是的,我想是的。"

"他会喝很多酒吗?"

"不。他说我们不会喝酒。"

"我要来带头做一个典范。"

那天下午,我带着邦比与司格特在一家中性的咖啡馆见面,司格特没有喝酒,我们各自要了一瓶矿泉水。

"我要半瓶啤酒。"邦比说。

"你允许孩子喝啤酒?"司格特问道。

"徒董说,一小杯啤酒不会对我这个年纪的男孩造成伤害,"邦比说,"只是喝一烧瓶[1]的分量。"

一烧瓶仅是半杯啤酒的量。

"这个徒董是谁?"司格特问我。

我告诉他关于徒董的事,说如果写自传的话,他就像是从马博特将军[2]或者内伊元帅的回忆录里走出来的人物。我还告诉司格特,徒董身上彰显了当年法国军队的传统,这一传统已经被毁掉许多次了,但依然存在着。司格特和我聊到拿破仑时期的战役,以及他并未研究过的 1870 年战争[3]。我告诉他,在马恩河流域的贵妇小

---

1 原文用的是法语 ballon,原意指蒸馏烧瓶。

2 尚 - 安托万·马博特(Jean-Antoine Marbot,1754—1800),法国历史上的著名将军,他的名字镌刻在巴黎凯旋门之上。

3 指普鲁士和法国之间爆发的普法战争。

径进行了尼维尔行动[1]之后，法国军队中出现的一些哗变故事，这些故事是从参加了此次哗变行动的朋友那里听来的。我还说，像徒董这样的男人虽然有点儿落伍，但绝对是有价值的。司格特对于1914年到1918年的战事充满了兴趣，因为我的许多朋友曾参加过这些战役，近来他们中的一些人事无巨细地讲述了他们见过的许多真实发生的事情，令司格特感到震撼。我们的谈话远远超出了邦比的理解范围，但是他听得聚精会神。随后，我们又聊了一些其他事，司格特带着一肚子矿泉水和要好好写作的决心走了。这时候，我问邦比，刚才为什么要点啤酒。

"徒董说一个男人应该首先知道如何控制自己，"他说，"我想我可以带头做一个典范。"

"这并非像他说的那样简单。"我告诉他。

"战争也并非这样简单，不是吗，爸爸？"

1　第一次世界大战爆发后，法国军官罗贝尔·乔治·尼维尔（Robert Georges Nivelle，1856—1924）于1916年12月12日被任命为西线法军总司令。他于1917年4月发动尼维尔行动（Nivelle offensive），令英法军队损失惨重，法国士兵死伤九万多人，他还隐瞒了法军在德军主要阵地前的惨重损失。尼维尔不顾部队损失惨重，发动一波波攻势，数以万计的士兵被赶进德军阵地。5月3日，法国军队发生哗变，第二殖民师的一个团首先反叛，并迅速蔓延开来，他们的口号是"宁守战壕，不去攻击"。成百上千的战士离开前线，抗议自己像牲口一样被派往前线白白送命。一系列哗变把尼维尔抛向风口浪尖。5月5日，由于伤亡过于巨大且收效甚微，英法联军不得不停止攻势。5月15日，法国政府任命贝当接替尼维尔出任法军总司令，收拾前方残局。上任不到半年的尼维尔匆匆结束了自己的总司令生涯，成为法军任期最短的最高指挥官之一。尼维尔行动也以法军的惨重伤亡而告终。

"是的,非常复杂。你现在相信徒董告诉你的东西,而后你自己会学到许多东西。"

"菲兹杰拉德先生在精神上被战争摧毁了?徒董告诉我很多人都被战争摧毁了。"

"不。他没有。"

"我很高兴,"邦比说,"肯定有一些正在发生的什么事情让他崩溃了。"

"如果他在精神上被战争毁掉了,这不会是一件颜面扫地的事。"我说,"我们许多朋友都在精神上被战争摧残了。不久之后,一些人振作起来,去做一些好事。比如我们的朋友安德烈·马松[1],那个画家。"

"徒董给我解释了,说精神上被战争摧残的事是毫无羞耻的。过去这场战争中动用了太多大炮,而将军们都是蠢牛。"

"情况很复杂,"我说,"某一天你自己会找到所有的真相。"

"现在,我们自己没有任何问题了,真好。没有严重的问题。你今天工作顺利吗?"

"非常顺利。"

"我会很高兴的,"邦比说,"如果我做了任何帮上忙的事。"

"你帮了我很多。"

---

[1] 安德烈·马松(André Masson,1896—1987),法国画家。早期画作以立体主义为主,二战中为逃避纳粹逃亡美国。他的画作对于后期美国的抽象实验派画家产生了影响。

"可怜的菲兹杰拉德先生。"邦比说,"他今天状态很不错,一直保持清醒,没有骚扰到你。他一切都会顺利吗,爸爸?"

"我希望是的。"我说,"但是他有很严重的问题。在我看来,作为一位作家,他好像有着几乎无法克服的问题。"

"我确信他会克服它们。"邦比说,"他今天真的太友好了,也格外理智。"

司格特和他的巴黎司机

1928年秋天,在看完那场普林斯顿橄榄球比赛之后,司格特和塞尔达、迈克·斯特拉特,以及我和妻子宝琳坐上一趟在球赛后变得拥挤不堪的火车,前往费城。我们要去那儿和菲兹杰拉德的法国司机碰头,他会开着别克汽车送我们去菲兹杰拉德夫妇在威明顿郊外河边的一处房子,那房子叫作埃勒斯利公馆。司格特和迈克·斯特拉特[1]在普林斯顿一道上过学,而迈克和我自从1922年在巴黎见面后就一直是好朋友。

司格特看橄榄球比赛时特别认真,大部分时候都保持清醒。可是上了火车后,他开始和不认识的人搭话,问别人问题。好几个女孩子被他弄得恼怒起来,而迈克和我只好向她们的男伴解释,

---

1 迈克·斯特拉特(Mike Strater,1896—1987),又名亨利(Henry),美国画家,毕业于普林斯顿大学,因为对现代文学、拳击的共同兴趣,他与海明威在巴黎结识,并成为挚友。他还为海明威画过像。

以平息他们即将升级的不安情绪,确保司格特不会惹上麻烦。好几次,我们让他坐下来,可他就想在车厢里走来走去,他平日表现得那么理智和得体,我想我们可以帮他从任何严重事态中脱离出来。除了好好照顾他,我们别无选择。司格特看到自己一旦开始惹事,我们就会帮他从麻烦中解救出来,于是开始变本加厉,以十分陈恳谦和的调子,变化着提出轻率的问题,而我们其中的一位就会把他推开,另一位则负责向别人道歉。

最后他把目标对准了一位普林斯顿球队的支持者,那个人正在认真阅读一本医科书。司格特从他手中拿走这本书,用一种谦恭的方式说道:"您介意吗,先生?"司格特看了一眼这本书,鞠躬还给了他,然后用整节车厢都可以听到的尖声说:"欧内斯特,我发现了一位治疗淋病的医生[1]!"

这位男士对司格特的行为不予理睬,继续读他的书。

"你是一位淋病医生,不是吗?"司格特问他。

"别找事了,司格特,消停一下吧。"我说。迈克摇着头。

"说话啊,先生,"司格特说,"当一名淋病医生没什么可耻的。"

我试着把司格特拉开,而迈克则替他向男子道歉。男子一直没说什么,继续阅读。

"一位淋病医生,"司格特说,"治好了他自己的医生。"

---

[1] 原文中司格特用的是"a clap doctor"。clap,意为拍手击掌。这是一个非常讽刺的说法,这里指治疗性病的医生,这类医生往往会被病人忽视,或者变得难以启齿。

我们总算控制住他，没有让他继续骚扰那位医学院的学生，火车也终于抵达了费城车站，没人揍司格特。塞尔达则保持着她完美的贵妇风范，在火车上安静地和宝琳坐在一起，对于司格特的行为熟视无睹。

司格特的司机过去曾是一名巴黎出租车司机，既不会说，也听不懂英语。在巴黎的一个晚上，他把司格特领回了家，司格特告诉我，司机保护着他免于被抢劫。后来，司格特把他带到美国，让他做专职司机。我们在漆黑夜色中从费城开车前往威明顿，大家开始饮酒，司机因为车子发动机过热而感到焦虑。

"你应该给散热器加好水。"我说。

"不，先生，跟那个没有关系，是因为先生不准我给发动机上油。"

"那怎么可以？"

"我如果给发动机上油，他就会非常生气，他说美国汽车不需要加机油，只有那些破烂的法国车才需要。"

"你为什么不问问夫人？"

"她会更生气。"

"你想现在停车，加点儿油吗？"

"这会造成非常可怕的局面。"

"我们停车，加点儿油。"

"不，先生，你不知道那些曾经出现过的可怕局面。"

"这车现在已经很烫了。"我说。

"但是如果我停车加油、加水的话，我必须熄火。不熄火的话，他们是不会给加的,然后冷水会让气缸崩溃。汽车里有足够的水,先生,这有一个庞大的冷却系统。"

"看在上帝的份儿上,我们停车,不熄火,加一些水进去。"

"不,先生。我跟你说,菲兹杰拉德先生永远不会允许这样做。我熟悉这辆车,应该能开到公馆,反正不是第一次了。明天如果你有时间,可以和我一起去修车厂,在我带小女孩去教堂的时候,我们可以去。"

"当然可以。"我说。

"我们把油换了,"他说,"我们买一些锡皮盒装的,我会把它们藏起来,需要的时候就用。"

"你们在嘀咕说加油吗?"司格特说,"菲利普总是固执唠叨着'你必须一直给这车上油',就像我们从里昂驾车北上那次开的愚蠢的雷诺车一样。菲利普,听着,美国汽车不需要上油。"

"是的,先生。"司机说。

"他那些傻乎乎的关于油的唠叨让塞尔达紧张。"司格特说,"他是一个不错的家伙,绝对忠诚,但对美国汽车全然无知。"

那真是一个噩梦般的行程,当司机想在去往他们房子的岔路上熄火时,塞尔达不让。她和司格特两人都坚持认为不是那条路。塞尔达坚称岔路在更前面,而司格特则说已经开过了。他们从理论变为争吵,直到塞尔达短暂睡去,与此同时司机缓慢地开车前行。随后,司格特告诉司机掉头,就在他也开始打盹的时候,司机拐进了此前的那条岔路。

引水鱼和有钱人

在福拉尔贝格的第一年,我天真无邪。第二年则是非常迥异的一年,发生了大雪崩,死了很多人。这一年我开始真正了解这里的人和这个地方。你对有些人太过了解,除了知道给你带来快乐的地方,也懂得了危险时如何生存下来。看似充满最多乐趣的最后一年,却是噩梦和谋杀的一年。正是那一年,有钱人出现了。

有钱人身边总有一种引水鱼[1]一样的人存在,他总是走在有钱人前面,有些时候有点儿耳聋,有些时候有点儿眼盲,但总是在有钱人前面活动,让人闻起来有股平易近人又优柔寡断的味道。引水鱼[2]会像这样谈话:"好的,我不知道。不,当然不是,真的。

---

1 引水鱼(Pilot fish),学名舟师鱼,经常成群游在鲨鱼前面,这样不仅能狐假虎威,还有残羹剩饭吃,而鲨鱼很少吃它们。小引水鱼甚至会游进鲨鱼嘴里吃牙齿之间的食物。它们也会在小船前面游,因此得名"引水鱼"。

2 这里指在有钱人和海明威之间充当介绍者角色的人。

可是我喜欢他们。他俩我都喜欢。是的，上帝啊，海姆；我真是喜欢他们。我知道你指什么（笑起来），但我是真心实意喜欢他们，以及关于她，有着一种无比美好的东西存在着。"（他给出她的名字，非常讨巧地念出来。）"不，海姆，别傻了，也别为难人家。我真是喜欢他们。我发誓，喜欢他俩。当你认识他后，你就会喜欢他的（用的是他咿咿呀呀孩童时的昵称）。真的，我喜欢他俩。"

接着有钱人就来了，世事再也不会如以前那般模样。引水鱼当然会游开。他总是游向其他地方，或者从其他地方游过来，不会在你身边晃悠太久。他出入政界和戏剧界，如同早年出入各个国家和人们的生活一样。他从不会被逮到，包括那些有钱人。什么都逮不到他，只有那些信任他的人被他逮住和伤害。他早就接受过那种独一无二的成为杂种的训练，对于金钱有着一种潜藏的持久的热爱。他每挣一美元，就朝正确的方向迈进一小步，最后也发了财。

这些有钱人喜欢和信任他，因为他害羞，滑稽，难以捉摸，已有建树，而且是一只确凿无误的引水鱼，他们靠着当时他全部政见中所透露的真诚笃实来判断，而这些政见不过是转瞬即逝的虚伪冒牌货而已，而他就是这群有钱人中的一员，虽然当时他并不知道。

就拿彼此相爱的两人来说，他们幸福快活，并且其中的一人或是两人正在完成真正优秀的作品，周围的人一定是会被他们吸引的，正如迁徙的鸟儿会在夜里被那巨大的灯塔所吸引一样。如果两人的关系稳固得像灯塔一样，那么受伤害的就只是候鸟，他们自己不会有什么损失。那些通过他们的幸福、外貌而吸引人心的人，常常经验浅薄，可是他们就如何不被控制和如何逃离这方面学得很快。他们并不了解那些善良的、迷人的、充满魅力的、迟早会被喜爱的、慷慨的和谅解人心的有钱人，他们品行不坏，把每一天都过得充满质量，带着节日气息，在摄取了想要的滋养后，就拍屁股走人，留下的事物比阿提拉的铁蹄践踏过的草根更加死寂。

在引水鱼的带领下，那一年有钱人来了。一年前，他们是绝不会上这儿来的。那时候他们还不确定。我虽然没有写任何小说，但写作进行得很顺利，幸福感甚为强烈，以至于有钱人不会确定来这儿。他们永远不会浪费时间或魅力在那些不太确定的事情上。为什么要呢？当然，毕加索是确定的，在他们听说油画之前就是确定的。他们对于另外一位画家也有把握。还有其他许多人，但毕加索是他们已经确认的。如果你喜欢他的画，他就是一位好得不得了的画家，没人是傻子。可是今年有钱人非常确定了，他们已经从出没的引水鱼口中得到担保，这样我们就不会觉得他们是局外人，我也不会是一个难以打交道的人。当然，引水鱼是我们的朋友。

现在想起来，我仍感到恐惧。那时候，我信任过引水鱼，就像信任修订过的《水文局地中海航海指南》或《布朗航海年鉴》中的表格。在这些有钱人的诱惑之下，我对引水鱼充满信任，蠢得像一只猎犬，愿意跟着任何一位拿了枪的猎人出门，或者像一只在马戏团里受过训练的猪，总算找到了一个只喜爱和欣赏他的人。

每天都应该是一次节日的狂欢,这一发现在我看来真是不可思议。我甚至大声朗读我重写的小说的部分,而这是一个作家所能做的最低廉不堪的事。对于一个作家来说,这比在隆冬降雪还未覆盖山谷裂口之前,就解开绳索去滑雪更危险。

当他们说"写得棒极了,欧内斯特。真的太好了。你不知道它有多大的意义"时,我自得其乐地摇摆着猎狗尾巴,陷入每日狂欢的生活概念中,去想着能不能叼回一些诱人的骨头,而不是去思考:"如果这些混蛋喜欢这小说,那它不会有什么问题吗?"如果我像职业作家那样,就根本不会朗读作品给他们听。

那是一个可怖的冬天。在这些有钱人到来之前,我们已经被另外一个有钱人[1]渗透了,她也许用了最老套的伎俩。那就是一位未婚的年轻女士变成了另外一位已婚年轻女士暂时的好朋友,她跑来和这位丈夫以及妻子一道生活,而后,她无知地、无辜地和无情地企图嫁给这位丈夫。如果这位丈夫是一名作家,他埋首艰巨的撰写工作,导致他的许多时间都被占用,对于他的妻子来说,在一天中的大部分时间里,他都不会是一个称职的伴侣,三人在一起生活有它的好处,直到你发现它的后果。当这位丈夫完成写作,两位迷人的女孩围绕在他身旁。一位是新来的、神秘莫测的女孩,如果他不走运的话,他就要爱她们两个人。最后,坚持不懈、不放弃的这位女士赢了。

---

1 这里指海明威的第二任妻子宝琳。

这听起来非常愚蠢。可是真正同时爱两个女人，真心实意地爱她们，是可能发生在一个男人身上最具毁灭性也最可怕的事情，尤其是那个未婚女人决定嫁给他时。妻子并不知情，且信任她的丈夫。他们共同经历了艰难岁月，分享过那些时光，曾经彼此相爱，并最终真正且完全信任她的丈夫了。新来的女人说，你无法真正爱她，如果你也爱着妻子的话。她一开始并没有这么说，这是在"谋杀"结束后她所说的话。那是在你全然知晓你爱着这两个女人，并对周围所有人撒谎时说的话。整个那段时间，你做着不可能做的事情。当你和一个女人在一起时你爱她，和另一个女人在一起时你也爱她，当你和两个女人在一起时你就两个人都爱。你背叛了所有的诺言，知道你做了永远不会做也不该做的所有事情。不顾一切的那位赢了。可到头来却是那位放手的人赢了，而那也是曾经发生在我身上的最为幸运的事情。这就是那个最后的冬天的情形。这些是我所记得的。

他们[1]在一起分享所有事情，从未感觉厌烦，拥有一种坚不可破的东西。他们爱着自己的孩子，爱着巴黎、西班牙、瑞士的一些地方、多洛米蒂[2]，以及福拉尔贝格。他们热爱自己的工作，而她曾为他牺牲了自己的事业，却从未提及过。

然后，我们变成了三个人，这三个人不是我们俩和孩子。开始

1　这里指海明威和他的第一任妻子哈德莉。

2　多洛米蒂（Dolomites），阿尔卑斯山的一部分，位于意大利东北部。

时，这很棒，好玩儿，于是按照这种方式持续了一段时间。然而所有真正的恶劣都始于天真。你日复一日生活着，享受着你拥有的，无忧无虑。你爱着两个女人，你开始说谎，却厌恶谎言，谎言摧毁着你，一天比一天危险。你更努力地工作，在从写作中走出来时，便知道所发生的根本是不可能的事，可是你却像活在战争中一样度过每一天。半夜醒来时，所有人仍旧保持欢乐，除了你。你爱着她们两个人，然后你需要离开一段时间。在你体内，所有事情都是分裂的，因为你现在爱着两个女人，并非一个。

当你和一个女人在一起时，你爱她也爱不在身边的那个。当你和另一位女人在一起时，你爱她也爱不在身边的那个。当你和你爱的她们两位在一起时，你都爱。奇怪的是，你却感到幸福。但是当这种情况持续下去时，新来的这位不会高兴，因为她能看出来你同时爱着她们两个人，虽然她仍旧在试着调和。当你和她单独相处时，她知道你爱她，但她相信如果一个男人爱着某人，他是不能去爱任何其他人的，而你从未向她提起另外一位，以帮她和帮你自己开脱，虽然你已经过了需要帮助的阶段。我从未察觉，也许她不知道何时做的这个决定，但就是在那个冬天的某个时间段，她开始稳健地和毫不妥协地走向我们的婚姻；她从没和我的妻子断绝友谊，没有丢掉任何处于优势的位置，总是一副天真无邪的样子，很有心计地离开我一段时间，但离开我的时间长得恰到好处，刚好到我开始疯狂想念她为止。

和最后一个冬天相比，发生雪崩的那个冬天看起来就像是童年时代快乐的一天。

这位新来的奇特女子占有了你的一半身心，只要她决定和你结婚，你就不能说已经决定了要离婚，因为那仅仅是一个必要的步骤，一个会后悔的步骤，并非一个结局。也许你一直把这个想法搁置一边或回避它，这样做只会铸成一个巨大错误。她低估了自责忏悔的力量。

我必须离开施伦斯，去纽约搞定第一本短篇小说出版后的事宜。北大西洋沿岸的冬天很是寒冷，纽约有齐膝的雪，回到巴黎时，我本应该搭乘第一班从巴黎东站出发前往奥地利的火车。但是我深爱的女人此刻正在巴黎，我仍然在给妻子写信，那些我们去过的地方，我们做过的事情，以及那些令人难以置信的扭曲的、生疼的幸福，自私和背叛，我们做过的所有事情，给我如此的幸福感觉，以及无法抹杀的令人畏惧的快乐，黑色的忏悔感，还有一种罪恶的憎恨感朝我袭来，但我并无抱愧，仅仅感到一种可怕的忏悔在心头。

火车驶过原木堆进入车站，看到妻子再次站在铁轨旁时，我宁肯自己已经死了，而在死之前没有爱过除她之外的任何女人。她微笑着，阳光照耀在她可爱俊俏的脸庞上，她的脸被白雪的反光和阳光照成褐色，头发在阳光下呈现金红色，在整个冬天茂密、美丽地生长起来。邦比先生和她站在一起，身材圆实，带着一副冬日的面颊，看起来就像一个来自福拉尔贝格的好孩子。

"哦，塔迪，"当我把她拥入怀中时，她说道，"你回来了，你完成了一个如此漂亮的、富有成果的旅程。我爱你，我们太想你了。"

我曾爱过她，没有爱过别人，我们曾在单独相处的时候，度过了一段温馨而又梦幻的时光。我写作顺利，旅行得异常愉快。春末我们从瑞士山区回来，回到巴黎，其他事情又从头来过。忏悔是一个好东西，如果有点儿小运气，我或许会是一个好男人，忏悔可能会让我避免更坏的结局，而并非在此后三年一直真实地跟随着我。

也许有钱人心地善良，品行端正，引水鱼也是朋友。有钱人绝不会只图私利去做任何事情。他们收集各类人，就像是一些人收集照片、另外的人养马一样，他们对我做的每一个冷酷无情和品行败坏的决定都给予支持，这些决定不可避免，符合逻辑，美好无误，都是由谎言欺诈造成的。并非所有决定都是错误的，尽管最后都因为那个引得它们错误的性质而变得有害。如果你欺骗一个人，说不利于另一个人的谎话，你最终会重蹈覆辙。如果有人对你这样做一次，另一个人也会再次这样做的。我曾憎恶这些有钱人，因为他们在我犯错的时候还支持和鼓励我。但是当他们从未理解我们境况的时候，他们怎么知道这行为是错的，以及它带来的糟心结果？那不是他们的错。他们的错误是走进了别人的生活。他们对别人来说是灾星，可是对自己来说是更大的灾星。他们最终要带着所有厄运生活下去，直到最坏的结局降临，所有厄运才能消退。

那位女孩欺骗了朋友，这是一件可怕的事情，但是因为我的错误和盲目，这一行为没有让我感到厌恶。我接受曾经卷入这场欺骗和被爱的事件中这一事实，全怪我自己，而我也带着忏悔过活。

但是那一年冬天，在我意识到自己重蹈覆辙之前，我们在施伦斯度过了美好时光，我记得所有这些和来年春天在山区的事，记得我和妻子是多么相爱，真诚地信任彼此，记得有钱人走了，我们是多么幸福快乐。我想我们再度变得坚不可摧。但是我们并非坚不可摧，而那就是关于巴黎第一部分生活的完结篇，而巴黎再也回不到从前了，尽管巴黎始终是巴黎，你跟随着它的改变而改变。我们再也没有回过福拉尔贝格，有钱人也没回去过。就连引水鱼也再没有回去过。他去了新的地方，为有钱人领航，最终自己也变成了有钱人。可是在此之前，他先遭遇厄运，且比任何人都倒霉。

如今，没人再用那种滑雪板，几乎每个人都可能断了腿，但也许断腿比心碎要容易许多，虽然人们说现在每一样东西都会摔断，而自此以后，这些地方变得更为坚强。我现在对这些一无所知，但这就是早年巴黎的样子，当时我们非常贫穷也非常快乐。

虚无，为了虚无[1]

在哈德莉和我曾相信我们的关系是坚不可摧的那段时间，总是会有关于一些人和地点的记述。但是我们的关系并非刀枪不入，而那恰是关于巴黎生活的第一部分结束的时候。如今，再也没人把海豹皮粘在滑雪板下面登山，他们不需要这么做。现在有了不同的粘法，有好有坏，也许到了最后，摔断腿比伤透心要容易许多，虽然人们说不管是腿伤还是心伤，很多受过伤的地方都会变得更坚强。现在，今天，在这个早晨，我虽对这种说法不甚了解，但知道这是谁说的，且深表赞同。

现在人们滑得更好了，教得也更好，优秀的学员漂亮地完成滑雪动作。他们下滑得很快，速降时如鸟一样，那种神秘的、知道很多秘密的鸟。只有新积的厚雪会对那些需要在规范滑道上滑雪

---

[1] 海明威使用的原标题是西班牙语"Nada y Pues Nada"，在此翻译为"虚无，为了虚无"。

的人带来额外的危险。

他们知道许多滑雪秘诀,正如当初我们知道其他伎俩一样。那时,我们放开绳索在冰川上滑雪,也没有安全巡逻员。和曾经的我们相比,他们是更为出色的滑雪者,如果没有升降扶梯的话,他们还得徒步去高山上,那是必须做的事情,尽管需要面对不一样的问题。

如果他们出发得足够早,又学到了新的秘诀,有天赋的滑雪者不会摔伤身体任何部分,即便像今年在太阳谷那样的竞速滑雪也没有危险,因为到处都规范妥当,就不会有人丧命。现在他们甚至还动用了大炮,使用迫击炮去制造雪崩。

在某些状况下,没人能保证他们不会摔断腿,心碎则另当别论。有些人说没有心碎这回事。当然如果你是一个无心之人,自然不会伤心,也许在一开始,你的心就被一些事情和人联合着夺走,也许心里面就没装任何东西,虚无[1]。你要么接受,要么不接受。这会是真的,或者不是真的。有一些哲学家把这个道理阐释得非常清晰。

在写作中也有很多秘诀。不管彼时的情况看上去怎么样,从来没有什么会失去,而那些被删掉的总是会让保留下来的充满力量。有人说在写作中,你永远不能占有所有东西,直到你已经舍弃了它;或者,若你处于忙乱中,你也许不得不把它扔掉,才可以占有它。

---

[1] 原文使用的是西班牙语"Nada",这是翻译为"虚无",即什么都没有的意思。

在这些关于巴黎的故事发生了很久之后的时间里，直到你把故事写进小说，否则是无法占有它的，而之后你可能不得不把它们扔掉，或者它们会被再度盗取。别人还说了另外一些事，但别对这些事太上心。它们是由炼金术造就的写作伎俩，而多数秘诀则是由那些根本不知道诀窍或者不懂得炼金术的人撰写的。如今，评论家远比好的作家多。对于所有其他事情，你还需要更多的运气，而你并非一直就走运。这真令人遗憾，但是也没有什么好抱怨的，就像那些评论家会告诉你如何写作以及原因何为，你即使不同意他们的说法，也无须抱怨一样，让他们去评说所有事情吧，而要向你所了解的虚无以及从他人身上得到的经验部分妥协一定是困难的。有些人会祝你好运，有些人则不会。好的写作不会轻易毁掉，但你在开玩笑的时候务必小心。

然后你想起了埃文[1]，他上一次来古巴的时候已经得了胰腺癌，腹腔有积液。他把自己打扮了一番，在湾流公园为《电讯早报》报道赛马。他早就完成了自己的工作，所以飞来古巴。他没有带他需要的吗啡，也没有带处方药，因为人们说在古巴是非常容易找到这些东西的，可事实并非如此。政府打击过一次。他来向我告别。不过他自然是不会这样说的。你可以闻到因为癌症导致的积液外流的气味。

"医生一定会把吗啡带来的，"他说，"他因为一些事耽误了。

---

1 指埃文·希普曼。

我真抱歉，实在是太疼了，海姆，我真是一个讨人厌的家伙。"

"他应该现在就到了。"

"让我们回忆一下所有以前日子里有趣的部分和伟大的人物。你记得德斯诺斯[1]吗？他给你寄送的书真是太棒了。"

"还记得吗？在大雪天，你穿了一双帆布便鞋从穆尔西亚的医院来到马德里，当时你受了伤，正在康复休息，你睡在床脚对面，盖着被子，约翰·萨那卡斯睡在地板上，约翰还给我们做饭吃。"

"好一个约翰。当他还是一个牧童的时候，记得狼吗？我对咳嗽非常在意。我咳出血来不算什么，就是太尴尬了。你知道那时候巴黎无比快活，维基斯特岛[2]也不错，西班牙则是最棒的。"

"还有另外那场战役。真的，你到底是怎么参加的？"

"如果你真的想加入，他们一直都会招你去的。我的态度认真，还当上了军士长。西班牙之后就太容易了，更像是重返学校，非常像和赛马待在一起。战斗是一个有意思的问题。"

"我把所有的诗歌都藏了起来。"

疼痛现在变得非常厉害，而我们回忆起了太多真正有意思的事情和伟大的人物。

---

[1] 罗伯特·德斯诺斯（Robert Desnos，1900—1945），一位有才气的法国超现实派诗人，早期在超现实派中很有威望，诗歌创作风格接近风趣和幽默，在抵抗法西斯运动中因主办地下报纸被德国占领军逮捕，并死于集中营。

[2] 基维斯特（Key West），美国佛罗里达州南端的一个小岛，是美国本土的最南端。

"你对这些人和事的思考非常深入,海姆。我不是说这些事情应该发表出来,但是我现在相信它们的存在是很重要的。我们都曾经存在过好一阵子,不是吗,海姆?你对'虚无'的描写真是极好的。"

"虚无,为了虚无[1]。"我说。可是我记得湾流公园、大海和其他事情。

"你不介意我严肃一下吧,海姆。谈论这些事情真是太好了:邓宁先生,还有在老巴黎的那次很棒的旅行中遇到的小屋里的疯子,以及沃思柏先生,那两个侍者安德烈和让都不见了。以及安德烈·马松和胡安·米罗[2],还有发生在他们身上的事。还记得你把从银行取出来的津贴给我,我用它买了画吗?你必须继续下去,因为你在为我们所有人而写。"

"我们所有人是谁?"

"请别这样难以沟通。我是指早年的我们,那些最好的和坏的部分,还有西班牙。还有别的事情,自此之后的所有事情,以及现在。你要把乐子都写进去,还有其他只有我们才知道的,在莫名其妙的时间出现在莫名其妙的地方的人。请这样写吧,就算你想过绝不去回忆。而且你必须现在就写进去。我如今太过忙于我不熟知的赛马,我当下仅有的事。"

---

1 原文为西班牙语"Nada y pues Nada"。

2 胡安·米罗(Joan Miró,1893—1983),西班牙画家、雕塑家、陶艺家,是和毕加索、达利齐名的20世纪超现实主义绘画大师之一。

"我很抱歉,医生晚了,还没带来那个东西,埃文。那东西才是我们今天的重点。"

"只是疼痛而已。"他说,"医生迟到了一定是有说得过去的理由。"

"我们进去找一些药。这病不能动手术吗,埃文?"

"不是的。当然已经做过手术了。不要谈论我们的身体,好吗?我真高兴你的化验结果是阴性。那真是太棒了,海姆。你能原谅我那么严肃认真地谈论你的写作,我请求你不要做我对我的诗歌所做的事,你知道为什么。我们从不需要向彼此作出解释。我想写写我的现在,是关于赛马的。你现在真是很有意思,而你已经让我出现在许多地点和小说人物中了。"

"我们进去找找,找一些药吧,埃文。我的船上剩了一点儿。不过我不喜欢把这种东西放在附近,因此我也可能把它们烧了。"

"我们在去的路上,会错过医生的。"

"我会给另外一位医生打电话。当你疼痛难忍的时候,没有意义再多等下去。"

"请别麻烦了,我应该自己带过来的,我确定他一定会来的。如果你不介意,我去小屋里躺一会儿。海姆,你不会忘记写作吧?"

"不会,"我说,"我不会忘记要写的。"

我出门去打电话。不会忘记的,我想了一下。我不会忘记要写的。我注定就是为了写作而生,这是我已经做过的,而且会继续做下去的事。关于他们说的任何东西,小说或者短篇小说,或是关于谁写的，对于我来说都无关痛痒。

　　但是有仓库或者储藏室，你能留下或者把某些东西存放进里，就像是更衣箱或行李袋里装着个人印章或是未发表的埃文·希普曼的诗歌，或是有标记的地图，甚至是还没有来得及上交给恰当政府机构的武器，而这本书装载的素材正是来自我记忆和心中的仓库，哪怕有一些曾被篡改过，而另一些并不存在。

PART THREE

碎片笔记

作为《流动的盛宴·修复版》的最后一部分，我在此选译了部分"碎片笔记"的段落，通过这些海明威当年手写的只言片语和段落，以期为读者提供一个更为全面和客观的角度，去理解海明威当年创作此书的一些初衷和想法，以及海明威对于《流动的盛宴》一书的定义，更希望通过这些段落为此修复版中添加的"巴黎素描"章节提供一些海明威的个人见解和解释。

——译者按

以下碎片部分誊写自海明威非正式出版的关于此书介绍的手写书稿。它们来自波士顿约翰·F.肯尼迪图书馆中的海明威馆。

这本书是虚构作品。[1]我留了许多没写的,修改以及删减了许多内容,我希望哈德莉能够理解。一本小说可能删减和扭曲一些东西,但是它竭力描绘出一幅虚构的时间画面,以及存在于其间的人物,就像在回忆录中没人能够写出事实真相;埃文[2]可以支持你,但他已经死了;司格特不会同意;如果你发表了任何针对沃尔什[3]的东西,莫哈德[4]小姐会控告你,她有许多信件和可依赖的大量事实去控告你。但沃尔什的故事是必须发表出来的。

---

1 海明威写本书是一个"虚构作品"(fiction),并非指《流动的盛宴》是一本小说或者非写实的作品。《流动的盛宴》依然是一部在很大程度上真实记录了20世纪20年代,作家在巴黎度过的创作岁月,且带有回忆录性质的文学作品。海明威之所以在此处强调本书的"虚构"性,或许是担心《流动的盛宴》中的很多细致描写,尤其是关于当年在巴黎结识的文学家、评论家、诗人们的描述可能会引起后人的不满;而海明威对于他的第一段婚姻、出轨和情感纠葛、内心起伏的描写细腻又真切,在即将结束生命的海明威看来,他或许十分纠结,又想把当年的记忆完整记录下来,但又不太愿意大家把这些描述当成窥视他个人情感的重要线索。"虚构作品"一词的使用,恰好反映了海明威作为一位男性主义作家内心的骄傲。从另一个层面来看,《流动的盛宴》中某些被记录的细节和人物故事确实也成了海明威其他小说的原型,甚至直接被他用在了其他小说中,所以从创作角度来看,不难理解为何海明威认为《流动的盛宴》是"虚构作品"。

2 这里指本书写到的埃文·希普曼。

3 这里指欧内斯特·沃尔什。在本书第13章,有海明威关于他的描写。

4 爱赛欧·莫哈德(Ethel Moorhead,1869—1955),英国妇女参政权论者,画家。她与欧内斯特·沃尔什结为夫妻,在20世纪20年代的巴黎担任艺术刊物编辑,参与编辑发表埃兹拉·庞德、詹姆斯·乔伊斯、欧内斯特·海明威等人的作品。

这本书全是虚构的，而虚构的文学作品也许能为被记录的事实提供一些线索。哈德莉是女主角，我希望她会理解，会原谅我撰写小说，但是其他一些人不会。期待不会被那些名字以"小姐"开头的人起诉，那是痴心妄想。

早期我们在巴黎的生活很贫苦，但是这本书并不全是关于贫苦的描述。我希望哈德莉知道和理解为何某些东西被修改了，她也知道和理解为什么这本书是虚构的。她能理解为什么虚构的部分是虚构的，而何时的描写是实情。其他人不会了解为什么他们会被写进去，或是没有被写进去。每个人对这本书都会报以不同的眼光，而四十年的光景就这么过去了。虽然那些看起来最为坚强、对于他们自己来说是最重要的人物，其后没有出现在这本书里，但他们一直比任何人都更多地存在其间。大部分的旅行，或是许多我们热爱和深切关怀的人物都没有出现在书里。作为一本虚构作品，这些都被冷酷无情地砍掉了。

最糟糕的环节是在你死后，这本书也不能出版，因为人们依然会控告我，即便我把书里的名字都替换掉，并把它称作小说——它其实就是虚构作品。哈德莉不会告我，因为她是这本书的女主角，她会理解我这么做的原因。

以虚构方式写下来而非记录真相是必要的，我希望哈德莉懂得，为何使用确凿或编造的素材都是必要的，无论是正确还是错误地使用。所有关于往事的回忆是虚构的，而这些虚构的部分曾被无情地砍掉，正如大部分的旅程和我们深切关怀的人们都已消散了一样。只有他们知道特定的事情。虽然其余的人物没有出现在书中，正如他们不会出现在其后的生活中一样，但是对于他们自己来说，他们一直比任何人都更多地留存在那里。

这本书没有最终章节，算是写了一半。我希望一些人会理解和原谅虚构的部分，以及缘何以那样的方式写就。记述的部分被无情地删减，许多事情也被改动过，许多旅程和许多人物都被省略掉。这里没有一个疏漏或删减的名录。给人启发的教训被忽略了。你可以插入你自己的教训，以及悲剧、慷慨、忠诚和你认识的蠢货，像是在一个变速器中让他们恢复原型，而后放入你自己的部分。当然你会像我一样犯错。

两件事很重要。没有什么事是和我们不离不弃的，不管它当初是如何好心好意预料着；他们如今的滑雪水平比和我们相处时高多了，没人再用粘着海豹皮的滑雪板登山，除非他们想这么做。现在他们被指导过，做起每个滑雪动作都更优美。在这个冰雪世界里，人们摔断了腿，一些人更是摔碎了心。他们往下滑得更快，降落时如那种知道很多秘密的鸟一般。当他们滑过时，根本没时间讲述他们的秘密。如今每个人都知道许多秘密，每个人都写下了每一件事，还会写更多的事。如果书里都是实情会很棒，但是我在这部虚构作品中试图让实情空缺，仅仅是为了让它变得更有趣味。没人是坚不可摧的，但我们想我们那时从电话中聆听着某人的声音，你知道，他们仍然坚不可摧，这是他们应该承受的。

这本书是虚构作品，许多的事情都曾被改动过，事实上是想描绘出一幅真实时间的图景。没有什么公式去解释为何这本书是虚构的作品，那公式也不起作用。
开始的时候显得那么容易。而后你发现了误解与错误。

这本书是虚构作品，而且也应该当作一部虚构作品去阅读。我会为任何不实的表述或是误解以及任何的谬误向哈德莉道歉。她是这些故事的女主人公，我希望她谅解。她应得到生活中任何美好之物，包括被准确无误地写下了。

司格特有他自己的虚构作品，而我描写了他复杂的悲剧性、他的宽宏大量与忠诚热爱，又忽略了它们。其他人也曾写过他，我竭力帮助这些描写浮出水面。几乎每个人，几乎所有旅程，以及我们认识和热爱的人，还有那些只有他们才知道的事情都被呈现出来了。我在这本书里只放了我们熟知的巴黎的一部分内容，而我也不会列出遗漏部分的名录来。把全部遗漏的部分放进虚构小说里是不容易的，如果你把它省略了，就把所有遗漏的都省略了吧。

他们现在滑雪滑得更好了，不过一些人摔断了腿，一些人摔碎了心。后者更重要而不幸，一些优秀的哲学家解释了为何即便你们的心不在那儿，你们也会摔碎它们；以及一些发生了的事，但它们并不存在。重要的事情是他们应滑得更好而他们确实如此。他们也写得更好了，对于所有事物的描写包括几次战争，所有这些被铸造的描写，从一开始就伴随着每一位优秀的作家。《追忆似水年华》[1]也是一部虚构作品。

以下碎片部分，或能作为海明威意欲对《邦比先生的教育》一章的一处修改。它来自波士顿约翰·F.肯尼迪图书馆中的海明威馆。

在那些日子里，疯癫并非是可耻的，但从另一方面来看，你的疯癫是得不到认可的。我们曾经历过战争的人敬佩战争狂人们，因为我们知道他们被某些事情摧残成了这个样子，而这些事情是难以承受的。对于他们来说，难以承受是因为他们由一块出色的或是更为脆弱的金属制成，或者因为他们非常单纯，对此了解得太过清晰透彻。

---

1 《追忆逝水年华》，马塞尔·普鲁斯特（Marcel Proust，1871—1922）著。这部被誉为20世纪最重要的文学作品之一的长篇巨著，以其对心灵追索的出色描写和卓越的意识流技巧而风靡世界，并奠定了它在当代世界文学中的地位。马塞尔·普鲁斯特是20世纪法国最伟大的小说家之一，意识流文学的先驱与大师。也是20世纪世界文学史上最伟大的小说家之一。

以下碎片部分，誊写自海明威关于此书结尾的手写书稿。它来自波士顿约翰·F. 肯尼迪图书馆中的海明威馆。

有更多描写是关于可怜的司格特的，关于他复杂的悲剧性，他的宽宏大量以及他的忠诚热爱，我写下这些，又忽略了它们。其他人曾写过他，而那些写他的人对他并不知晓，我尝试就我知道他的某些部分提供一些帮助，告诉他们司格特身上显著的宽宏大量和他的良善。这是关于巴黎的第一个部分，以及它的某些真实的面貌，而司格特对于我们了解的、热爱的、并在其中工作过的早年的巴黎并无知晓。和我曾经阅读过的相比，这些早年巴黎的经历看起来总是迥然不同。你永远无法把所有那部分的巴黎经历放进一本书里的，我试着以一种老派的规则来写作：一本书有多么优质，应该通过撰写他的人去评判，以及由他删减掉的卓越的素材来评判。很多有趣的和富有指导意义的素材都消散了，这本书是一次尝试：去提炼，而不是去放大某些东西。安德烈·马松和胡安·米罗应该被写到，理应出现在书里，却没有出现。没有出现在书里的还有：纪德[1] 教我如何惩罚一只猫；当埃文·希普曼

---

[1] 安德烈·纪德（André Gide，1869—1951），法国作家。主要作品有小说《背德者》《窄门》《田园交响曲》《伪币制造者》等，戏剧《康多尔王》《扫罗》《俄狄浦斯》，散文诗集《人间食粮》，自传《如果种子不死》，游记《刚果之行》《乍得归来》等。

成年时,他和哈罗德·斯塔恩斯[1]是如何梳理他的财产的,但这是直接源自陀思妥耶夫斯基的小说。我也没有提起位于贝勒波尔街(或是梅尼蒙当)老旧的斯塔德·阿纳斯塔西俱乐部,在那儿拳手充当侍者,以及拉瑞·根思的训练的情景[2],还有在老旧的"冬日马戏团"和"巴黎马戏团"的精彩的拳击赛,也没有提及我的许多挚友们。我没有提及比尔·伯德,或是迈克·斯特拉特,或是黑森林[3],没有写埃兹拉、艾略特的故事,以及"美好心灵"基金[4],没有写到埃兹拉留给我一个装着鸦片的罐子的时候,这个罐子是给切弗·邓宁的[5],也没有写有关福特的真相[6]。我毫不留情地删减了很多,我希望这会让这本书变得精悍。当写到我和宝琳的

---

1 哈罗德·斯塔恩斯(Harold Stearns,1891—1943),一位多产的美国文学评论家、记者、编辑和散文家。他和海明威都是在20世纪20到30年代旅居巴黎的文化人物。他鼓励纽约的出版社发表了海明威的著作《我们的时代》。

2 这部分内容在海明威撰写的《流动的盛宴》原始书稿中被舍弃了,本书将其增补进来,详见"巴黎素描"中的《一家奇怪的拳击俱乐部》。

3 这里指1922年海明威造访德国的特里贝格"黑森林"地区。

4 这部分内容在海明威撰写的《流动的盛宴》原始书稿中被舍弃了,本书将其增补进来,详见"巴黎素描"中的《埃兹拉·庞德和他的美好心灵》。

5 这部分内容在初版《流动的盛宴》中已被收录,详见第15章《一位邪恶的探子》。

6 这部分内容在海明威撰写的《流动的盛宴》原始书稿中被舍弃了,本书将其增补进来,详见"巴黎素描"中的《谎言的刺鼻之味》。

恋情时，我留了白。那是一个终结这本书的好办法，除了我说的"我们的恋情是一个开始而并非一个结束"。不管怎样，我写了下来但也留了白。这是完好无损的，而且开启了另外一部小说的写作。当然你只能把它写进虚构小说里。那本书包含最幸福的东西，也是我所知道的最悲伤的一本书。但那本书是后来写的了。[1]

因此，现在就是这本书的结尾了。关于巴黎，永远不会结束。

关于巴黎的第二部分虽然精彩绝伦，却以悲情开场。那一部分，关于我和宝琳的部分，我在这本书里已经删掉了，但是保留下来作为另外一本书的开始。这是一个开始，而非结束。

另一本书会是一部优秀的著作，因为我写了许多没有人知道也不可能知道的事情，书中有爱、悔恨、抱愧和难以置信的幸福以及最终的悲痛。

那一部分，关于我和宝琳的部分，我没有扔掉，但是作为另一本书的开头给保留了下来。那本书叫作《引水鱼和有钱人及其余短篇小说》。

---

1 此段描写的那些没有出现在书里的内容大多在修复版《流动的盛宴》中被整理发表了，可以参见本书第二部分"巴黎素描"。

如果,在你的岁月中,你曾听到四位真诚的人对于某个时间某个地点发生的事情持不同意见,或者你曾经撕毁和退回对你施加要求的命令,当情况到了有必要写下来一些什么或是有必要作证的点的时候,当指控已经做出,而在总检察官出示由别人拟定的新的陈述之前,这些新的陈述替换了你写下的命令和你的口头命令,而你记得某些事情,以及他们是如何对待你的,记得谁曾经抗争过、在哪儿抗争过的话,在任何时候你都倾向于把它们写成虚构小说。

巴黎永远没有终结,每个在此生活过的人都拥有和别人不一样的记忆。我们总是会回到巴黎,不管我们是谁,不管巴黎怎么改变,也不管抵达巴黎有多么困难或者多么容易。巴黎永远值得你回去,无论你带给它什么,它都会给你回报。

出品 地球旅馆

全国总经销
捧读文化
触及身心的阅读

出 品 人　张进步　程　碧

特约编辑　孟令堃
封面设计　lemon

新浪微博　　微信公众号

法律顾问　天津益清（北京）律师事务所 王彦玲
出版投稿、合作交流，请发邮件至：innearth@foxmail.com
了解新书、图书邮购、团购、采购等，请联系发行电话：010-85805570